似水年华

李欧梵 著

季进 彭诗雨 编

图书在版编目（CIP）数据

似水年华 / 李欧梵著. — 南京：江苏凤凰文艺出版社，2017.2
ISBN 978-7-5399-9834-3

Ⅰ. ①似… Ⅱ. ①李… Ⅲ. ①散文集－中国－当代 Ⅳ. ①I267

中国版本图书馆CIP数据核字(2016)第307112号

书　　名	似水年华
著　　者	李欧梵
责任编辑	蔡晓妮
责任校对	史誉遐　王娜娜
出版发行	凤凰出版传媒股份有限公司
	江苏凤凰文艺出版社
出版社地址	南京市中央路165号，邮编：210009
出版社网址	http://www.jswenyi.com
经　　销	凤凰出版传媒股份有限公司
印　　刷	江苏凤凰新华印务有限公司
开　　本	880×1230 毫米 1/32
印　　张	8.75
字　　数	190千字
版　　次	2017年2月第1版　2018年4月第2次印刷
标准书号	ISBN 978-7-5399-9834-3
定　　价	39.00元

（江苏凤凰文艺版图书凡印刷、装订错误可随时向承印厂调换）

目录

似水年华

003　康桥踏寻徐志摩的踪径
011　重游康桥小记
016　布拉格一日
　　　——欧游心影
033　重游布拉格札记
047　今天在布拉格
052　在哈佛听课之一
057　在哈佛听课之二
064　追忆中大的似水年华
069　现代主义文学的追求
　　　——外文系求学读书记

常怀斯人

081　怀念我的父亲
091　浪漫的圣徒
　　　——读《夏济安日记》
098　光明与黑暗之门
　　　——我对夏氏兄弟的敬意和感激

116	忆金铨
	——他的遗憾
125	费正清教授
132	史华慈教授
140	普实克教授
145	韩南教授的治学和为人
151	纪念萨义德

文学之旅

159	语言与沉默
	——简论人文批评家乔治·斯坦纳
170	世界文学的两个见证
	——南美和东欧文学对中国现代文学的启示
186	重读卡夫卡札记
190	我和书的奇异约会
	——美国购书漫笔
196	我的阅读经验
200	有情的顽石
205	重访"荒原"

人文空间
213　香港上海的文化双城记
216　在香港寻找人文空间
219　田园大都会：人文建筑的愿景

音乐往事
233　音乐与文化：聆听二十世纪
248　四种记忆，四种音乐生活
257　你一定要听马勒
263　"人文巴赫"

268　**让内心充满丰富的感觉**　　　　季　进

似水年华

康桥踏寻徐志摩的踪径
重游康桥小记
布拉格一日
重游布拉格札记
今天在布拉格
在哈佛听课之一
在哈佛听课之二
追忆中大的似水年华
现代主义文学的追求

康桥踏寻徐志摩的踪径

> 轻轻的我走了,
> 正如我轻轻的来;
> 我轻轻的招手,
> 作别西天的云彩。
>
> ——徐志摩《再别康桥》

他到达康桥(Cambridge)时正是他来到英国后最炎热的一天;走出火车站,已是下午五点多钟了,仍然是骄阳炎炎。他跳上公共汽车,进得城来,一位好心的荷兰女郎指引他到"耶稣道"(Jesus Lane),靠着旅行指南,他找到了一家小旅馆,是英国人叫做 B & B (Bed & Breakfast,供应住宿和早餐)的那类,就这么住下来了。

也许一般"红尘"中人不会相信,他到康桥来的唯一目的是为了徐志摩。他在中学的时候曾经熟读过《再别康桥》,他也记得徐志摩在《我所知道的康桥》一文中所描写的"这朝来水溶溶的大道,只远处牛奶车的铃声……"在"迷你裙"充斥的二十世纪六十年代的伦敦住了两周之后,他天真地要寻觅二十年代的康桥情趣。

吃完晚餐,已经九点多钟了,暮色迷蒙之中,他信步闲逛。离餐馆不远就是大名鼎鼎的"三一学院"(Trinity College),想当年徐志摩来英的目的就是为了进"三一学院",做罗素的学生,结果他进了"王家学院"(King's College),做特别生,因为罗素已被"三一学院"开除了。

在"三一学院"的院子里逛了半个钟头。那儿,似乎有一个师生宴会正在举行,不少西服笔挺的教授和学生在院子里散步谈天。在一弯新月的微光中,他把旅行指南拿出来,依稀还看见书中对"三一学院"的介绍:在此毕业的名人包括拜伦、牛顿、培根、怀特海和维特根斯坦。

"王家学院"距离"三一学院"并不远,规模更大。他进门时,迎面便是一座大教堂,教堂顶上的钟刚敲过10点,夜终于降临了。偌大的草地上静悄悄的,只有远处偶尔传来几阵摇滚乐声,仿佛有一家人正在开舞会。院子的尽头就是"康河"(River Cam),静极了,在整整一个小时中,只有一只船经过。小桥畔偶尔有一两对情侣在漫步,桥头附近有几头牛卧着,似乎也在酣睡。

这是他离开家乡六年来第一次真正沉醉在大自然的美中。在美国时,他曾去过许多公园,大多是和中国朋友一起去的,开着几辆旧车,浩浩荡荡,抵达目的地后,照例是喝冷饮、打排球,太太们带着儿女在美国政府划定的游乐地区的草地上乱跑。接着是野餐,也是在预先订好的区域内进行。然后,喝着可口可乐,闲谈;单身的男女勉强地找寻话题,借机认识;结了婚的先生太太们哄孩子们午睡……最后是拔营而归,开车回到喧嚣的都市和各人的工作岗位上。一个华人学生很难离群而独来独往,否则你就要被称为怪人;如果你与美国人尤其是异性的美国人常有来往,你就是"走国际路线"的,颇有点"媚外""和番"的意味。

现在他突然置身于另一个异邦,不认识任何人,也不必扮演任何角色,半夜"失落"在"王家学院"的草地上,找寻"二十年代"的灵感,这一切都令他有点难以置信。他何其幸运!

他拿了美国大学的奖学金到英国来闲逛,"找寻灵感",重踏徐志摩的踪迹。他来英国唯一的正面理由是他的论文。他在海外学中国近现代史,其目的是研究他的上一代——他父母那一代的智识之士,他对这一代中国人的种种经历及其在历史上的地位深有感触,于是想做点记录。他不会写作,不能像他在大学时的几位同班同学那么有创造力——写诗、写小说,他只能写他的学究派的论文,但他尽可能地"体验"一点历史。在为上一代几个文人写传记的时候,他也不得不写他的"自传",否则这一切旅行、体验和经历都会毫无意义,他大可和其他的美国同学一样待在图书馆里找档案,写洋务运动,写传教士,写中美外交关系。当初他的老板(博士论文导师)也许认为他的这一套"亲身体验论"与众不同,或者更因为他是华人,所以才支持他申请旅行奖学金。对于他的老板,这仅是一种学术投资;对于他自己,这是一种奢侈的"自我教育"和"自我发现"。

作论文当然要找资料,抄在卡片上,或借助复印机一字不漏印下来。他至今也收集了两盒子卡片和一箱影印纸了,但是仍然有一大堆东西留在他的心里,感觉得到,但是写不出来,一旦写出来,恐怕也像二流小说,不是一流论文。在一般历史学家竞相应用社会学、经济学,提倡科学方法的美国学坛,他的这一套有点背道而驰。他所标榜的内心体验方法是基于他是华人这一个事实的。似乎有某些感觉只有华人才能了解,外国人在档案中是找不到的。但是,他有足够的资格做一个现代的华人吗?

在大学时代他学的是外文,和大多数年轻人一样,他认为英文是致富的快捷方式,是到天堂的垫脚石。他天天背单词,啃文法,为的是将来到美国留学。至于抵美后学什么,他从来没有仔细地思索过。于是他迷迷糊糊地到了美国,初学国际关系,不久就觉得与他的性情不合,念不下去,遂转而念中国史,其实也只是为了容易拿到奖学金。虽然奖学金是拿到了,但是他越念越感到内心的恐慌。他从来没有认真地念过古文,儿时的家庭教育所灌输给他的是希腊神话、西洋音乐和文学,而不是四书五经,或《左传》《史记》。他在课余念过大仲马的《三剑客》《基督山恩仇记》,小仲马的《茶花女》,罗曼·罗兰的《约翰·克利斯朵夫》和歌德的《少年维特的烦恼》,却从来没有仔细背过《唐诗三百首》,或熟读过《红楼梦》。他喜欢听柴可夫斯基、莫扎特、马勒,喜欢看美国和欧洲电影,对汉乐、平剧、围棋毫无兴趣。在外表和内心里,他似乎是"全盘西化"了!

直到在海外念了几年中国史后,他才感到"事态严重"。他势必要与外国人接触,但他感觉到他并不是外国人,他的教授和同学也认为他是华人,一位澳洲朋友甚至因为他是华人而为他骄傲,其他的美国同学争相向他"请教"古文,但是,天知道他自己能懂得多少!在一知半解之中,他逐渐对过去的文化产生一种好奇心,像哥伦布又发现了一次新大陆,这片新大陆,却原来就是他自己的家乡,他自己的文化。他念了几年中国史,对学术界毫无贡献,却逐渐地发现了他自己。

在他重新发现自己的过程中,一个中心问题一直在萦绕着他:他的思绪和感情状态源于何处?这不仅是一个个人的问题,也是一个历史的问题,因为他毕竟是二十世纪六十年代的华人留学生之一——或者勉可称为"智识之士"——他的许多看法和感觉是他的同辈人所共有的。

由于他的双亲是学艺术的,而且他在大学时念的又是文学,他遂钻进了这一个世纪的中国作家群中。于是他发现了徐志摩、郁达夫和其他二十世纪二十年代的所谓"文人",他忆起当年他看的许多西洋小说都是这些文人首先译述介绍到中国来的。

在这些文人中,他选择了徐志摩和郁达夫作为他论文的主角,因为这两个人不仅在思想上首创一种浪漫主义,在行为、情绪甚至衣着上,他们也首开一种"风气"。他还依稀记得他父母年轻时念过的徐志摩式的诗;旧照片中也有许多人学徐和郁,穿长袍,内着西装裤;他记得做中学生时念《茶花女》和《少年维特的烦恼》至深夜,却获得父亲的特准;他知道无以计数的中学生现在还读《志摩日记》、郁达夫的《日记九种》,当然也背过《再别康桥》。他想整理一下上一代文人留给下一代青年学生的一点"遗产"。

就这样他到了康桥,半夜里在"王家学院"的草地上散步。仰望着一弯新月,随着步伐,静寂地移向"王家学院"半哥特式建筑的尖塔旁。河水也是静寂的,摇滚乐声不知在什么时候停止了,也没有夏虫乱鸣,唯一可听到的是远处公路上汽车穿梭而过的声音。他走累了,坐在教堂与康河接界的一个椅子上,突然觉得自己有点做作,似乎拼命在寻觅"伤感"。

二十世纪二十年代的徐志摩赤坦坦地歌颂他与陆小曼的爱情,在日记中甚而记叙他每一分钟的感觉,这种"主观直觉"的坦陈,对爱情的倾泻有如大自然的狂风暴雨,在中国文学史上可能还是第一次。传统的诗词中不乏对爱情的描写,但其意象的效果是旖旎、哀艳、婉转,甚而雕琢的,没有二十年代人写的爱情那么急骤、主观、直接、坦诚。但徐志摩之后,年轻人竞相模仿,三分感情夸张成十分,遂把这种清新强烈之感觉玷污了,庸俗化了。直至五六十年代,大、中学生写情书,或爱情小说所用的词汇,还是二十年代的,感情还是"少年维特"式的。然而由于社会的变迁,这个二十年代的"感情架构"在"现代化"的中国台湾地区有点像"象牙之塔",到了海外社会,更是格格不入。年轻时把爱情偶像化,把异性对象爱情化,一切都是美的、纯真的("真善美"也是二十世纪二十年代的流行语),到了美国之后,受到物质环境的冲击和压迫、美钞和汽车的引诱,许多华人留学生——尤其是女学生——起先是吃惊,继则受到挫折,遂一改以前二十年代"纯情主义",而只顾物质上的"安全感"。婚姻不再是爱情的高潮,也不能算是爱情的坟墓,事实上,"爱情"——尤其是徐志摩式的爱情——在美国的华人圈子里根本无法存在。结婚,对于男士们是学业告一段落后想成家定居的必须步骤,对于女孩子们是找寻"饭碗"和"安全感"的最终途径。于是博士学位、银行存折、永久居留权成了"理想丈夫"的必备条件。男女双方在约会之前,在心里已经各自有数,出游数次之后,双方条件符合,于是就发请帖,行基督教或天主教式的婚礼,然后是茶点招待、拍照,宾客们在送了五元或十元礼后,也就在招待会上吃吃喝喝,勉强凑几句笑话或恭喜话,于是又一件"人生大事"就此完成,哪里还有当年徐志摩、陆小曼结婚时的宾客满堂恭聆梁任公训骂的趣剧,或赵元任和杨步伟结婚时只收乐曲和作品的雅事。

固然有许多华人留学生对这种新习俗不满,要反抗,但他(她)们已经失去了年轻人的热狂,他(她)们只能硬撑下去,不与现实妥协,在自己的小公寓里独自舐吮着与现实搏斗后的创痕。于是一种新的"伤感主义"因之而起,它主要的成分是自哀自怜、自暴自弃,而以前的纯情浪漫主义者也因此变成了老小姐、怪人、愤世嫉俗者。

浪漫主义的英雄时代早已逝去了。在二十世纪六十年代的社会,不仅外在的现实不允许浪漫英雄的产生——婚姻早已自由,恋爱已成滥调,个人的行为不再能掀起社会上的狂风巨浪——而最主要的是,在这一代的心理架构上,现实世故、小心早已筑就许多感情的堤防,窒息了年轻的浪漫热情。

这些新的障碍使他对自己的感情顾忌多端,再也不能像徐志摩那么直率,那么毫无遮拦。

然而他仍自认是属于反抗型的人物之一,与朋友交谈时也戏称自己是一个"新浪漫主义"的信徒。但他的"新浪漫主义"既不师从十九世纪末欧洲新浪漫主义的"世纪末"式的颓废,也不是重揭中国二十世纪二十年代文人的热情与理想,他只是基于过去几年来对环境变迁的认识,了解到大口号、大目标、大理想在二十世纪的社会中的不着边际,想在自己生活的过程中充实自己,也许将来可以写点东西,充实他这一代华人留美学生的"空寂"。在感情上他早已失去大学时代的天真,不过是不愿意"随俗",仍在绝望地追求他所谓的爱情。

他回到旅馆时已经深夜十二点多了,走得太累,他倒头就睡,一觉到天亮。第二天一早起来,吃完房东太太准备的典型英国式早餐——蛋、腊肉、面包吐司和茶,他把箱子打开,找出徐志摩的文章《我所知道的康桥》,看到上面有一段谈"单独":

> "单独"是一个耐人寻味的现象……你要发现你的朋友的"真",你得有与他单独的机会,你要发现你自己的真,你得给你自己一个单独的机会。你要发现一个地方(地方一样有灵性),你也得有单独玩的机会……我们都是太匆忙,太没有单独的机会。

一夜之间,他似乎已体会到一点徐志摩式的"单独"。在这个阳光普照的初夏清晨,他一面散步进入市区,一面拿出地图来,循着徐志摩四十年前写的旅行指南,他想到康桥的精华区去寻幽探胜一番:

> 但康桥的精华是在它的中区,著名的 Backs……从上面下来是 Pembroke, St. Katharine's, King's, Clare, Trinity, St. John's。最令人流连的一节是克莱亚与王家学院的毗连处,克莱亚的秀丽紧邻着王家教堂(King's Chapel)的宏伟。

他按图索骥,进了"王家学院"大门,走到王家教堂与克莱亚学院的毗连处,眼前是一座三环桥和几张木椅子,这岂不正是他昨天深夜驻足沉思的地方!

到了康桥不到二十四小时,竟会于无意中重踏四十年前徐志摩的足迹,这种巧事发生在二十世纪六十年代,实在有点传奇性。于是他走进一家屋顶咖啡店,要了一杯加糖的黑咖啡,装模作样地拿出稿纸,想把这件事记录下来。如果他文笔好一点的话,大可添油加醋,写出一篇小说来,不让徐志摩专美于前。

然而他毕竟没有徐志摩那样的文采,他只能写出这篇并不戏剧性的,但是真实的"随感录"。他庆幸自己在康桥的第一天,在内心的生活上并没有留下一片空白。他像徐志摩一样爱上了这个小城。他不久将到苏格兰游览,然后在搭机直飞欧陆之前,还会回到康桥待一两天,专程向徐志摩的灵魂告别:

轻轻的我走了,
正如我轻轻的来;
我轻轻的招手,
作别西天的云彩。

重游康桥小记

一

> 轻轻的我走了，
> 正如我轻轻的来；
> 我轻轻的招手，
> 作别西天的云彩。

这当然是徐志摩的诗《再别康桥》中的名句，今年五月中旬我到了阔别二十多年的康桥讲学（距离徐志摩那个年代至少也有四分之三个世纪了），当然不自觉地也有点怀旧起来。手边特别带了一本二十多年前的旧作——《康桥踏寻徐志摩的踪径》——准备按文索隐，自我追索一番。

人过中年以后，心情当然已今非昔比，又适逢康桥春寒料峭，从伦敦抵达火车站后，第一个感觉是康桥这个徐娘虽风姿依旧，而我自己倒觉得"红颜已老"了。记得二十年前进城时是"跳上公共汽车"的，如今已无此冲劲，于是就毫不犹豫地叫了一辆计程车，和友人直奔圣约翰学院。主人已为我安排好住在该院的招待所，拖着笨重的行李爬上两层楼梯已经气喘如牛了。近月来患了"五十肩"（英文俗称"冻肩"）的毛病，两臂伸张不得，隐隐作痛，进得屋来，已经疲惫不堪。幸亏这间套房（英国学院的"资深教授"招待室）中没有镜子，否则岂不更要在镜前自哀自怜一番？好在主人为我的日程安排得当,抵达不久就要吃中饭了,来不及更衣就又走下楼来,到圣约翰学院的教授餐厅进餐。

当然我的心态和行为与二十年前不大相同,至少吃饭就较前讲究得多。当年为了省钱可以饿肚子,如今则三餐缺一不可,做学生的时代可以借饼(汉堡牛肉饼)胡乱充饥了事,而如今却要和几位好心的圣约翰学院教授正襟危坐,细嚼慢咽,煞有介事。所谓"正襟",乃是指该院教授必须全身披带,罩上一套黑袍,以示隆重,而被邀的客人则不必正襟,但仍须"危坐"——小心地边吃边谈,讲起话来也应该不愠不火,恰到好处,而且交谈时还要左邻右舍面面俱到,不能顾此失彼。

我最近因为门牙开始动摇,所以英文发音偶会口齿不清,所以此次特别注意"说话的艺术",以免贻笑大方。一个钟头的午餐,竟然也令我消耗不少精力,饭后回房,竟觉需要因袭大陆老人习惯,午睡一番。不料倒头就梦周公,却忘了准备下午四时许的学术演讲。一觉醒来,大呼不妙,只好匆匆叫了计程车赶到演讲场所,勉强打起精神走进屋来,先和各位教授同学饮下午茶,介绍寒暄如仪之后,就是下楼梯到一个小礼堂,竟然也坐满了人。

于是我只好鼓起如簧之舌(老友阿城称之为"卖嘴"),讲了一个多小时,渐觉口干舌枯,语无伦次,赶快就此打住,已经汗流不已,心中不禁暗暗恐慌:明天必须全天候加紧准备下一场(后天)的演讲,谈台湾文学时绝不能再大意了(因为这个讲座是一位中国台湾地区来的先生捐赠的,并且指定两讲之中必须有一讲谈与中国台湾地区相关的题目),否则在康桥重演《魂断蓝桥》(又译《滑铁卢桥》),岂不真的要无颜见江东父老?

(欲知后事如何,不必听下一回分解;第二讲依然杂乱无章,但没有重演"滑铁卢桥"。)

二

记得二十年前在康桥那一个夜晚,"仰望着一弯新月,随着步伐,静寂地移向皇家学院半歌德式建筑的尖塔旁。河水也是静寂的,摇滚乐声不知在什么时候停止了,也没有夏虫乱鸣。……他走累了,坐在教堂与康河接连的一张椅子上,突然觉得他自己有点造作,似乎拼命在寻觅伤感。"第二天,"他按图索骥,进了皇家学院大门,走到皇家教堂与克莱亚学院的毗邻处,眼前是一座三环桥和几张木椅子,这里不正是他昨天深夜驻足沉思的地方!"

也记得那一天清晨在康桥:"他走进一家屋顶咖啡店,要了一杯加糖的黑咖啡,装模作样地拿出稿纸……咖啡喝完了,稿纸也涂满了三四张……他好奇地抬起头来,看见一位二十岁左右的金发小姐,正在向他微笑……他心中想着真有这类巧事吗?难道这是徐志摩在天之灵的作合?他自己写不出小说,却不知不觉地制造了一篇浪漫小说的开端……如果徐志摩再世,他一定会写出一篇《康桥鳞爪》之类的好文章,背景是风光明媚的康桥;中古式的建筑,静静的河水,绿油油的草地,一对情侣手拉着手,不停地娓娓细语,女郎的金发在初夏新月的抚摸下,淡淡地发光——一段浪漫韵事,由此展开。"

二十多年后重读自己"少年不知愁滋味"的浪漫文章,竟然感到有点荒唐。两次学术演讲,似乎也忘了提当年研究的对象——徐志摩。在康桥的最后一天,经过几度盛宴,宾主尽欢之后,我带着感激的心情向主人告别,坚持不要他送我到车站。于是我终于找到两三个小时的孤独。"你要发见你自己的真!你得给你自己一个单独的机会。你要发见一个地方(地方一样有灵性),你也得有单独玩的机会。"——徐志摩如是说。于是我终于想起此次重游康桥的另一个目的:踏寻自己年轻时的踪迹。于是,终于勉强打起精神,在细雨纷飞之中撑着一把破伞,在雨巷人丛中找寻当年"奇遇"的那家屋顶咖啡店,记得底下是一家小剧场,就在皇家学院不远的地方。

然而我按图索骥,在附近大街小巷转了几圈之后,仍然没有找到,几经碰壁之后,终于看到一个破垣断瓦的建筑,门口贴了一张告示:"本剧院整修门面一年,谨定于明年秋天重新开张。"

我怅然若失。于是信步走到皇家学院的大门口,就要登门而入的时候,一位身穿该院制服的金发女郎微笑着却来挡驾:"对不起,先生,今天本院学生大考,禁止游客游览!"我游兴尽失,心灰意冷之余,也无心再去追寻当年住过的那一条街——耶稣道。("那一晚他们对坐到深夜"?!在耶稣道的那一家供应床和早餐的小旅馆?!)那么,这篇不相像的"非小说"的续篇如何终结?且让我试试当年的笔法:

在归途中,他的心情终于在些许激动之后归于平静。二十年前在康桥的心路历程,无论如何短暂,它是真切的。虽然他自称"六十年代的现实已经使他顾忌多端,再也不能像徐志摩那么直率,那么口无遮拦",其实他当年的那种自作多情还不仍是徐志摩的余绪?如今时过境迁之后,即使在午夜梦回之时,他再也无法于心中涌起无名的波涛。此次临走之前才偷偷地想重拾旧梦,还不是怕他的朋友们知道了会嘲笑他的痴愚。"也许她已经做了祖母了!"一位老友曾经如此调侃地说:"还记得那一晚你们谈的是什么吗?"他自己也不自觉地笑出声来,引起路旁的一队法国学童的侧目。

于是他匆匆回房,行李早已收拾完毕。同行的友人(也是他在芝加哥的学生,现在已经应聘到剑桥教书)早已在圣约翰学院门口等他。于是两人同坐一辆计程车直奔火车站。途中司机转弯抹角,好像走的是另一条路。他偶然在雨中凝视窗外一排低屋闪过,一刹那间,他似乎看到屋畔围墙上的小路牌——"耶稣道"!他讶然失笑,喃喃自语:也许当年供应床和早餐的小旅馆早已改装成公寓了!

在火车即将离站的时候,他终于又记起徐志摩的那几句诗,于是向友人朗诵起来:

轻轻的我走了,
正如我轻轻的来;
我轻轻的招手,
作别西天的云彩。

布拉格一日
——欧游心影

布拉格——这个"娇艳的古城,教堂和城堡都是金顶的,建筑融汇了哥特、巴洛克和洛可可三种形式";布拉格——这个莫扎特非常喜欢的城市,他的歌剧《唐乔万尼》在这里首演,他的第三十八号交响乐以此城为名;布拉格——这个诗人和作家的圣地,卡夫卡出生在它的犹太区,聂鲁达(Jan Neruda)曾在桥畔的酒店流连忘返,如今,垂老的塞弗尔特(Seifert),在病榻上听到诺贝尔奖的消息,据说仍然住在城西的郊区;布拉格——昆德拉当年任教于这里的电影学院,米洛斯·福尔曼(Milos Forman)也在此地发迹,拍他的《金发女郎之恋》;布拉格——这个当年东欧学术的重镇,"布拉格语言小组"(Prague Linguistics Circle)的根据地,欧洲华文文学研究的中心,普实克教授(J. Průšek)三十年前在这里创设"东方研究学院";布拉格——这个音乐之都,每年五月举行"布拉格之春"的音乐节,捷克爱乐交响乐团演奏他们的拿手好戏:德沃夏克(Dvorak)、斯美塔那(Smetana)、亚纳切克(Janacek)、马尔蒂努(Martinu);布拉格——一九六八年爆发了政治上的"布拉格之春",全国上下一心,想在旦夕之间恢复社会主义人的面貌,然而一阵狂热之后却引进了苏联的坦克车……

布拉格——在苏联进军十七年以后,在知识分子精英逃亡殆尽或销声匿迹以后,当全世界的注意力转向波兰,几乎将它遗忘的时候——我终于来了。

晚　钟

Staroměstské 广场空无一人,冷清清的。只有几个游客——三三两两的,漫无目的地在散步。

难道礼拜天布拉格的人都走光了,都下乡避暑——或是被迫下放了?

时间还不算太晚——夜里九点多钟,阳光似乎刚刚消失。突然间,一群游客聚集在一个古老的钟楼前面,我看不清那是否是金顶的,大钟旁有几个雕塑得颇为精致的小人。大家聚精会神地等了几分钟,小人开始旋转了,钟敲十点,一声一声地,有气无力,好像一个年岁已久的老艺人,数十年如一日,每天两次,时间到了必须要一个把戏,直到退休或死亡。

我再仔细眯着眼看去:原来敲钟的并不是老人,而是一个骷髅——一个死人在敲钟! 也许是死神吧,从中古开始,他就一声一声地为世世代代、成千成万的人送葬,敲丧钟!

我不禁想到海明威一本小说的题名——好像是引自 John Donne 的诗——《钟为谁响?》(*For Whom The Bell Tolls*)。

我不禁又想到塞弗尔特的几行诗:

> 从希望的时辰
> 到否定的时辰
> 而只不过再走一步
> 就从绝望的时刻
> 到死亡的压脉器
>
> 我们的一生
> 像手指在沙纸上

> 几天、几周、几年、几个世纪。
> 而有时候我们哭泣过
> 整个季节

而在这个游客的盛季,我只听到笑声和粗糙的赞美声:"How Beautiful!"——又是美国游客,一堆一堆地,坐着巨型的游览车冲进这个恬静的古城,和苏联的坦克车又有什么不同?

"Hello! Do you want change?"一句生硬的英文,非常刺耳,原来是朝着我说的。一个年轻的捷克人(从他的口音我猜不可能是游客),偷偷摸摸地请求换美金——这就是东欧国家有名的"黑市",比官价高两三倍。

原来做美国游客还是比苏联军队受欢迎!

从广场随着同一个游览车的游客朋友逛到城里的一条大街——Vaclavské Namesti,两旁的商店都关门了,橱窗里仍然有灯照着,街头最亮的一个橱窗令我不得不止步:一行捷克文的标语,下面是几帧放大照片——有农场、工厂,不少女工笑嘻嘻的面孔,原来是"伟大社会主义的祖国"苏联的宣传照!

身后一阵冷笑,几个美国游客也在指手画脚地揶揄着俄国,为捷克人抱不平。我发现自己的反苏情绪更高涨了,愤愤地走向另一个橱窗:捷克的国家唱片公司商店,挂着好几张人像,我认出一张是 Vaclav Neumann,捷克爱乐交响乐团的现任指挥。(这个东欧首屈一指的乐团,历史悠久,录制了不少唱片。许多年前我由聆听唱片而开始仰慕该团的一位前任指挥 Karel Ancerl,七十年代初期,他突然"绝响"了,后来才听说他在一九六八年"布拉格之春"后流亡到加拿大,立即礼聘为多伦多市交响乐团的指挥,不久撞车去世!)除了这位指挥外,其他的照片似乎都是女的,也许是歌剧院的女歌星吧,有一张面孔特别动人,名字是 Petra Janu,我明天一定来买她的唱片!

街的尽头,有一座大雕像;一个中古的国王或将军,骑在马上,耀武扬威,我记不清他是谁了。我们自雕像踅回,从大街的另一面走回旅馆。仍然是冷清清的,除了两三群游客外,似乎本地的居民都绝迹了,时近午夜,有的街灯开始黯下来,我感到一阵无名的恐怖,幸亏还有几个美国游客,否则一个人形单影只,万一有个三长两短怎么办?(也许是那个敲丧钟的骷髅在我脑海中作怪吧)我倒开始感激这两对美国老年夫妇了。

路旁隐隐地传出一阵摇滚乐声,接着有几个青年男女跑出来,在空旷的行人道上大叫了几声,又跑了回去,我跟在他们身后走到街角的一扇小门,门后好像有一段台阶,音乐从地下传来。我正想走下去探险一番,又怕一个人"失落"了,终于随着游客朋友回到旅馆,到房间里突然感到疲倦,于是倒头便睡,一夜无梦。

次日清晨吃早餐的时候,碰到另一批美国游客——三个单身汉,他们开玩笑地对我说:"昨夜有艳遇吗?我们吃晚饭的时候不是有一个捷克女郎向你微笑吗?"我不知所云,置之不理。他们终于暴露真相:原来昨晚在旅馆里的酒吧有两三个捷克女郎也向他们卖笑——在这个文化古都的第一流大旅馆,世界上最古老的行业仍然方兴未艾。"今晚你可要小心喽,房间里装有秘密摄影机,第二天公安部的同志就会打电话来——喂,李教授吗?根据我们活生生的资料证明,你是一个007特派间谍?"

美国的单身汉喜欢开玩笑,我是早有经历了,于是也不得不反击一句:"我看你们三个人才是中央情报局的特派员,昨晚到哪里去了?雨衣带了没有?还有手电筒?装得也该像个间谍样子。"

我这一句玩笑却真的引出一段惊闻:昨晚他们三人也是结伴逛街,没有在大街上走,十一点多钟时,在几道小巷里迷了路,据他们三人说:街灯突然灭了三次,还有两辆汽车突然亮着从他们身后急急驶来,紧急煞车后又扬长而去!我听了半信半疑,但这三个人言之凿凿,深信昨夜受到被跟踪的"礼遇"。游客倒真的被疑为间谍了。

我在惊魂甫定以后,决心乖乖地做游客,不再独自乱闯了。在美国时一位捷克的同事听说我要去东欧旅行,还好心地为我发了一封介绍信给仍住在布拉格的他的一位学者朋友,不过这位老学者不会说英文,我如想见他,必须通过德文翻译,这位学者也认识塞弗尔特,说不定凑巧的话我还可以被引见。我不免有点心动,于是先死背了几句德文,准备必要时找不到翻译也可以单枪匹马试一下,而且,据我的同事说,他的太太是懂英文的。

这三个美国游客的经历使我有点胆怯:万一给这位学者找了麻烦怎么办?还是不打电话算了,不过又有点不甘心,终于鼓足勇气走进街角的电话亭(我的同事再三告诫我,最好不要在旅馆的房间打电话,他们照例是录音的),我的心跳得很厉害,好像自己在演戏,又好像在故作惊人之举,打一个问候的电话又有什么了不起?我的目的只是想和一个捷克知识分子见见面,甚至不谈文学只谈生活或天气都可以。于是,我把早已背熟的"台词"拿出来——我的同事用德文写的两句话——再复诵一遍:

"Mein Name ist Professor Lee(一定要称自己为教授,因为在欧洲教授身份还是受人尊重的,至少对方不会马上切断电话),Ich bin——s Freund von der Chicago Universitat, und habe Seifert's Gendichte in chinesisch ubersetzt……(我的名字是李教授,我是某某人在芝加哥大学的朋友,也曾把塞弗尔特的诗译成中文……)"

电话铃一声一声地响着,比我的心跳慢得多,又使我莫名其妙地想起昨晚听到的丧钟,我等不到十下,就把电话挂断了。找不到他也好,省得增加麻烦,说不定他的太太不在家,我如何应付得了?说不定他在周末避暑去了,也说不定……

瘟疫之碑

我终于还是乖乖地做了游客,和一群美国老头老太登上游览车。

原来安排有一位捷克政府旅游部指定的向导,在入境处和我们见面,但是等了整整两个钟头还不见露面("说不定趁机溜到加拿大去了!"好开玩笑的美国游客说),今早接待我们的是另一个中年妇人,面色憔悴,因为她一夜未眠,从意大利赶回来接班,也许向导并不是她的专业,只是偶尔帮帮旅游社的忙而已。

游览车开过伏尔塔瓦河的一座桥,在 Hvadčanské 古堡附近停下来,我们下车步行,原来已经到了一个小山头,俯瞰眺望,河对岸的布拉格全城尽入眼帘,果然有不少金顶的建筑物,但是金顶下羼杂了更多的黑色,这些古物都是年代已久,即使再加以整修也不可能焕然一新(慕尼黑城中心的古式建筑都是二次大战后重建的新房子,仍然保持古色古香的样子,似乎比布拉格雄伟多了),但仍有其特殊的风格,像一个迟暮的中欧贵妇,虽然徐娘已老,还是风韵犹存,毕竟是受过文化教养的贵妇,即使衣服已经破旧不堪,还是风度翩翩。

"这个城真美,真伟大,我真想住下来!"同车的美国人觉得我在说梦话,这种破房子,怎么比得上纽约的高楼大厦?甚至也比不上慕尼黑。

我显然对布拉格入了迷,不能以一个游客的眼光浏览了,一个上午的走马观花又能得到多少?"这里是××大帝在公元××××年建造的,原来的墙壁上刻着……""这座巴洛克式宫殿原属于××大公,两百多年前风华绝世,从这里一眼望去,这座宫墙占了整条街,目前属于国家某机关。""这座娇小玲珑的建筑原来是……现在是波兰大使馆。""这座古堡现在是匈牙利大使馆。""美国大使馆在后面,房顶上还挂着美国国旗。至于苏联的大使馆呢？……"为什么这些价值连城的宫殿全变成了别国的东西？难道殖民主义的租界已变相地在布拉格复活？好的房子都租给别国,那么自己的艺术家、文学家又住在哪里？自己的传统文化如何保存？

"请问贵国的宝物、文化遗产现在保存在哪里？"

"啊！当然在博物馆喽,不过,今天是星期一,我们的博物馆每逢周一关门,对不起！"导游女士的面色有点难堪,似乎她觉察到我有点愤怒了。事实上,我这个问题的后面还有个小秘密:我在芝大的同事曾在我行前对我说,如果我找不到他的朋友,不妨自己到国家博物馆去看看,主管近代历史文物的也是他的一个朋友,以前也写过几本小说;至于古代的部分呢？原来当年负责筹备展出的不是别人就是我的同事！"不过,现在他们当然把我的名字也除掉了。"

博物馆关门,音乐季节已过,演奏厅和戏院也休假了。我百无聊赖之余,心中又是一股怒火上升,不禁又冲口问了一句:

"你们贵国目前有什么名作家和作品值得我们瞻仰和译介？我对贵国的文学颇有兴趣,也译过一两首……"说了一半我不禁住了口,因为我知道塞弗尔特的名字虽然在捷克家喻户晓,在官方他仍是不受欢迎的,诺贝尔奖似乎影响不了当权者的态度。

"你说的是塞弗尔特的诗吗？我们当然都知道,他现在还住在这里,不过身体很不好。至于其他作家,第一流的现在都在国外,国内的没有什么值得介绍。"

天呀！这位向导竟然会说出这样大胆的话！我不禁对她肃然起敬,她的眼神有点伤感,声音有点颤抖,我突然又感到万分的歉意,本来决心不找麻烦的,只做游客,不过,既然她有这种勇气,她就是我的知心,不管了,全盘托出吧！对她我应该诚实:

"我很敬仰塞弗尔特,也翻译过他的几首诗。"

向导女士似乎没有听清楚,或者故意顾左右而言他,她指着另一幢房子(门前站着一个全副武装的警卫)说:"在这幢房子里,'好兵帅克'也曾被关过,人家以为他发疯了。这是一个很著名的故事,捷克人都知道,这也是我们的名作家 Jaroslav Hasek 的作品。"

"中国也有一个鲁迅,写过一篇《狂人日记》,他还创造了一个人物,叫阿Q,似乎与好兵帅克略有相似之处。"我又是冲口而出。

"噢!"她不置可否,这次她是真不懂了。突然间她指着一幢古迹说,"这就是瘟疫之碑!中古时期闹过鼠疫,很多人死亡,后来他们在这个教堂建筑了这个碑,以资纪念,碑的四周有四个圣徒:马太、马可、路加、约翰……"

导游女士侃侃而谈,而我脑海中追忆的却是塞弗尔特的名诗——《瘟疫之碑》:

> 我是在瘟疫教堂受洗的
> 圣罗契教堂在奥沙尼路边。
>
> 我站在奥沙尼的酒店路边
> 在夜晚——我常倾听
> 掘墓和抬尸首的人
> 唱着他们玩世不恭的饮酒歌。
> 那是很久以前,歌声早已消失;
> 到了最后,掘墓的人
> 终于埋葬了自己。

我译这首诗的时候,没有想到真有这个疫碑,而且自己竟然真的看到了!我又感到一阵冲动——也带点自傲。我举起了照相机,把"瘟疫之碑"匆匆收入镜头。

"我们刚走过的这条街,"导游女士又说,"名叫聂鲁达街,你们听说过聂鲁达吗?他是我们捷克的名诗人,你们瞧瞧,那边那家小酒店,是他常来的,历史颇悠久,许多捷克文人——包括卡夫卡在内——都曾在这里喝过酒!"

啊,聂鲁达——南美诗人 Pablo Neruda 不就是为了景仰这位捷克诗人而故意把他的名字用作自己的笔名吗?想不到现在的名气比他的捷克偶像更大。我们对于捷克的文学了解实在太少,要不是近年来昆德拉在法国和美国的名气和塞弗尔特的诺贝尔奖,也许捷克文学就会像布拉格城一样——被世人淡淡地遗忘了。

一九六八年还是轰轰烈烈的时代,如今只不过十几年,竟然如此凋零!好像昆德拉说过一句这样的话:俄国集权势力的统治方法,就是使你遗忘过去;改写历史,何尝不也是一种遗忘过去的方式?

对抗遗忘的办法是记忆——当捷克本国人被迫遗忘一切,只注重现实生活的享受的时候,流亡在世界各地的捷克作家,却用不同的文学方式来记忆,甚至回忆自己年轻时代的理想、热情和荒唐,昆德拉的作品对我的感召就在于此。

我必须读聂鲁达,也必须重读卡夫卡。在我个人的文学回忆中,前者是陌生的,后者却真的难忘。

卡夫卡

"你想看卡夫卡的书房吗?在河对岸的犹太区。你们愿意的话,今天下午我可以带你们去看,现在布拉格还保存了犹太人的墓地,当年的犹太教堂现在成了博物馆,只有它今天还开门,你们有谁要去?"

一车游客只有四五个人举手,其他的人都急着想去买捷克著名的玻璃和瓷器。谁还会想到卡夫卡?

对我而言,卡夫卡的意义当然高于一切,因为早在大学二年级就听到他的名字——老同学王文兴毕竟比我成熟得多,《现代文学》第一期出"卡夫卡专号",大半是他的主意。大学毕业后我抵美改了行,也很少接触卡夫卡的东西,直到这几年,因为自己的文学兴趣转向东欧,所以又不禁想起卡夫卡来,读了他几篇寓言式的短篇,感到一股莫名的震撼,也许是人到中年了吧,平铺直叙的或浪漫自白式的故事毫无兴味,比较喜欢读有点内心煎熬但又不长篇大论的作品(我的"陀斯妥耶夫斯基时代"恐怕也过去了吧),重读卡夫卡,是一种新的启发。

卡夫卡的短篇故事中有一个极短篇,题目叫做"梦",故事内容大致如下:

约瑟夫·K做了一个梦。

有一天天气晴朗,他想出去散步,可是还没有走几步就发现自己到了墓地。他看到一座刚刚挖好的坟,这座坟对他有一股特殊的吸引力。于是他匆匆往前跑,地上泥土很松,他脚下不稳,不禁跌倒在墓前。有两个人站在墓后,合力举着一个墓碑,K一到墓前他们就把墓碑栽在坟上,从树荫里又走出第三个人,K一看就知道是一个艺术家,他手里拿着一支普通的铅笔,正在空中乱画。

这个艺术家于是用他的铅笔在墓碑上写字了——而且是纯金的字,每一个字母清清楚楚:"此墓乃是——"K急于看墓碑,当他的眼光终于碰到艺术家的时候,艺术家却停了笔,而且甚为尴尬,而K也同时觉得不安,两个人无助地对望了几眼,墓地教堂的钟开始响了,艺术家手一挥,钟声停了,但不久又开始响,而且声音悄悄地,一会儿又停了,好像在作某种试探。K顿时感到痛苦不堪,因为他体会到艺术家的困境,于是掩面哭泣起来。艺术家等待K哭完以后，觉得既然没有其他办法还是继续写他的墓碑吧，可是他的字体却有点不工整了，而且金色也褪了许多，这有气无力的一笔写出来的字母却是一个很大的"J"，艺术家跺着脚下的土，显得十分生气的样子。K终于明白了，他没有时间道歉，遂两手拼命地挖土，一切似乎早已安排好，土层下露出一个大坑，于是K的身体就向大坑中沉了下去。当他进入穿不透的深坑的时候，他仍然扭着颈，头往上看，看到墓碑上自己的眉飞色舞的名字。

正迷惑于这一景的时候，他醒了。

这个小故事，是典型的卡夫卡：寓言的内涵是很深沉的（自己的死亡？自掘坟墓？艺术家是自己的双重人格？艺术带来的终究是死亡？而死亡本身——竟然是深不可攀——又是一个谜？一个梦？），但表面上的文字似乎又很浅显，卡夫卡大多用德文写作，我看的当然是英译本，只能约略揣测其中的一点味道。我也知道一般写实主义作家对卡夫卡颇有偏见：基本上认为他的作品消沉、颓废、虚无、抽象而难懂。我自己当年念在《现代文学》上的卡夫卡的中文译文，也觉得似懂非懂，甚至也同意他的文字太过抽象。

布拉格之游，使我对卡夫卡作品的看法大为改观。他那个梦中的墓地是真实的！我们参观的墓地旁边就有一个小教堂，而且，微弱的钟声，似断似续，不也恰像昨夜钟楼上那个骷髅敲着的钟声吗？也许，他的这一个梦是写实的——至少在客观的景物上是写实的。西方文学中死亡是一个极重要的主题（而中国现代文学却大多言"生"，譬如为人生而艺术），托马斯·曼和卡夫卡更是两位描写死亡的大师。

面对死亡需要勇气——特别是当死亡正包围在你生活周围的现实世界的时候。

我站在墓地里,烈日当空,墓碑上刻着一个个犹太人的名字,有不少名人,就是找不到卡夫卡,更找不到约瑟夫·K!一座座墓碑挤成一堆,也许,埋藏在地下的人更多吧。卡夫卡在哪里?我查过他的生卒年月表:生于布拉格,一八八三年七月三日;死于一九二四年六月三日,六月十一日葬在布拉格犹太墓地。也许是另一块墓地吧,其实,他那《梦》中的墓地不是更真实吗?

找不到他的墓,我一定要找到他的书房——我毕竟还是一个书呆子——于是,在近乎向向导哀求的情况下,我和另一对美国犹太夫妇终于被带到墓地外的一个街角,看到一幢普通的房子,墙上有一块金牌,上面的金字全是捷克文,我只认出卡夫卡的名字,金牌几乎被几块木板遮住了——原来这个街角的建筑都在整修中,我们当然又不得其门而入。"这就是卡夫卡的书房,"向导女士说,"现在,在布拉格他的作品也很少看到了!祝你们旅途愉快!"她突然扬长而去。

我们三个人站在街头,不知所措——两个芝加哥来的美国犹太人,一个流落在芝加哥的华人!怎么办?于是,我们又乖乖地举起了照相机。

午夜的电话

晚餐的食品很丰盛,而且还有一个三人乐队演奏民歌助兴,但是我没有胃口,好像有一股说不出来的抑郁闷在心里,消化不了,只好拼命地喝酒。但又恐酒入愁肠后自己的言谈举止有失体统,所以还勉强地与同桌的游客闲谈。

"年轻人,我看你有点不大高兴的样子,怎么回事?"同座的老夫妇倒是颇为敏感。

"一言难尽,以后再告诉你们吧!现在我们应该为布拉格之游干杯!"于是,我们几个人就把一瓶红酒喝得精光。(普实克也喜欢喝红酒,餐前餐后闲谈时,他常以此代替烈酒。)捷克制的红酒,不见得高明,但酒杯倒是十分精致的,同车的游客几乎每一个人都买了几个玻璃杯或茶具,只有我双手空空如也。

这一趟欧洲之游,我买的礼物极少,每到一个城市,我就打听音乐节目,所以花在歌剧和音乐会上的钱倒颇可观。有时候,听完了意犹未尽,或当天恰好没有音乐会,就闯进唱片行选购几卷卡式录音带,以便在车中以耳机聆听,聊慰旅途上的寂寞。最丰富的一次经验是在布达佩斯看巴托克(Bartok)的《蓝胡子的城堡》(Bluebeard's Castle),第二天就在国营的唱片行买到一张该曲的新版录音带。相形之下,布拉格的唱片行逊色多了,我下午跑遍了那条城中心的大街,至少有三四家唱片行,但古典音乐的唱片极少,使我大失所望。那么,捷克爱乐交响乐团岂不成了绝响?有人说:捷克的古典唱片,专为外销的居多,国内反而买不到。布拉格这几家唱片行的顾客也不少,大多数是年轻人,他们选的都是些流行歌曲,我昨晚看到的那几张放大的歌星照片,原来都是本地的流行歌明星!我跟着人群在柜台前排队,轮到我的时候就"点"了一个Petra Janu,因为她的脸蛋很甜,但是唱片拿出来后又使我大失所望:"Petra Janu演唱好莱坞十大流行歌曲!"我犹豫了半天,终究没有买,还是保留一点俏好的意象吧——我宁愿把她当作哑巴。

回到旅馆已近午夜,天下着小雨,布拉格街头更显得凄凉,我早已毫无游兴了,正预备登上电梯回房,电梯门旁突然又闪出一个俏好的面孔,而且正对着我微笑——一个像Petra Janu的面孔,欲语还休,甚至有点娇羞之态!不过她的身材却不是青春少女型的,而且还稍露出一点徐娘的风尘。

我于是匆匆逃回房间,锁上了门,倒在床上太累了,布拉格的这一天已经使我筋疲力竭。打开房间里的电视机,一部彩色电影正在进行,银幕上出现几个穿着十九世纪古装的人,他们说的话听不清楚,但却有一个幕后的声音作英语翻译,这也是布拉格的特色:电视机上明明有四五个电台的频道——包括俄文的电台——但是旅馆房间内只能收看一个英文频道,从早到晚都是电影,这种"思想控制"的方式,在世界各国都是罕见的。

我实在疲惫不堪了,关上电视机,倒头便睡。正在朦胧之间,电话响了,是一个女人的声音!我本能地回了一句:"对不起,我没有兴趣。"对于楼下的女郎,除了同情和好奇之外,实在没有其他的欲望。

"你是李教授吗?我是——太太,我们认得你在芝加哥的同事,我们找你找了一天了。"

"真对不起,我认错人了,我还以为是楼下的那个……"

"你住在哪家旅馆?信上说你不是住在帕拿马大旅舍吗?"

"临时改了,这家比较近一点,在城中心,买东西方便……真对不起,我今天也曾设法打电话给你们,没有人接。"

"哈哈!我们一定出门找你去了,真是好像捉迷藏。"听了这句话,我突然又有点担心,旅馆的电话是否有人录音?是否会影响这对夫妇的安全?何况我们又素未谋面。不过,他们久居布拉格,应该比我更了解这里的情况,既然打电话到旅馆来,也许没有什么问题吧,但是我还是小心一点为妙。下面的这一段对话,就是在这种微妙的心情下进行的,我说话时吞吞吐吐,他们夫妇一个讲英文一个只能讲德文和捷克文,也不大顺口,所以我只能在事后把大意记下来。问话的是我,答话的是这对夫妇:

问:"我很想知道你们的那位伟大的诗人塞弗尔特的现况……"

答:"他还好,他的女儿倒忙得很,据她说曾经收到你的中文译诗。"

问:"也可能是我的一个朋友译的,他把这几首译诗——登在台湾的一个文学杂志上——寄到多伦多,你们认得现住在多伦多的捷克作家——吗?"

答:"当然认得,他是一个很风趣的人……"

问:"对不起,我们这样的谈话方便吗?"

……

问:"我今天去了东方研究院,好像研究工作也大不如前了。你们的工作还顺利吗?"

答:"教书还不算一件难事,问题是学术以外——或附属在学术之中的种种活动就比较困难了,譬如出国开会。"

问:"我们上一次想请一位波兰的学者到美国来,就没有成功,你们到过美国吗?"

答:"那是好多年以前了,我们和某某(我在芝大的同事)一起,他现在如何? 在芝加哥还好吧!"

问:"这次我来,他帮了我很大的忙。不过,我还是失去了一个很好的机会,明年暑假我想再来。"

答:"请代我们问候他,下次你来的时候,一定要早点通知,我们非常欢迎,这里的人七八月间常常出去度假——虽然出不了国,不过到乡下避暑还是可以的,有时候还可以到匈牙利去。"

问:"我刚从匈牙利来,那边的情况似乎还不错。"

答:"他们的经济比捷克好得多。你知道捷克的问题是……我该怎么说呢? 我们已经没有什么'问题'可问了,一九六八年以后,知识界的精英都跑光了,剩下我们这批人,还不是一念之差? 当时我们在乡下有一幢房子,刚买下来,舍不得……想不到我们就在这幢房子的窗外看到俄国的坦克车队开进来,简直难以相信,超现实……现在生活好多了,俄国人在这方面也不笨,只要物质生活水准提高,人总会随遇而安的。"

问:"目前文学界的情况怎么样?"

答:"历史题材可以写,娱乐性的、消遣性的东西很多,甚至性的描写上都很大胆,尺度也宽多了,不过,真正的创作,像昆德拉写的那种东西,恐怕就很难了。"

问:"请问贵国还有像昆德拉和塞弗尔特这样的作家吗?还活着吗?"

答:"当然有,只是目前写不出东西罢了,我们是在沉默着,但是捷克人的这种心态——你知道的,昆德拉写的就是这种心态——是死不了的,我们不再哭泣了,不过我们的笑话可多得很,讽刺的、自嘲的、调侃的,甚至愤怒的……多得无以计数,我们现在是靠着笑话生存下去,靠笑话来保持我们的历史,来反映我们的现实,我们在笑中并没有忘却……"

(我想到昆德拉的《笑忘录》,我最喜欢的一本书。)

问:"有什么话要我转告你们在芝加哥的朋友吗?"

答:"就说我们还很好,欢迎他也回来看看,去年他的太太回来住了一个多月呢!你也许可以对他说:捷克文化的香火在芝加哥、在多伦多、在巴黎……他当然知道这些的。我们很好,我们生活在博物馆里,对你们游客来说,布拉格不就是一座博物馆吗?布拉格仍然存在于历史的金顶里,不过我们的建筑太老了,金顶有点经久失修了……"

清晨的车队

清晨起身匆匆出发,今天要赶一天的路——穿过捷克和民主德国,回到西柏林去。

昨夜的电话,几乎像是梦境,然而却又那么清晰,但愿旅馆里的"检查官"没有把这段对话转呈给上级,因为我还是顾虑这对夫妇的现况,而自己毕竟希望明年重访布拉格时可以入境。

游览车突然慢了下来,恍惚中我向窗外眺望一眼,这一景却是真实的,绝非梦境:一长队运兵卡车隆隆驶过,车篷盖得很紧,我看不出这十几辆车内有多少士兵——是捷克兵或是俄国兵？车开得很慢,有两个军官,配备齐全,帽上的红星和胸前的金章在晨曦中耀然可见,他们懒洋洋地伸着手,正在指挥交通。

重游布拉格札记

一九九二年五月二十五日(星期一)

我终于又回到布拉格。七年前(一九八五)一个夏天,我随着美国旅行团在布拉格待了一天一夜,百感交集,归后竟然写出一万多字的长文。

这一次的访问,不完全算是旅游,而略带学术性:因为我曾师事捷克的汉学家普实克教授,而他在一九六八年"布拉格之春"失败后郁郁不得志,终于在一九八〇年四月离世。我觉得应该为他再尽一点心意,所以决定重访他生前的汉学中心——欧洲现代中国文学研究的发源地——布拉格,作一点学术交流的工作,并庆贺他的大弟子克劳(Oldrich Kral)教授荣升查理大学汉学教授的职位。承蒙普实克的另一位女弟子,现在加拿大多伦多大学任教的蜜莲娜·E 杜勒哲洛娃(Milena Dolezelova-Velingerova)教授的安排,我这次遂成了查理大学东亚语文系(克劳教授是系主任)的贵宾,他们为我订了一间学校附近的小旅馆,并安排一次演讲。

机场过关时出奇地方便,不需要签证。飞机上坐满了生意人(德国人更多),似乎都是常客。捷克人不再用"东欧"这个地理词,认为是美苏冷战时期的遗产,而改用"中欧"。

这个世界真是变得太快了。

在机场接我的正是这两位名教授。蜜莲娜这几年来每年都回到她的故乡讲学,而克劳教授还是第一次见面,这位研究《儒林外史》、翻译《红楼梦》和庄子的名学者,已是满头白发,年近六十,衣着随便,言谈举止毫无欧洲教授的"架子"和庄重礼仪(当年普实克在哈佛讲学的时候,见到系里的女秘书都要吻手为礼),我和他可谓一见如故。而蜜莲娜当然早已是学术界的老朋友了(十几年前她曾把我视为"敌人"之一,虽然研究方法不同,近年来我们一直相处甚佳,所以我用美国的习惯直呼直名)。有这两个人做向导,我真是得天独厚,几年前为我算命的人说得对,我人到中年之后真是走运,每到紧要关头,都有"佳人"来相助。

"哪里的话,"我好像听到普实克教授的声音,"其实是我故意安排的,让这两个大弟子来迎接你!"

"我仍要尽可能把你的幻想变成现实!"蜜莲娜在信上说。她所指的幻想却和汉学无关,而是指我多年来对于捷克文化的仰慕和憧憬:从哈谢克到昆德拉的文学、从德沃夏克到亚纳切克的音乐,当然还有战后捷克新浪潮的电影和战前的卡夫卡——对我而言,二十世纪捷克的文化非仅光辉灿烂,而且把乡土和现代、民族性和世界性融为一流,就像捷克国内的那两条河一样。我最近又从一篇昆德拉的长文中发现,中古以来的布拉格,更是神秘多端,现实和"超现实"并存,甚至于有一个国王——鲁道夫——时常把江湖炼丹之士聚在一堂,还有一个犹太教主(Rabbi Loew)竟然可以造出一个泥人来,听他使唤,而目前英文常用的"机器人"(Robot)这个词,也是从一篇捷克短篇小说中得来的……

二十年来我一直觉得"东欧"比西欧神秘;而我似乎又命中注定和欧洲文化纠缠不清(否则为什么我姓名中就有一个"欧"字?),而这个欧洲文化神秘面的代表就是捷克。

五月二十六日(星期二)

昨晚时差还没有克服就一个人进了"布拉格之春"音乐节的演奏厅。

原来蜜莲娜和克劳教授早知道我是一个音乐迷,我一下飞机,就送给我一份见面礼——捷克爱乐交响乐团当晚音乐会的一张票。"赶快在旅馆睡个午觉,晚上才有精神!"

朦胧中被闹钟叫醒,正是傍晚六时。不久,克劳教授派来的一个学生——马丁·哈拉(Martin Hala)就来接我,带我到附近的市政府演奏厅(又名"斯美塔那",当然又是捷克的名作曲家,每年五月的"布拉格之春"的音乐节都以他的交响音诗《我的祖国》(Ma Vlasts)开幕)。我们踏着旅馆门前的石头小街,转了几个弯,音乐厅赫然在望,距开场还有一个小时。我请哈拉在附近的咖啡店小坐,眼前走过一群群的年轻人,熙熙攘攘,不少女孩子(怎么金发的特别多?)还穿着在欧洲又时髦起来的迷你裙。这条大街真是热闹,我感到一种说不出来的春天的喜气,突然想到"解冻"这个名词的意义:其实,解冻的不全是政治,而更是人的心情。

这和七年前我初到布拉格——也是黄昏时刻——所感受到的那般凄凉和情景真是天壤之别,当时街上除了几堆游客之外,竟然看不到本地人。也许是我主观心情作祟吧,也许上次来正是八月的一个星期天,可能布拉格的人都到乡下度假去了。

然而,今晚却见不到什么游客。"不要急",马丁笑着说,"明天我带你去玩就会见到游客了,多得很!"

黄昏的震撼竟使我在音乐会中精神不能集中。舞台上挂着浅蓝色的旗帜,还有"布拉格之春"两个(捷克文)大字。中场休息时,我随着一窝蜂的人群涌到楼下进口处,原来在围着买CD(激光小唱片),而价钱又出奇的便宜,我挤不进去。禁不住想起七年前逛进的那家政府经营的唱片行,顾客零落,壁上挂着几个指挥的照片,一张就是捷克爱乐交响乐团的 Vaclav Neumann。今晚指挥的不是他,今年的音乐节他将指挥最后一场音乐会,节目还是贝多芬的这首交响曲,可惜我当天清晨要离开,赶不上了。

音乐会完后,随着人潮出来,突然饥饿难熬,迷糊中走进一家餐厅,原来正在那个咖啡馆的楼上。布置颇堂皇,但除了我一个人外,只剩一对情侣,角落里还有一个中年的琴师奏乐助兴,都是五十年代美国流行的老歌。我叫了一盘炸鸡和一碗俄国罗宋汤,突然忆起马丁调侃的话:"楼上的这家餐厅叫作莫斯科,当年烜赫一时,如今早已过时了,也算是俄国大哥留下的一个历史纪念吧!"

五月二十七日(星期三)

昨天和今天,主人为我安排的节目是游览,真是盛情难却。其实,我这次来的心情并不像游客,而且上一次来似乎已经游遍了布拉格的名胜古迹。

其实,我简直是大错特错。

上次来走马观花,旅游公司安排的一天节目并不周全,山顶上最著名的尼古拉斯教堂竟然没有看,国家博物馆也关门了,这一次真是看个饱,而且导游的又是两位汉学家,昨天是马丁,今天是蜜莲娜,看得我眼花缭乱。据蜜莲娜说,哈维尔总统上任的第一件事就是把布拉格的重要古迹整修一新,使捷克的古典文化重放光明,山顶上的几个教堂——建筑风格各不相同——都经过整修全部开放,吸引了大量的游客,挤得透不过气来。哈维尔这个戏剧家似乎把总统府也看作一个剧场,甚至把卫队的制服也改了,全新设计的深蓝色,欢迎游客照相,又是气象一新。不过,山顶上原来的总统官邸却依然陈旧不堪,哈维尔不愿意搬进去,宁愿住在城中心面临河畔的一幢公寓里。

然而,布拉格这个城还是"俗"不了,因为它蕴藏了太多的文化,大街小巷中到处是历史,整个城笼罩在赫拉德恰尼(Hradčany)古堡之下,堡内那一座高耸入云的圣维塔天主教堂,哥特式的尖顶,位于全城的最高点(目前却要面对另一座新建的电视塔),把持了全城的"风水";而教堂旁边的一条小街,却呈现另一种神秘,街旁的房子低得惊人,像是侏儒群聚之所。据说,这就是中古炼丹神仙之士荟萃的地方,后来卡夫卡也在这里住过一段时间,写他自成一格的既神秘又真实的小说。原来这位现代主义文学之祖是在这种环境中营造他的艺术世界。

说起卡夫卡,七年前他可能是最神秘的人物,我每到一家书店就打听他的书,得到的是同样的漠然反应,好像从没有听见这个人,还是那位好心又大胆的导游女士,在趁着全团其他游客去购物的时候带我去瞻仰了他的墓地。这一次我旧地重游,不经意的又走进一家书店,马丁陪伴着我用捷克文打听,卡夫卡的名字才刚刚出口,店员就拿出好几本书,马丁打趣地说:"你没有看到街上商店的橱窗挂的是什么?"——竟然是卡夫卡像的汗衫!满城都是:书籍、照片、壁画、戏剧,还有昨天观赏的歌剧,都是围绕着卡夫卡,想不到这个孤僻内向的艺术家,在经过半世纪的冷落后,却变成了最热门的人物。

又是一种"媚俗":卡夫卡的商品化!然而我还是高兴的,不禁又突然想起当年《现代文学》初创时老同学王文兴独崇卡夫卡的情景,我在大学二年级做学生时,仍然后知后觉,不知道卡夫卡是谁。今天早晨蜜莲娜带我参观的第一个地方就是卡夫卡的出生地,在老城广场的入口,尼古拉斯教堂旁边,现在已改建成一个小型的卡夫卡展览馆。在展览馆壁上的放大照片堆里我发现了卡夫卡的未婚妻——名叫蜜莲娜,原来这位知名的捷克女汉学家的父亲也崇拜卡夫卡。

五月二十九日(星期五)

马丁·哈拉是一个颇有意思的年轻人,中文说得很漂亮,英文更是流畅,对美国的文化了如指掌(原来他在加州大学柏克莱分校念过书,作过研究,并且趁机周游各地),对于中国的那份热爱当然是根深蒂固。

我和马丁一见如故,因为除了汉学上的联系外,我开门见山地表示对捷克年轻一代的作家和作品兴趣更浓,说来凑巧,他本来就是布拉格一份地下文学杂志的编辑和撰稿人,所以我们一拍即合,今天兴致匆匆地来带我到他们的杂志编辑部,克劳教授和蜜莲娜女士都去了。杂志的编辑部在一幢极为陈旧的大楼里,刚走进去像是幢破落的官僚机构,原来的确如此,捷克"天鹅绒"革命后,所有的地下刊物都可以公开合法发行了,所以政府特别分配几间办公室给一些刊物,马丁和他的几个年轻朋友的刊物是受惠者之一。

一走进他们的办公室,马丁就介绍主编——一个年轻诗人Jachym Topol,他的英文也极流畅,另外还有一位诗人则须要翻译,还有一位年轻的女士在默默校稿,也不会说英文。(我为什么不会说捷克文?否则谈得会更过瘾!)

话匣子一打开,几个人七嘴八舌地争相介绍他们的杂志,并且拿出好几期刊物给我看,当然又是捷克文。然而不论装订、页数、美工设计,都远远超出想象,他们送我的一本第十七期(出版于一九九一年十月)就有三百六十七页,这是合法出版后的幅度;几年前作为地下刊物时它的页数更多!

"这么厚的刊物,卖得好吗?经济上你们如何支持?"

"当然卖得不好!不过,目前还颇有影响力,因为我们这个刊物是目前捷克唯一的大型文化刊物!至于经济来源,当然是靠大家朋友支持。譬如我爸爸,他也是个有名的剧作家,是哈维尔的同一代人，他虽然不喜欢我们的新潮作风，不过还是暗中出钱支持。我们捷克也有代沟，做一个名作家的儿子真不容易。你看，我也非要出名不可。拿了老子的钱，出这本杂志，也出诗集，不让他专美于前！"这位总编辑 Topol 的话，颇带自嘲口吻，但说的似乎也是实话。其他人听后又三言两语地揶揄他。我从字里行间得到一点领悟：捷克的两三代知识分子，虽然有代沟，但互相还是融洽的。克劳教授就是属于六十年代的知识分子，一九六八年在"布拉格之春"失败后，被打落冷宫二十多年，现在又东山再起，仍然提拔年轻人，还特别为这个刊物译诗（杨炼的作品）。"你们的刊物的名称有点费解，怎么叫作 Revolver Revue？两个字一是英文一是法文，后者的意义很清楚，Revue 就是评论，但前者的原意是手枪，有人叫做小左轮（我突然又想到王文兴的早期作品《玩具手枪》）。"

"他们不必用枪打，我们登几幅照片，把他们本来面目暴露出来就够了。"Topol 说着就给我看他们前一期的几幅杰作，我看到的几个人物也只能用两个字形容：庸俗。"其实，我们用这个英文字，有几层意思：手枪当然是一件武器；文学也就是我们用以自卫的武器；此外，这个字也可以指回旋——譬如回旋门，我们被政治转来转去最后还能幸存，这是另一层意义；我们的这个字像是从侦探小说中出来的，美国三四十年代的侦探小说和电影中，主角不都是藏把手枪在衣袋里吗？我们故意用这个通俗的指涉来反抗所谓的高调文学。我们的杂志的内容五花八门，虽然很'前卫'，但是绝不故作高调，也不高谈阔论（和某些知识分子不同）。我们常常开玩笑，有时候开得还颇有艺术，譬如这张美女相片，你看她多美，真是像一个历经风霜的一代佳人……"说着他就送给我一幅大照片和数张复制的名信片，我看后觉得她似曾相识，好像是年轻时看过的无数好莱坞老电影中的人物。这个电影明星是谁？《第三个人》中的范丽？《谍海惊魂》中的那个神秘女间谍？莎莎·嘉宝？但又不那么风骚？……

"我看,李教授,你看得有点醉眼朦胧,"马丁·哈拉打趣地说,"且引一句成语:酒不醉人人自醉! 不瞒你说,其实她是我们这几个人在一家酒吧发现的。当年我们常常去喝酒——捷克的文人各有自己常去的酒吧,哈维尔常去的那一家就在城中心,你去过了吗？我们去的这一家倒是不见经传,也不在城中心的热闹区,不过很便宜,我们几个人当然都是穷光蛋。"

"至于这位无名女士,她是模特儿,我们觉得她很特别,有一种特别的拘泥和温暖。你看她那双默默含情的绿眼睛,从墙上望着你!"

"什么？原来是挂在墙上的……"

"广告! 她作的是什么广告我们倒忘了,不过,这个倩影倒留下一段美好的印象,所以我们的一个美工朋友把她重照下来,又重新制版,就变成了我们的商标。你看,这第十七期的封面又是她! 我们用她做封面人物始于第九期,还附了一个小标题:*Femme Fatale*(尤物)!"

好一个尤物! 我心中真有点恋恋不舍,这一个做法,真是既前卫又颓废,正合孤意。不过照片看来有点陈旧,左下角露出原来墙壁上粉刷的破绽,看来这张照片也历经风霜。

我翻阅第十七期的内容,真是洋洋大观,除了几位捷克现代画家、诗人、剧作家的作品和访问外(单是画家 Alén Diviš 作品的彩色版就占足八页),还有苏联作家(安特烈夫、罗山诺夫)和漫画家的作品翻译,一篇论中国古画中的象征抗议精神的长文,杨炼和芒克诗的选译,最后还有一个西藏专辑。可惜我语言不通不能细读,至少我知道这本杂志的精神是国际性的,而不仅限于捷克本国的境遇;它特重文化,当然也没有忽略政治。(据说政论杂志甚多,销路也较好)几个编辑明明知道要赔钱,却仍然不惜工本,我只能祝福他们好运。

"我能够为你们做点什么事?"

"当然要为我们在中文报刊上吹嘘一番了!"主编大言不惭地说,"此外,你还必须接受本刊特约编辑马丁·哈拉的独家访问!"

入境只好从俗,他们把我视为"专家",又是介绍捷克文学的功臣(其实真正功臣是郑树森),我只好答应,约好明天在旅馆长谈。

五月三十日(星期六)

这个周末的游览节目,完全由克劳教授一手安排,他现在身为系主任,公务繁忙之余,周末还不得休息,"舍命陪君子"去郊游,使我颇为不安。不过能有这个君子陪我游览,也真是有幸,当然,蜜莲娜事先早已安排好了,我实在应该感谢她。

星期六上午克劳教授一个人开了小汽车到旅馆来接我。先带我去郊区的一个博物馆去看当代的捷克画,我对此一窍不通,而他却十分内行。我们边走边谈,我逐渐发现捷克近二十年的画,和欧洲的潮流并没有脱节,从前卫到后现代,应有尽有。除了绘画外,我更喜欢博物馆中展览的雕塑人像,似乎更表现了某种心理上的面貌。我不懂艺术,不敢随便吹嘘,但克劳教授却不厌其烦地用他不太流利的英语("我有二十年没说了,直到前年到美国参加一个会议才又捡了回来!")向我介绍每一个重要的艺术家。看完后又带我到门口售票处去买画册,竟然没有像样的出售。他又再三向我抱歉,我倒无所谓,不过却发现一个现象:博物馆中从售票员到展览室的看守似乎都认得他,而且和他谈得颇为亲切。原来这正是他当年"下放"的地方! 我于是好奇心起,礼貌地追问下去。

普实克教授当年有几位大弟子,各有才华,据蜜莲娜说,当时他最喜欢克劳,甚至介绍布拉格学派结构主义的大师穆卡洛夫斯基作为他的博士问卷人之一,共同审核他的《儒林外史》的论文。一九六八年"布拉格之春"的时候,这几个大弟子都很活跃,甚至在电视节目中大谈《文心雕龙》,当时捷克的汉学在知识界所占的地位可以想见。一九六八年后,普实克随着改革派而失势,大弟子烟消云散,有的流亡加拿大(蜜莲娜),有的到波兰,只剩下少数几个人留在捷克,在南部的布拉蒂斯拉法的高利克(Marian Galik)仍然利用机会从事研究,出版了不少学术著作。但身居捷克文化中心布拉格的克劳就惨了,拿了学位却无法教书,他就像昆德拉小说中的人物一样,被迫下放,据他告诉我,当时捷克共党领导人物之中尚有识才的人,偷偷地安排他到一家博物馆去工作:"我每天在地下室工作,中午的时候,从天花板的窗外看到无数对女郎的大腿,她们每天中午下班去吃午饭,就从我办公室上面经过,我的处境真像那一部法国电影的主角——"克劳教授回忆当年往事时候还忘不了幽默自嘲一番,具有捷克知识分子的典型作风。

更令人敬佩的是他在受难期间,花了十几年工夫,每天晚上下班后翻译《红楼梦》:"我的太太做过编辑,对捷克文特敏感,所以我译了就先让她看,修改,我们十几年来就和这本《红楼梦》相依为命,最后得以出版,竟然畅销。"想不到一部中国古典文学名著还能起这种"心灵治疗"的作用!也许这也可算是精神上的逃避,然而我宁愿把它看作另一种文化资源,以《红楼梦》的艺术世界来对抗当时的现实,如此活得才有意义!对于我的这一番开解,克劳教授似乎也颇同意。后来他又断断续续地告诉我,除了《红楼梦》之外,他还译了不少中国古诗,不少捷克诗人精读过这些译诗,甚至得到直接的灵感和影响!克劳和这些人交往甚密,他所扮演的角色,使我想到和英国大翻译家威利(Arthur Waley)在伦敦的Bloomsbury作家圈子中所占的地方相仿,不过,他毕竟受过磨难,不像威利那么逍遥自在,他这一代人的心路历程和中国文学的关系,是不能仅以唯美主义等闲视之的。

那天下午,克劳又带我去一个附近小城的古堡,进到餐厅又有不少熟人上来打招呼,原来克劳又是常客。"当年这个古堡是属于公家的,我们常来——普实克和我,在这个餐厅吃了饭,就到后花园去散步!"克劳也带我到后花园去走走,抬眼看去却像一座小小的凡尔赛宫!他又带我到楼上喝杯酒,忆起当年他们几个文人朋友常来这里开会的情景,有时畅谈一个周末,就住在这座小宫殿里!我听后一个主意脱口而出:"为什么不在这里召开汉学会议?"克劳面有难色地答道:"目前这个地方恐怕会回归私有,甚至可能改建为旅馆,我们已经不像以前有特权了!"

五月三十一日(星期日)

昨天与克劳教授游兴甚畅,傍晚时分送我回布拉格,又由蜜莲娜教授"接班"带我到国家剧院去看芭蕾舞。我特别喜欢荷兰舞蹈家Jiri Kylian的作品,他采用亚纳切克的钢琴曲编舞,动作纯净而特具抒情韵味,中场休息时我赞叹不止!怎么荷兰人的艺术造诣如此高超,"他不是荷兰人,"蜜莲娜纠正我,"他是捷克人,流亡到荷兰二十年,现在又衣锦荣归了,现在每年特别安排表演节目,并且成立基金会,回馈他的祖国!除了他以外,还有不少艺术家、音乐家,他们都回来了,你一定听说过指挥家库比利克前年回国指挥斯美塔那《我的祖国》的感人情景!(我早已买了这张唱片)所有的人都回来过了,就是昆德拉没有回来,也有人说他秘密回来了一趟又走了。"似乎不少捷克人对昆德拉有成见。我觉得自己对他的看法也有所改变,他的新作《不朽》我竟然读不下去,觉得法国味太浓,有一种说不出来的"布尔乔亚"味,远不如《笑忘录》那么令人震撼;其实在《生命中不能承受之轻》这本小说中已经看到一些端倪,不过它仍具有哲理气息。一个流亡作家与其本国文化的关系本来就是一个复杂的问题,当他的作品已经失去本国文化的精神的时候(这种精神不必直接"继承",可以反讽,也可以从时空的距离审视),也许他真正变成"国际作家"了,然而,昆德拉的文学生命又如何延续?这个问题,只好有待来日解答了。

这一周布拉格之旅,我每晚都有节目,今晚是最后一晚,压轴戏——另一场现代舞表演——并不太精彩,倒是表演的小戏院真是精彩绝伦,远比国家戏院为佳,原来这个精致典雅、只能容纳几百人的小戏院就是莫扎特的歌剧《费加罗的婚礼》和《唐·乔万尼》首演的地方!当年莫扎特在维也纳受到批评,到了布拉格却大受欢迎,轰动全城。我坐在包厢里看台上的表演,脑子里想象的却是两个世纪前在这个包厢中听莫扎特歌剧的布拉格贵族仕女。那天首演之夜一定灯火(还没有电)通明,衣冠锦簇,雍容华贵,珠光宝气……突然又记得进门时我穿的是运动鞋……衣着随便,竟然也顺利进场,而楼下的年轻游客有的穿短袖汗衫,比我更随便。时代毕竟不同了。

六月一日(星期一)

今晨我匆匆理好行装,昨天叫的计程车提早到达旅馆,我匆匆上车,并不感到有任何惜别之意,因为我知道这只是一个开始。明年六月我还会回来,克劳教授请我来讲学两个礼拜,我欣然答应;也许,这是我最后一次在布拉格做游客;今后布拉格将会成我人生的一部分——一个对我有特别意义的地方,和香港一样。

后记：九月一日(星期二)爱荷华

我这篇札记在荷兰写了一半，回美后心情不定，一直拖到今天才补完。

回美不久，就从报上看到捷克和斯洛伐克要分裂的消息。其实，这是布拉格的朋友早已预料到的，但是没有多说，当时布拉格全城到处都有竞选人的照片和标语，大家忙着选举，甚至在克劳带我去的小地方也有人用扩音器发表演说，旁边有一群人听着，气氛十分宁静。我并没有感到形势会有很大的变化，所以也没有记在心上，当然也没有想到哈维尔会那么轻易地下台(虽然这和他的声望无关)。

上月接到在斯洛伐克研究院任教的高利克教授的信，他和我已是老友了，这次我来未能去南部看看他，颇感遗憾；他却特别坐车到布拉格来看我，并相约明年六月底在他召集的学术会议(在斯洛伐克的布拉蒂斯拉法城的一个古堡举行)再见面。一九九〇年春我曾邀请他到美国讲学，当时捷克的"天鹅绒革命"刚刚成功，他十分高兴，我从来没有看到他这么津津乐道他最近的经验。这一次见到他时，他的面色较为镇静，但还是很愉快。

他的信很长，除了互相问候、谈谈学问之外，还有下面一段话(大意如下)：

> 真没有想到在我国"天鹅绒革命"不久就又要作"天鹅绒式"的分裂了，我感到很沮丧。有时候政治上的事和我们作的学问是大相径庭的，我今后更要放全心全力于中国文学的学术研究上，至少我还拥有第二个祖国——中国文化。你明年夏天一定要来，不能让我再失望了(上一次的会议我临阵脱逃)，届时我们大家把酒言欢，可以共同颓废一番，你提出的论

文题目甚好——"世纪末的颓废的再阐释"。二十世纪还剩下几年了,世间人事往往非我所愿,但明月清风、诗和酒、普实克教授的精神仍与我们同在!愿你在下一篇文章能够用小说体裁写出你和普实克教授的想象对话。

一九九二年

今天在布拉格

北岛在电话中催稿:"何不追忆一下去年六月我们布拉格之游? 还有那位楚楚动人的女编辑,人见人爱,我们和《手枪评论》杂志几个人的座谈会,各人观点不同,也可以讨论……"

我十分感谢北岛的好意,为我这篇苦苦挤不出内容的"狐狸洞诗话"专栏又找到一个题目。那次布拉格之游(事实上是我的第三次,前两次皆引发我作了两篇游记,这一次不好意思再重复这一个形式了),也实在令人难忘。《手枪评论》(*Revolver Review*)是捷克的一份文学刊物,长年在"地下",最近才"出土",其地位与《今天》颇相似,所以才由该刊的编辑马丁·哈拉(也是位汉学家)倡议,在六月底的一个周末,在这个杂志的办公室开个座谈会。当晚又在一家地下酒吧——真正是在一幢破房子的地下室——开诗歌朗诵会,会前会后各人啤酒一杯在手,高谈阔论,实在高兴。记得我在朗诵会前忙着为宋琳——另一位上海来的诗人——修改他的一首诗的英译,因为早有三分酒意,无法专注,英文词汇竟然忘得一干二净,情况颇为尴尬,最后只好草草了事,他这首诗,经过他以中文朗诵后,就由另一位流亡在捷克的美国年轻人,用颇为木讷的姿态读出颇为笨拙的英语译文,好像又有人用捷克语再朗诵了一次。三次语言交错,使我颇为困窘,恨不得再多学一两种语言! 事后我再三向宋琳道歉,只记得脑中想的是:他这首诗本来是大陆的一个朋友译的,只直译了文字,却没有把诗句的意义表达出来,如果我来译的话……正想把自己的意见说出来,却发现北岛、迈平、还有几个朋友不约而同地向我眯眼示意,原来不知从何处来了一位年轻女士,似曾相识,就坐在我身边,大家的注意力就从诗转向人——这位大家惊为天人的美貌女郎,就是《手枪评论》的新任总编辑!我突然记起上次重游布拉格时第一次到杂志社访问,正在和社里几个诗人讨论得兴高采烈的时候,却发现一位年轻的女士在默默校稿,也不曾说一句话,原来她不懂英语。那一次引起我一种无名的冲动:我为什么不会说捷克文?否则谈得会更过瘾……到底和谁谈得更过瘾?而身旁的这位天人却轻启朱唇,用一口流畅的英语向我打招呼!她不到一年就学会了另一种外国语。

北岛要我追记一下,走笔至此,竟忘了她的名字,只记得她告诉我刚去看了一场戏——当然又是用捷克文写出——而且要赶着写剧评。"你也写诗吗?"我心里想说,却问不出口,其实也想不出其他搭讪的英语,总觉得不伦不类:在这个场合,说中文是为了几个访问的诗人;捷克文是本国母语,我又为什么要用霸道的英语?而且还脱不了多年来积习难改的美国口音。几大杯啤酒下肚后,身边丽人已不翼而飞。马丁·哈拉把我拉到另一张台子,向我介绍另一堆年轻人,却都在说着英语,原来都是美国来的,有的暑假来游览,有的已经在布拉格住了一年多,不想回美国,甘愿流亡。他们想在布拉格出版一份英文的刊物!要我投稿,我一口答应,但是要我提供从未发表过的小说或诗!"可惜我不会写作!"那么,把朋友的作品寄来行吗?"当然欢迎。"

于是我不禁想到也斯的那一篇奇文(也算小说):*Transcendence and the Fax Machine*(《超越和传真机》),这是篇中文作品,但题目却故意用英文,为什么?而这篇故事说的却是一个住在香港的孤僻学者想把一篇哲学论文用传真机传到法国去,然而传来传去却发生故障,把商业广告也传进去了!"我们就生活在这一个多文多语的媒体世界里,传真本是为了存真,但又无法把真实传送过去,为什么?传真机如何能'超越'?除了机器之外还有语言……"(这一段话是事后他在课堂上讨论这篇小说时的论点,此文的英译者戴静女士在旁听到颇不以为然,于是我们就在学生面前辩论起来。)好在戴静的英译本极为传神,我刚好可以借花献佛把这篇英文译文(尚未发表)寄给这本英语文学杂志。

当晚大醉而归。次晨意兴阑珊,几位诗人朋友都各自回"国"了:宋琳回法国;迈平回瑞典;北岛回荷兰;我还有两天就要回美国。天下没有不散的筵席,即使席间豪饮无数杯捷克啤酒,还是要散的。朋友走了,我顿觉寂寞,然而并不孤单。一个人在布拉格街头漫步,毫无目的地闲游,身边没有带地图也并不迷失,这不仅是我旧地重游的都市,而且也是我自愿认同的都市——和香港一样。在这一个"记忆的城市"中,我不再感到陌生;也许,下意识之间这个城市也接纳了我,认我做"异国公民",这是捷克的名汉学家克劳教授开玩笑的说法,我故意信以为真。我甚至觉得布拉格比洛杉矶(我已经住了三年)更亲切、更熟悉。于是,又一股冲动引着我走向邮局,在拥挤的柜台前写了三封信。

一封信写给我当年的老师普实克教授:

> 敬爱的普实克教授:我终于找到了你的坟墓!我虽不懂捷克文,但还认得坟碑上两个捷克名字:一个是您,一个是您的父亲。我第一次来布拉格的那一天,兴致高昂地找到了您的研究室,却不得其门而入,被挡驾在楼下。第二次来,非但由你的女弟子蜜莲娜教授亲自带我登堂入室,参观了已经破旧不堪的研究所,而且还承蒙您的大弟子克劳教授亲自接待!您当年郁郁而终的时候,恐怕绝没有想到今天的布拉格会变得如此开放、自由,而且是全欧洲游客最多的城市。也许更能令您告慰的是,克劳教授正在大展鸿图,为您恢复布拉格汉学

研究的雄风。明年夏天,将在此地召开一次现代文学的会议,我荣幸地受到邀请,一定会再来,躬逢其盛。

又及:可惜您未能看到大陆朦胧诗人的作品,还有香港的也斯,也是一位诗人,曾来过布拉格,也曾寄过一张明信片给您,不知收到否?我这次来,是为了一个诗人的聚会,当年没有向您请教诗词,只谈小说和现代文学,深以为憾。今天"诗兴"大发,爱以草草数语寄怀,望您在天之灵平安。

第二封信写给卡夫卡:

敬爱的卡夫卡先生:我偶而在一份刊物上看到诗人张枣先生为您写的致菲丽丝的十四行组诗,读后颇为感动。原来您还是一位情圣——至少在今天中国诗人的眼里。且略引几行,希望您也会欢喜:

我叫卡夫卡,如果您记得
我们是在 M.B 家相遇的。
当您正在灯下浏览相册,
一股异香袭进了我心底。
去呀,我说,去贴紧那颗心:
……
"我可否将您比作红玫瑰?"
屋里浮满枝叶,屏息注视。

这首诗似乎还引了您的一句话作为题词,引的是德文(你住在布拉格,当然会说捷克文,却用德文写作,布拉格的犹太人用的德文是否也应该像英文一样,在布拉格属于少数民族的语言?)张枣先生译成的中文是:"亲爱的,今天什么也没有,真悲哀。"我很想请教:您的今天一无所有,所指的是什么?是因为您的菲丽丝不在身边?还是指(像我当年在台大外文系的同学所说)一种哲学上的存在的空虚?如果是后者,请问我们现代人如何超越这种虚无感?

写第三封信时,我略为犹豫,最后还是写了:

亲爱的××:我叫北岛,如果您记得,我们昨晚是在 M. B 那家酒吧相遇的。当您正在灯下浏览我的诗册,一股异香袭进了我心底。……去呀,我说,在贴紧那颗心(可惜偏偏那个老不知趣的汉学家李欧梵先生在您身旁),我可否将您比作红玫瑰?屋里浮满烟气和酒味,我屏息注视……

一九九四年二月五日追记

在哈佛听课之一

我在《初抵哈佛》一章中曾经提到,我为自己开了三个"生活课程",第一就是尽量旁听专业以外的课,特别是名教授为本科生开的大班课。因为我深感在台大四年对中西文化的知识积累都不足,既然身已在美国,何不趁此机会重读四年,彻底来过?所以我必须尽量旁听基本功课。哈佛当年和耶鲁、芝加哥、普林斯顿等名校一样,以名教授开的大班课著称。对我而言,这是一个极难得的机会,可以不花一分钱——而且得了全部奖学金——听遍各大家的宏论。况且,旁听本科生的大班课还有一个附带的好处:可以坐在后排偷看"蕾克列芙女校"(Radcliffe,哈佛的女校名称,现已完全合并,名存实亡)的女生——我们都叫她们克列芙(Cliffies)——的倩影,甚至可以在课后借机搭讪,为我的第三类生活课程——约会美国女学生——作准备。

既然主修的是历史,所以我旁听的当然以历史方面的课为多,但也兼及社会科学和文学,每学期都要旁听五六门左右,加上本来进修的四门,每个学期甫开始总把自己忙得不可开交,然而精神却特别振奋。特别是在九月底刚开学的时候,哈佛校园内人来人往,到处是学生,女生花枝招展,男生西装加领带,特别是住在哈佛校园的一年班学生,都故作小大人状,和现在的大学生衣着随便大不相同,我混其中,也觉得自己年轻了好几岁。

哈佛有一个不成文的惯例,至今依然,就是在开课的第一个礼拜让学生任意"购物"(早在后期资本主义商品市场到来之前就用了这个字：shopping）。学生可以迟到早退，乱成一团；教授也势必使出浑身解数，以吸引学生。我后来在授大班课时故意用一招坚壁清野的办法，大声宣布我的这门课特别难，要求很多，但学生不为所动，自有主张，该来的还是来了。除了吸引学生之外，教授必须印发大量的"商品"——课程表和书单——以便学生"选购"。过了头一两个礼拜以后，课堂的人数才会稳定下来。大部分是修课的本科生，还有少数像我这样的旁听生，坐在后面不显眼的地方鱼目混珠，其实教授早就一眼看出来了。

我旁听过的大班课无以计数，内容也忘得差不多了，然而即使如此，我仍然觉得多年积累的知识至今还是取之不尽用之不竭，甚至较我的专业——中国近代思想史——更深厚。后来我逐渐从历史改行到文学，所使用的学习方法仍然是旁听，再加上"旁读"——阅读大量非本科的书籍——然后虚心向文学界的大师们请教。所以我至今反对学问的过度专业化，特别在人文学科方面，其实是可以触类旁通的，我至今乐此而不疲，变成了一个彻头彻尾的"杂家"。况且中国自古就有文史哲不分家的说法，我的业师史华慈教授即是此中的典范。

当年哈佛在文史哲方面名教授如云，社会科学方面更多。也许是我的个性使然，在旁听社会科学的课时，总觉得不过瘾。当年最有名的社会学大师帕森斯(Talcott Parsons)的课，我是慕名而硬着头皮去听的(课上另外一个旁听生是梅广，他是我的同室密友，专修的是语言学)，他讲课十分枯燥，总是把美国大学作为社会理性的最佳范例。他是韦伯的信徒，因而导致我死啃韦伯，一知半解。另一位经济学家加尔布雷思(J. K. Galbraith)更是如此，我听了几堂就不听了，可能因此也对经济学失去兴趣。还有一位当今在国际媒体走红的"大师"亨廷顿(Samuel Huntington，以《文明的冲突》一书著称于世)，当年开了一门专为低班生修的课(编号是

"社会科学第11号"），讲的是现代社会理论，我听来觉得浅薄，不久也罢听了。倒是另一门低班课，由一位名不见经传的讲师Barrington Moore主讲，我听来大为佩服。后来此公以研究革命的理论著称，还写过一本讨论中国农民革命的书。

当年在哈佛政府系最有名的教授就是基辛格（Henry Kissinger），他还没有当上大官。记得我去旁听他的一门大班课——"国际关系理论"，第一堂他未开讲前早已满坑满谷挤满了学生，他坐在演奏台上（记得教室是音乐系的演奏厅），任由四五位助教在台前演述本课的要求和指定作业，足足说了二十分钟。然后基辛格博士才从他的太师椅上站起来开讲，不慌不忙，一口德国口音。但和摩根索教授的正统德国口音不同，他开讲不到五分钟就大谈摩根索的理论，把它批得一文不值，反而使我本能地想维护我的这位芝大老师。虽然我在芝大一年间从来没有和他说过一句话，但总对他有一份尊敬。相形之下基辛格简直像一位政客，后来果然如此。

倒是另一位后来去尼克松总统政府任职的哈佛俄国史教授派普斯令我大感意外。他原是波兰贵族出身，风度翩翩，温文尔雅，我选了他两三门课，从而对俄国思想史着迷，并请他担任博士口试三位委员之一，却几乎惨遭滑铁卢，此是后话。派普斯教授主讲的俄国史课名叫"帝俄"（Imperial Russia），讲起一个个俄国沙皇——彼得大帝、亚历山大一世、尼古拉二世——头头是道，像是刚从皇宫出来的宰相一样，讲起帝俄时代的知识分子（intelligentsia）更是眉飞色舞。而我一向对俄国文学有极大兴趣，那年暑假快结束前刚读完《卡拉玛佐夫兄弟》，遂立志要做一个现代的伊凡·卡拉玛佐夫，甚至想学俄文。终于美梦成真，在哈佛的第二年暑假就开始学俄文，艰难无比，但终于能读懂俄国知识分子之父卡拉姆津（Karamzin）的原文的时候，心中真是雀跃万分，而派普斯教授刚好在课堂上讲到他，令我备感兴奋。可惜我的俄文在苦修两年后没有继续,至今已经全部忘记,连字母也记不得了。然而派普斯教授在课上讲的俄国知识分子传统(后来他还编了一本以此为名的论文集,篇末还附有史华慈写的特约文章),我至今记忆犹新,"西化派"和"民粹派"的人物生平和论点,我当时背得滚瓜烂熟。一九七〇年我到香港中文大学历史系任讲师,竟然斗胆开了一门俄国史的课,就是派普斯赐给我的"遗产",后来我没有在这方面下功夫,至今深以为憾。我甚至爱屋及乌,认为二十世纪八十年代以后中国知识分子弃俄从美,把俄文也丢了,十分可惜。俄国的光荣文化传统,实在不能以苏联的原因而一笔勾销。

说起苏联来,我当时受二十世纪六十年代的革命风潮影响,旁听了好几门有关革命的课,记忆较深的是亚当·乌兰(Adam Ulam)的"社会主义"和另一位年轻教授博斯(Valentine Boss)的"俄国大革命"。后者给我的印象尤深,因为这位博斯教授(当年可能还是讲师)本非此道专家,而是研究俄国中古文学的学者。他第一次教授俄国革命,用的教材就是托洛茨基的《俄国革命史》,这本书读来像小说,而且托洛茨基把自己也变成一个角色,以第三人称叙述,十分精彩。博斯教授也把俄国大革命作为一场戏剧来讲,听得我惊心动魄。班上学生不多,所以我们还做了不少"游戏"(包括问卷调查),使我们每一个人都不由自主地介入革命。至今想起,这位教授实在了不起,但他当年似乎郁郁不得志,我选了他一门"阅读课",一个学年也见不了两三次,后来他不知所终。

乌兰教授的名气当然大得多,在课上也讲俄国革命,更兼及欧洲其他社会主义思潮。记得这门课我还是选修的,因此读了《列宁全集》,读时也向史华慈请教。史师慈祥地说:"你不必读他的全集了,选几篇重要的文章足够了!"真是一语惊醒梦中人:学术方面列宁其实不能和马克思相提并论,因为在学术上他不是大师。而乌兰教授偏偏在课上对马克思的学说讲得不深入,倒是谈其他社会主义学者,如"乌托邦社会主义"的傅立叶(Fourier)、欧文(Robert Owen)等有其创见。乌兰教授看来十分可亲,红红的面容,一头乱发,不修边幅,原来他特嗜杯中物,有时候上课也是醉醺醺的。多年后我走过剑桥路,突然看到前面一个老翁倒在地上,于是赶快将他扶起,他一脸不耐烦的样子,还不停地叫着:"Get me up! Get me up!(把我拉起来!)"我低头一看,原来是乌兰教授,他已老态龙钟。我差一点向他说:"记得我吗?我曾是你的学生!"那次街头巧遇不到一两年,就在报上读到他去世的消息。

另外两位教俄国文学的教授,我却记不太清楚了。一位芝加哥大学来哈佛客座的瓦修列克(Edward Wasiolek),他所授的课是"陀思妥耶夫斯基、狄更斯和福克纳"。这一个组合别开生面,将三位风格迥异的作家放在一起,我当时搞不清楚他为何如此,至今也不甚了然,只记得他谈起陀翁的作品来十分精彩,但内容我早忘得一干二净。另一位教现代俄国文学的教授,姓名也早忘了,只记得他是俄国人,口音很重,观点也很特别,完全是站在俄国流亡人士的立场。我坐在他的小班上旁听,他也不在乎,只记得他声嘶力竭地说:"不要相信现在英语世界推崇的二十世纪俄国作家,什么肖洛霍夫、叶夫图申科……都是二流作家,只有帕斯捷尔纳克(《日瓦戈医生》的作者)是个例外,当然还有纳博科夫。还有不少你们从来没有听过的作家:巴里(Bely)、布尔加科夫(Bulgakov)……都是了不起的真正艺术家!"不知什么原因,他这句话余音绕梁,令我多年难忘。后来读到巴里的《圣彼得堡》和布尔加科夫的《大师与玛格丽特》,果然令我耳目一新,这位老师说对了。还有扎米亚京(Zamiazin)的《我们》(*We*),他也提过,说这本小说比奥维尔的《一九八四年》更重要。

在哈佛听课之二

除了俄国史和俄国文学外,我最有兴趣的"副修"学问是欧洲思想史。后来我进入哈佛历史系的"历史与远东语文"(History and Far Eastern Languages)委员会进修博士学位,规定除中国历史方面可以选择两个科域(field,我选的是中国中古史和中国近代史)之外,必须有一个专科以外的科域,一般同学都选欧洲思想史,我却独钟俄国而选了俄国史。当年欧洲近代思想史最叫座的教授是休斯,我也选过他的一门课,也是大班课——本科生与研究生合上。记得最能引起我兴趣的是他在课上大讲弗洛伊德,还讲到几位较冷门的思想家如帕累托(Pareto)和柏格森(Henri Bergson),后者在中国当然大名鼎鼎,影响了二十世纪二三十年代的不少中国知识分子。我读休斯教授的书《意识与社会》(*Consciousness and Society*)颇感兴趣,但又觉不太过瘾,就像休斯讲的课一样,十分动听,但往往点到即止,没有深入。他讲课不用讲稿,手中只拿了几张卡片,抄了几个要点和大纲,在课前几分钟浏览温习一遍后就侃侃而谈,根本无须花工夫准备。我当时甚为佩服,事后思之,可能这是一门他教惯的老课,无须再花时间准备了。有时他讲课时还略有倦意,大概课余业务太多了,这是在哈佛当教授的"通病",因此我觉得他在课中还没有充分展露他的真才实学。不过书单所列的书目很多,为了和更聪明的本科生竞争,我只好尽量多看他列的推荐书,诸如弗洛伊德的《文明及其不满》都是那个时候读的。他的推荐书多是思想家的原著,因此我也开始读起原著来,读尼采一知半解,韦伯略懂一二,杜凯姆(Emile Durkheim)匆匆览过,只有弗洛伊德读得饶有趣味,简直是文学作品,用的那一大堆心理学名词,大多和希腊神话有关。我在中学时代就读过一本希腊神话的中译本,开始对自己的西文名字(父母亲给我起的西文名字本来是 Orpheus——古希腊的音乐之神)感到困惑担忧(因为神话中 Orpheus 入地狱想救回他的爱人 Eurydice 却失败而归),因此我觉得这些神话皆有所指。弗洛伊德令我大开眼界,后来在爱理生的研讨班上还派了用场。

爱理生(Erik H. Erikson)毋宁说是我的哈佛读书生涯中除了史华慈外对我影响最大的老师。我曾在一篇旧文——《心路历程上的三本书》(见拙著《西潮的彼岸》)中详述他的著作对我的影响,《青年路德》《童年与社会》《青年认同与危机》《甘地的真理》等书都是当年轰动一时的作品,如今时过境迁,似乎没有人读了,甚至由他引发的"历史心理学"(psycho-history)也极少有人问津。然而我当时却着迷极深,还想把它引进我的鲁迅研究中。我和爱理生的缘分就是由鲁迅而起。

在旧文中我提到自己因认同混乱而想去选爱理生的高班研讨课,由于申请的人太多,他需要一一遴选,所以先面试。我说自己喜欢中国作家郁达夫(因为他在小说中展示性的问题),他却从未听过,只知道一个中国作家鲁迅。没想到这位大师竟然收了我,可能和鲁迅有关,我因此也步上研究鲁迅的漫漫长途。另一个原因是我的同学杜维明在我之前已经选了他的这门课,成绩斐然,我也跟着受益。然而维明研究的是王阳明,我却以鲁迅为题,一古一今。王阳明讲的是修身之道,勉强可与爱理生的人生阶段理论相对照,而且儒家也说过格致诚正修齐治平的大道理,远较爱理生的理论更庞大,因此令他对东方文化产生兴趣。其实近因是他正在研究印度哲人甘地,马上要出书,而鲁迅与甘地同是二十世纪亚洲人,所处的文化情境相似。我再次坐享其成,用爱理生的方法研究鲁迅早年和他父亲之间的心理结以及他在日本时期的禁欲主义,说来似乎头头是道,至少爱理生教授听后颇为欣赏,竟然把我的资料也用在他的书上。《甘地的真理》中有一页谈鲁迅写的《父亲的病》,就是我提供的。爱理生教授特别在他的另一门大班课上赞扬了我几句,当着一大堆"克列芙"的面(选他课的以女生为多)说:"不知今天李先生有没有来听课?"于是众粉黛纷纷回过头看,看得我满脸羞容,那也是我多年旁听生涯中最感荣耀的一个时刻。

除了爱理生外,我也心慕哈兹教授,不仅因为他为史华慈论严复的书写序,而且因为他的讲课口才,真可谓出口成章,如把他每堂课的录音整理出来,就可以出版成书,可惜我当时没有带录音机。哈兹上课时穿着很正经,总是打着一个领结,西装笔挺。他是研究欧洲和美国自由主义的大师,我印象最深的一门课是"民主和它的敌人",在那堂课上第一次听到像康斯当(Benjamin Constant)、帕累托及卡塞的名字,这些陌生的思想家经过哈兹教授"照明"之后,立即生动起来,令我逐渐领悟到原来西方民主产生的环境是如此复杂,再也不敢乱叫几声自由平等的口号就以为懂民主了。至今我依然对高呼民主的政客们反感之至,皆是受哈兹教授的影响。据史华慈老师后来告诉我,哈兹教授晚年郁郁不得志,竟然患了精神病而去世,我听后久久不能释怀。哈兹教授的大作《美国的自由主义传统》(*The Liberal Tradition in America*)是一本经典名著,不知有无中文译本(后来才知北京商务印书馆出版了中译本)。

哈兹教授的课引起了我对欧洲近代思想史的兴趣,他的论点不少是和芝大的摩根索教授相通的,但内容更详尽,而且讲起来滔滔不绝,纵横各家思想,令我更佩服,而摩根索却要以此建立他自己的一家之言,反而不够深厚。我遂觉得历史还是比政治重要(虽然哈兹教授也属于政府系)。哈佛政府系的教授群中当然也有教国际关系和博弈理论的人，但我却裹足不前，芝大的经验在先，我也不敢再作尝试了，只旁听了霍夫曼(Stanley Hoffman)教授的一门"国际关系研究"的课，觉得他讲得颇有人文气息，不像一个研究政治学的学者，后来他竟然和我一起选修爱理生教授的研究班，可见他兴趣之广。

既然我对欧洲思想史的兴趣越来越浓，当然顺理成章地又去旁听法国史和英国史的课，前者由布林顿教授、后者由欧文(David Owen)教授主讲，两人当时都已近退休之年。我只记得欧文讲的英国史中最叫座的一堂课——以幻灯片来描述庆祝维多利亚女皇登基的博览会，语多讥讽，也很幽默，据说很多学生每年都来听这一堂所谓"玻璃宫"(Crystal Palace)的"表演"，与有荣焉。布林顿教授的课我偶尔听听，没有贯彻始终，至今内容已忘。倒是在爱理生的研究班上认识了布林顿的大弟子达顿(Robert Darnton)，我们两人都是心理分析的门外汉，因此结为好友。后来我在普林斯顿大学任教时又成了他的同事，那个时候他的声誉已经开始蒸蒸日上，在报章杂志上介绍法国"年鉴学派"的"心态史"(Mentalités)，也出版数本有关法国大革命和印刷文化关系的书。二○○二年我在香港科技大学任客座教授，竟然也把他的书派上用场。

我在哈佛旁听的课，显然以历史方面较多，而又以欧洲为重。美国史似乎对我没有吸引力，只旁听了弗兰明(Donald Fleming)教授的"美国思想史"一门课，也没有留下什么印象。在文学方面也是如此，虽然我听的课不多，但大多是英国文学。英文系有一位名教授(姓名已忘)，以讲授约翰逊博士著称，还有一位(姓名也忘了)则以讲授达尔文出名，这两门课都与思想史有关，特别是后者提到达尔文决定是否结婚时，不停地自我盘算婚姻的优缺点，听来令人莞尔。当时的英文系很保守，教学方法还是以"传记"式为主，而耶鲁早已成了"新批评"的重镇，我对二者都不甚了了。可惜的是在法国和德国文学方面,我不得其门而入,因为大班课不多,而且多用原文文本,这个缺陷,我只能用阅读来补漏。西方哲学和古文化方面的课我也没有旁听,至今引以为憾,因为这是西学的基础,我只能"摸着石头过河",从现代典籍中往前推。多年后阅读奥尔巴赫(Erich Auerbach)的巨著《摹仿论》(*Mimesis*),也是一知半解,就是因为自己的古典基础不够。该书至今仍受赛义德大力推崇,视为人文研究的规范,而赛义德也是哈佛英文系出身,研究康拉德(Joseph Conrad)的小说。我在哈佛读书时,似乎还没有人开康拉德的课,也许我孤陋寡闻,没有像赛义德一样,从英国文学中的外国作家——如原来是波兰人的康拉德——的立场开始探讨大英帝国主义,并由此发展出"后殖民"的论述。

最后值得一提的是我在哈佛暑期班旁听的一门课,讲授的人是鼎鼎大名的乔治·斯坦纳,讲的是希腊悲剧。我以一贯的旁听方式,从后门溜进去,坐在最后面。有一次迟到了,因为该课每周一、三、五早晨八点钟上课,在哈佛上暑期班的多是外地来的学生,有教无类,学生也借此在哈佛玩两个月,态度不够严肃,上课当然也时常迟到。那一天早晨,斯坦纳教授生气了,足足把我们训了五分钟,说我们对古典经籍不够尊重,应引以为耻,我从此之后再也不敢迟到了。斯坦纳授课时,一只手拿着书本,另一只手却是残废的(谁也不知原因,有说是在欧战中受了伤),表情十分严肃,一本正经,令我不敢正视。不料偏偏有一堂我缺课,而他在这一堂课上宣布期中考试的时间,我在下一堂上课时糊里糊涂地收到一张考卷,题目至今还记得:试论《俄狄浦斯王》一剧中父子在三岔路口相遇的悲剧意义。这出名剧我在台大外文系读过,于是就心血来潮把当年学到的一些论点随手写下来,又觉不够,所以加上自己的一点感想。不料考卷发回来,斯坦纳教授给了我一个"D$^+$"——是我一生求学生涯最低的分数!而且在前半段的答案(即我在台大学到的论点)后面还批了一句:"sheer rubbish!"勉强可译为"狗屎垃圾",亦即"胡说八道";而在我自己加进去的部分旁边补了一句:"This is the beginning of an answer!"(这才是回答的开始!)我这次才真的羞愧得无地自容,好在已经下课,就匆匆抱头鼠窜而去。从此我再没有脸上这门课!当然斯坦纳教授在众生之中也不知道我是谁。多年后在印第安纳大学的一个学术场合——他演讲后的茶会,记得他当时把理论家德里达批得体无完肤——又碰到了,我实在没胆量重提旧事,只说旁听过他的课。此公傲慢之至,但他的英文实在写得漂亮,算是一位出色的人文主义批评家。他著作等身,我最喜欢的一本书叫作《语言与沉默》(*Language and Silence*),曾写过专文评介,发表于台大外文系主编的杂志《中外文学》。

总结我在那几年(1963—1969年)中的旁听经验,真可以说获益匪浅。最近有人说我写的论文似乎在行文和观点上和别人不同,我想原因就在于此。当然,美国学术界各学科后浪推前浪,新陈代谢得很厉害,我所旁听过的这些名教授的书,大多皆已"过时",甚至无人问津。然而,对我而言,学问的积累,都是后人踏着前人的肩膀走的,如此则可更上一层楼,至于是否把前人的学问一脚踢开,我觉得完全不必要,更不必对之大加批判或挞伐,以表示自己的"政治正确"。不错,从今人的眼光来看,这些教授不乏保守之处,更有"欧洲中心"或"男性沙文主义"之嫌,然而他们学问的扎实,对原著研究之深反而非目前批评这些人的年轻学者所能望其项背。我也曾对自己的老师史华慈有"反叛"之情,一度认为他讲的都是common sense(老生常谈),不够理论化,现在思之,其实理论和原著、抽象和实证,都是一物的两面,不可截然划分。而更重要的是:这些上一辈的学者,为我开了好几条路,任我此后自由选择,再在途中种花种草,成果也是积累而成的。我也从未把中西两种文化对立或一刀切,对古与今、新和旧的看法亦是如此,从来不以此代彼,而是将之放在一起,经久之后连前后顺序也看不清了,只知道有意义或无意义的观点,到这个时候——也就是接受多次和多重影响之后——我才开始分辨吸收,而吸收的过程也是不自觉的。后来我才发现:自己所写的文章中,急于以生吞活剥式来挪用或硬套理论的文章,都是不成熟的坏作品。

也许我的这一段经验,可以作为年轻一辈的学者的借鉴。

追忆中大的似水年华

一九七〇年夏,我初抵中文大学任教,职位是历史系讲师。我刚刚拿到博士学位,在美国达特茅斯学院(Dartmouth College)任讲师,并把哈佛的博士论文完成,因为签证问题必须离开美国。恰好此时有一个"哈佛燕京学社"(Harvard-Yenching Institute)拨款设在中大的讲师职位空缺,于是我轻易地申请到了,一九七〇年夏,我轻装就道,先在欧洲遨游,中大秋季快开学前,才抵达香港。

在此之前,我从未来过香港。记得当时有一位台大外文系的老同学叶维廉在中大客座,竟然在他的一本文集中公开呼吁我离开美国回到香港来共同为华文文化的前途效力。这一个"海妖的呼唤"(Siren's call)对我的确有点魔力,机会难得,也从未想到香港还是英国的殖民地,大多数人说的是陌生的广东话,就那么来了。对于这个号称"东方之珠"的国际大都会我一无所知,只认得两个老同学:刘绍铭和戴天(本名戴成义),绍铭时在中大英文系任教,已经成家立业,为我这个海外浪子提供一个暂时的"家",给我一种安全感。

记得第一天到了中大校园(当时只有崇基和范克廉楼),放下行李,就随绍铭和宗教系的同事沈宣仁教授驱车从马料水直落尖沙咀,到香港酒店去饮下午茶。途经窝打老道,看到这个街牌,英文名是Waterloo Road,中文名变成了"窝打老道",几乎笑出声来——怎么会译成这个不伦不类的名字?从车窗望去,路边一排排的洋房和店铺颇有点"异域情调",不禁心旷神怡,就在那一瞬间,我爱上了香港,这一个华洋杂处、充满矛盾的小岛正合我的口味。

旅美浸淫西潮多年,心中似有"回头是岸"的感觉,因此我把刚出版的第一本杂文集定名为"西潮的彼岸"。然而思想依然西化,甚至有点左倾,略带反殖民的情绪,我热烈支持"中文法定"运动,认为这是一件天经地义的原则,觉得在帝国主义的殖民地为中华文化而奋斗,更有意义。香港对我而言就是一片自由乐土,于是,我变成了一个彻头彻尾的"自由主义"者,在统治者的眼中我当然不是良民,但又不是一个颠覆社会安定的"革命分子",虽然一度有此嫌疑,因为我后来写了一篇批评中大制度不公平的文章,竟然引起轩然巨波,闹得满校风雨。

思想自由是我坚信不疑的基本价值,在学院里更应如此。于是,在我讲授的中国近代史课上,我故意使用三本观点毫不相同的教科书:一是我在哈佛的老师费正清(John K. Fairbank)写的,一是台湾学者(记得是李守孔)写的,一是中国的著名历史学家范文澜的著作。三本书的政治立场各异,我让学生展开辩论,不亦乐乎。我讲课时当然用国语(当时在香港尚无"普通话"这个名词),学生给我一个绰号——"北京猿人"——"北京"指的当然是我的标准北京官话,"猿人"呢? 我自认是恭维的名词,因为我躯体雄伟,比一般学生(特别是女学生)高得多。

因为年岁相差无几(我刚过三十岁),在课堂上我和学生打成一片,毫无隔阂。讲课时看他们的表情,仿佛似懂非懂,也可能是胆怯,于是我进一步夸下海口说:"三个月内我要学会用广东话讲课,但你们也必须学会用普通话参加讨论!"这场赌注我险胜:三个月后,我竟然用蹩脚的粤语公开演讲,题目是关于知识分子和现代化的问题,我的观点完全出自金耀基先生刚出版的一本同名的书。我一口气用广东话讲了二十多分钟,最后在学生一片笑声中还是改用普通话讲完。但是在课堂上,学生依然故我,本来会讲普通话的发言比较踊跃。

记得当时学生可以随意跨系选课,所以我班上也有哲学系和中文系的学生,我因此有幸教到几位高足:本系的二年级本科生洪长泰思想成熟,在崇基学生报上写长文评点美国各著名大学的汉学研究,绝对是可造之才,毕业后顺理成章进入哈佛研究院,卓然有成,现在是香港科技大学的名教授。关子尹是哲学系劳思光教授的得意门生,也来选我的课,又是一个天生的深思型学者,如今是中大哲学系教授,刚卸任系主任职位。另一位新亚的学生郭少棠选过我的"俄国近代史"的课,他旅美学成归港后回母校任教,曾被选为文学院的院长,现已退休。现任院长梁元生也是我当年学生中的佼佼者,我刚开课不久,他就以学生会长的身份邀请我公开演讲鲁迅,后来我把讲稿写成长文在《明报月刊》发表,就此走向鲁迅研究的不归路。

现在回想起来,我自己的学问其实并不扎实,但教学热情,思想较为新颖,所以颇得学生爱戴。记得我第一年教的是中国近代史,第二年教的是中西交通史。文史哲不分家,我不自觉地用了不少文学资料,更偏重思想史和文化史。崇基历史系的老师不多,大家相处无间,系主任是罗球庆教授,人极热情,对我这个后生小子十分照顾;还有一位来自美国 Temple 大学的 Lorentas 教授,我私下叫他"独眼龙",因为他一只眼戴了黑眼罩;另一位属于联合书院的王德昭教授更是一位翩翩君子,我有时会向他请教。新亚的中文系和历史系则大师如云,我只有在三院历史教授联席会议上见过面,谈不上深交。在会上我的工作是口头传译,最难缠的反而是一位不学无术但热衷权力的美国老教授(姑隐其名),他老是在会上问我:"What did they say?"生怕这几位新亚的史学大师发言对他不利,其实他们何尝把他看在眼里?

当时中大正处于整合的时期:崇基、新亚、联合三院合并为一间大学。我个人反对全盘整合,认为各院应该独立,但可以联合成像牛津和剑桥形式的大学;然而大势所趋,我这种自由主义的教育模式当然和中大受命成立的构想大相径庭。我最敬仰的是新亚的传统和精神,也觉得崇基背后的基督教教育理念有其历史传统,可以追溯到清华和燕京。现在反思,这是一种彻头彻尾的理想主义,而且基于我对中国教育传统的理解:既然名叫"中文大学",就应该和殖民主义的香港大学模式截然不同。我在课堂上和课外与学生交谈时,都是讨论大问题,例如中国文化的前途,在香港作为现代知识分子的责任等等。外在的政治环境当然有影响,但当时香港的左右派的文化角力是公开的,我和双方都保持友谊关系。然而学院内自成一个"社区"(community),和外界保持距离,至少我自己在教导学生时,鼓励他们超越目前的政治局限,现在依然如此。理想主义的坏处是不切实际,但也有好处,就是可以高瞻远瞩,寻求将来的愿景。校园是一个最"理想式"的社区,是一群甘愿牺牲物质享受和名利而热心教育的"知识人"组成的。这一套思想本身也是一种教育的理想主义,然而我至今坚信不移。只不过面对当今功利为上的"官僚主义"操作模式,显得不"与时并进"了,然而没有理想和愿景的教育制度,到底其办学的目的又何在?

当年的中大,就是建立在一种理想上,每个人对理想或有不同见解和争论,然而那毕竟还是一个理想的年代。追忆似水年华,当然不免把过去也理想化了,但是具体的说,当年的中大校园生活还是值得怀念的。七十年代初的新界正在发展,但还保持乡村的纯朴风貌。我的广东话就是有时到附近乡村买菜购日用品时和村妇交谈学来的;在大学火车站买车票时也顺便学两句;清扫我们办公的大楼(早已不存在)的工友更是我的朋友。我住在崇基教职员宿舍的一栋小公寓(现在依然"健在"),和女友可以到吐露港划船,向敬仰的老同事如劳思光先生请教时,则到山顶的一家西餐厅"雍雅山房"喝咖啡。总之,对我来说这一个"中大"就是一个"乐园",我在此如鱼得水,乐不思蜀,根本不想再回美国任教。然而偏偏有一天收到普林斯顿大学一位教授的一封信,请我到该校任教。我不想走,反而几位老友劝我走,我被说动了,一九七二年初,还剩下一学期就匆匆离港,"中西交通史"未完的课程,由三位老友代课:胡菊人、戴天、胡金铨,可谓是"顶尖明星阵容",校方竟然不闻不问,这种自由尺度,在今日中大难以想象。我至今对崇基校长容启东先生心存感激,他对我的容忍态度来自何处?基督徒的宽恕心?当年北大校长蔡元培的榜样?我不得而知。当然不少中大高层人士听说我要走了,可能也暗自高兴。

现代主义文学的追求
——外文系求学读书记

一

我初进台大外文系(1957)时,茅塞未开,中学时除了文史成绩不错,真正有兴趣的是音乐和电影,前者是家学渊源,后者则是基于多年来在新竹中学翘课看电影的经验。至于外文,除了英语底子打得不错外,其实对西洋文学一窍不通,高中时仅读过几本通俗小说(如《基督山伯爵》、《三剑客》)的中译本而已,还有一本《希腊神话》,从中发现奥菲斯(Orpheus,我的外文原名)原来是一位音乐神,而且是一个悲剧人物。

进了台大校门,眼界突然大开,大一中文课(由叶庆炳先生教授)就边读古书(《左传》之类)边作作文,班上的佼佼者就是白先勇和陈秀美,记得叶老师还把陈秀美(后来以笔名陈若曦闻名世界)的作文当堂宣读!白先勇的更不必提,印象中他早已思想成熟,文笔洗练不在话下。至于我呢?自己也记不清了,但是多年后反而记得叶先生点名时说我的名字是"欧洲的和尚"——不伦不类,然而这个"欧"字似乎注定了我今后的命运。后来我又自名 Leo,故意和托尔斯泰和俄国文学拉上关系,真的"欧化"起来。至于是否老年随我妻得聆"梵"音而复归佛,则要看我的造化了。

大一英文也是必修课之一,应付考试不成问题,然而初到班上就被震住了,原来同班的女同学的程度比我更好,特别班上几位才貌双全、又是"北一女"毕业的美女,更不得了,说的英语字正腔圆,又自然得很,令我自惭形秽,怎么办?只有两条途径:一是勤练会话演说(我当年的志愿是做外交官),一是勤读英文小说。到了大二,特别在英语演说方面下功夫,大二的会话课由一位美国太太任教,记得有一次终于轮到我上台演讲了,虽然我早已把自己写好的讲稿背得滚瓜烂熟,但上台刚开口,还没有说了几句,台下的同学(特别是女同学)就哄堂大笑,而且笑声越来越大,原来是我的表情太夸张了,嘴撅得很长,像一头笨猪! 现在想来也不禁失笑,但这个小小的 Trauma 像一道符咒,紧跟我二三十年,甚至间接促使我放弃做外交官的美梦(直接的原因是后来在芝加哥读大学研究院攻读国际关系时,才发现自己对这门学问毫无兴趣)。

至于勤读英文小说,记得大一放暑假时,我以整整两个半月的时间把一本美国小说从头到尾、一个字一个字地读完,不懂的地方还勤查字典,附带也把一本薄薄的英汉字典从头背到快结尾的 P 字母部! 这本小说就是《乱世佳人》(*Gone with the Wind*),我早已读过中译本(《飘》出自名家傅东华之手),又看过影片至少两三次,印象深刻,以为原著必属经典。读完后才大失所望,怎么英文文笔这么差? 况且文中黑人说的俚语我根本看不懂,而且不合文法——当时认为一切不合文法的都是坏英文。

痛定思痛,在大二班上就与王文兴为友(又是一个早熟而才气过人的同学),向他学习,看他每天拿着一大堆书在苦读,特别是海明威的小说,于是我乖乖地学他读《老人与海》,练习写海明威的那种长长的句子:以"...and...and..."连接,又觉得意犹未尽,于是擅加不少形容词,形成一种我个人英文文体的"三段论"(这个逻辑学上的专门名词是从殷海光教授的课堂上学来的,故意错用在英文作文造句上);就是在每个重要的名词前面一定加上三个形容词,以展露自己的修辞特色。这个"语病"也是出自"误读",因为大二那年我在总图书馆的藏书库发现莫泊桑小说的英译本,是日据时代大学用的版本,富有详细日文注解,我在苦读的过程中悟到这部法国短篇小说中的名字用了不少形容词(亦或是出自英文译者的文笔?),而且我在大三那年选修法文,第一堂开始,卜尔格神父就大声朗诵莫泊桑的小说《项链》,并要我们跟着念,一句接一句,丈二和尚摸不着头脑,但隐隐之中似觉第一句就用了一个"三段论"——三个法文形容词。

一个月悟得来的"陋规"令我自鸣得意整整一年,必修的大二英文课上,老师也没有纠正我,因为堂上老师教的以文法为主,为我打下了基础,后来在大三那年随吴炳钟上校(当年他也是军人)在班上读一本极高深的文法书:丹麦文法家 Otto Jaspersen 的《英文文法》得以进一步了解句型结构的深奥(因为内中引了不少西洋经典中的名句作例子)。然而我的"三段论"呢?依然不改,直到大三下半学年,朱立民教授自美返校(他刚得到 Duke 大学英文系的博士学位)任教,我选了他的"戏剧选读"(也可能是"大三英文")的课,读完 Arthur Miller 的 *My Three Sons*,和朱老师混熟了,才斗胆把一篇英文拙作请他指正,他很认真地看过全文,还了给我,把我的大部分字句用红笔删了很多(特别是文中的形容词),我才大梦初醒,啊!原来写英文不能胡乱堆砌,必须像中文那样删简。到了大四,我被分到曾约农教授的大四英文班上,以丘吉尔的演说辞和《大战回忆录》为教科书做填空题:空白有两三个字可选填,到底哪一个是丘吉尔用的?这才逐渐悟到曾大师的一句铭言:写英文时(特别是初出道者)绝对不要用大字长句,而要用短小精练的小字或短句。多年后,又得到我的前岳父安格尔(Paul Engle)的耳提面命,他再三地提醒我:写英文句子,特别是诗句,除了节奏外,必须善用动词,句子才会有力而生动。

原来英文写作有这么大的学问!我学了四十多年,至今还写得不够好,每次为文,不论是学术文章或散文随笔,只要是用英文,必不停地删改多次,总是不满意,觉得不够尽善尽美,找不到所读的最恰当的字。相较之下,我写中文却迅雷不及掩耳,草草了事,只求通顺即可,毫无文气可言,而且只校正一两次就寄出去了,这篇文章亦不例外。此虱不可长!想起当年王文兴勤习作文时(中英文皆然),常常改来改去,尚未毕业就练成一种独特的文体,我称之为 Arid style,他闻后颇为得意,以为终于找到一个知音。后来文兴自己创作时,每天也只写数百字,但每个字都是慢慢磨出来的,所以他也公开宣布:读他的小说必须慢慢读——只有慢慢咀嚼才能深知文中奥妙之处。

谈到此处,就不能不提起我的恩师夏济安了。夏教授教我们大三的英国文学史(抑或是小说选读,记不清了),在班上有时大谈"题外话",令我们徒子徒孙大开眼界,于是在课后就到温州街他的宿舍里去听他高谈阔论。在我心目中,他的大弟子是刘绍铭,我和绍铭(他高我一班)在大一时就结为好友——我们都是业余剧评人,为报纸写影评文章,然而我不久就读到他在校刊上发表的论艾略特(T. S. Eliot)《传统与个人才能》的大文,这还得了!我连 Eliot 是谁都不太清楚。但交上他这个朋友后,我也顺理成章地随他到夏先生的宿舍去"旁听",共同受益。只记得夏先生有时讲得兴起,就会拿一本英文名著向我们节拆内中某段某句的妙处。他房间里到处是书,连床上床下都是,他又不停地抽烟,抽完就把烟蒂随手掷到窗外。

我在聆听之余,当然更勤读他每期为赵丽莲教授主编的一本杂志写的专栏,专谈英文句法,广征博引,我读之再三,有时干脆连带把他举的例子(特别是各类成语和连接词语)都背了下来。

那时外文系几位同学早已在夏先生编的《文学杂志》上发表小说,我只有看的分儿,但看这本文学杂志还是不够细心,比不上读他的英文专栏。也许,我早已承认自己在文学创作上毫无天分,不如练练英文作文略做心理补偿;时而又想作一个 Essayist,于是又和同班同学张先绪(也成了挚友)读十八世纪到十九世纪的英国散文,从 Charles Lamb(先绪的英文名就叫做 Charles)到 G. K. Chesterton,还有什么 Saki 等怪人,都是他发现的。我曾在一篇回忆他的文章中提过:当年我们时常共同散步,或你一句我一句地唱柴可夫斯基的《意大利随想曲》(*Capriccio Italien*),或你一字我一词地背诵英文同义字。先绪英年早逝,我至今怀念着他随和亲切的待人态度和深藏不露的古文修养。

走笔至此,我的这篇"流水账"只谈到英文,还没有谈到文学,那是另一个故事。说来话长。

二

我在文学方面启蒙也甚晚,大学前两年,时光几乎完全花在练习英文作文上,因为觉得自己不是"文学料子",所以后来也不敢申请到美国去念英国文学或比较文学,最后选择的是历史。然而文史哲自古相通,其实我已在不知不觉之间走向文学的道路。

真正使我开窍的当然是《现代文学》杂志。我是在大三那年(1960年)创刊时加入的,但只能为主将白先勇(创办者)和王文兴、陈秀美、欧阳子(洪智惠)、刘绍铭、叶维廉等人(多是外文系同班或高一班的同学)打边鼓,摇旗呐喊,偶尔被派译点评论文章,记得第二或第三期就有我译的一篇关于托马斯·曼的介绍,内容一知半解,也照译不误(和现在大陆的不少译者一样)。

然而,即使是"硬译",也需细读原文文本。我曾在一篇论文中(是为欧洲的一位汉学家冯铁 Raol Findesien 编的卡夫卡专号而写)提到《现代文学》刊载卡夫卡的由来。第一期就以卡夫卡为主要专题人物,大概是王文兴选的,我当时根本还不知道卡夫卡是何许人也！还刊了欧阳子译的一篇短篇小说《乡村医生》，小说结尾我也看不懂，只觉得在写实中有点怪诞。那个时候，只知道要"现代"，但不知道什么是"现代主义"。在台大四年，课堂上也从来没有教过卡夫卡。系名虽然是外文系，我们念的也都是英美文学（大多是18和19世纪），诸如大二读的《名利场》(Vanity Fair)和《还乡》(The Return of Native)等，皆是名著，但却没有读简·奥斯丁的《傲慢与偏见》，而是在课余和同学张先绪共读的。当时用的是一套教材可能是来自大陆时代沿用已久的英国文学课程，可能根据一九三〇年英国和美国的教本，当然都以传统经典为主，缺乏现代文学。

什么是现代文学？利维斯(F. R. Leavis)和稍后的"新批评"也曾以十九世纪到二十世纪的几位诗人和小说家为主流，从奥斯丁到劳伦斯，但似乎不提弗吉尼亚·伍尔夫，没有海明威和福克纳，英诗当然也以十九世纪浪漫主义为主，其他欧陆各国的现代主义当然不在此列。我们在几位恩师影响之下，课外读物也以英美文学为主，兴趣转向现代，摸索到一位主将艾略特。然而乔伊斯呢？当然没有人教过，全是班上先知先觉的同学发现的，叶维廉在《现代文学》上发表了一篇讽刺小说：《尤利西斯在台北》之后，我才知道在文学史上有这个作家，而王文兴早已读了他的《一个青年艺术家的画像》；白先勇也受到《都柏林人》的启发开始构思《台北人》系列小说。这些课外文本自何而来？我猜大部分是在外文系图书馆找到的，小部分是在台北坊间买到的纸面本或廉价硬装本，特别是美国Modern Library出版的现代名著系列，这真是非同小可，记得白先勇送给我的"稿费"就是两本该书店出版的名著：亨利·詹姆斯的 *The Portrait of A Lady* 和陀思妥耶夫斯基的《卡拉玛佐夫兄弟》，但我只能选其中一本。我当然选择了后者，因为页数较多，大概是"巨著"，并把这本小说一路带到美国，引发了我对俄国文学和思想史的浓厚兴趣。这段佳话,我曾数次为文提过。每次提都表示遗憾,没有读詹姆斯的那本小说,今年寒假,终于又买了一本纸面版,发现也很厚,至今尚未读。

我对于英文诗更一窍不通,不少同学写诗读诗,并从中发现叶芝、庞德等大师,我只知道艾略特的一首《荒原》,但太难了,多年后才在美国大诗人安格尔指导下读了几段。到了大四,我的兴趣转向戏剧,在黄琼玖教授的班上读到了希腊悲剧《俄狄浦斯王》、斯特林堡和奥尼尔等现代大剧作家的作品,后又迷上田纳西·威廉斯,但就是不喜欢易卜生(我们念了他的《野鸭》)和阿瑟·米勒。毕业前随波逐流申请赴美读研究院时,同时申请了耶鲁和印第安纳的戏剧系,但都落了空,还申请了 UCLA 的电影系,也因背景不足而被拒绝。如果当年真的走上戏剧之路,又会如何?谁知道?

我在外文系从来没有选过文学理论的课,当时有一堂"文学批评",主讲的教授是吴鸿藻先生(以吴鲁芹笔名享誉文坛),他是一位翩翩君子,也是夏济安师的好友,但我不知何故,自惭形秽,不敢选他的课,可能觉得太难了。多年之后,鲁芹师也已作古,绍铭为他编了一本散文集出版,我重读再三,也佩服之极。但文学批评毕竟和理论有别,在台大的这段"系谱"有待整理。据我所知,流行美国五六十年代学界的"新批评"(New Criticism)当时并未列入外文系课程,但不少老师和同学都甚熟悉,可能那几本教科书(如 Brooks and Warren 的 *Understanding Poetry* 和 *Understanding Fiction*)都读过了,但并没有拿来做教本。大二大三的英国小说和英诗课程,老师以选材为本逐字讲解,但没有作理论分析,可能在七十年代期间才由颜元叔等教授正式列入课程。这是一段值得进一步研究的"公案"。

对我个人而言,不懂"新批评"和其他文学理论,后来从历史转授文学时就吃了大亏。对文学文本的节拆,不知从何入手,只好亡羊补牢,但那时(80年代初)新批评理论早已式微,代之而起的是法国结构主义和解构主义,还有五花八门的"文化研究"理论,几乎无所适从,危机重重,只好向老友郑树森求救,他打长途电话向我指点迷津,我至今感激不尽。我们在《现代文学》译介大师作品中所选的介绍性的评论文章究系出自何种理念？我当时也从来没有想到,现在思之,可能是所谓的"神话批评"(Myth Criticism)加上一点弗洛伊德的心理分析(对卡夫卡和托马斯·曼的诠释更是如此),也许现在早已过时了,和后来引进的欧陆理论大相径庭,而且以现今眼光看来,也不重视女性角度和性别视野。但这些都是"马后炮",我们当年哪有这种理论功力？只知盲从英美,这未必不是我们那一代人的一个盲点。三十多年后,时过境迁,该我作文学教师了,教的是中国现代文学,这个专业也重理论,这才发现后现代理论早已席卷一切,似乎把现代主义的传统(包括新批评)也全盘否定了,未免矫枉过正,我反而要为现代中外文学中的现代主义"翻案",但用的方法和视野当然也与前大不相同。

这一切我都要重新来过,但为时并不晚。

如果要对自己在台大外文系求学的"青春梦"做一个总结的话,我只能说自己是一个天真无知的"梦中人",多亏《现代文学》先知先觉的同学们提我一把,非但令我后来从"外交官梦"中醒觉,而且还给了我一份对文学本身的尊重和热情,否则我的文学细胞说不定会胎死腹中。我们当时年纪虽轻,但对于西方(特别是英美)现代主义的发现和介绍毕竟比大陆早了二十年,诚然,更早一辈的中国现代文学大师如施蛰存和上世纪三十年代的《现代》杂志的作家群又比我们早了三十年,但至少据我研究的结果,他们那一代还没有人提到卡夫卡！

台湾地区的现代文学也成了历史,我又从历史回归文学,回顾求学往事,不禁感慨系之。当年的我只知道苦读,成绩也不错,还年年得到"书券奖",名列前茅,然而我在四年之中到底学到了多少?浪费了多少光阴在废书坏书上?多年不得其门而入,原因当然在我,但有时又不免遗憾:如果我们的老师当年为我们多开几门课或多开几张书单,该有多好!他(她)们都是饱学之士,但似乎有点怀才不遇,不愿意把全部学问传授给我们,因此我们只好去摸索,自己找书读,甚至逃课躲到外文系图书馆或美国新闻处图书馆看书,我甚至把后者收藏的电影书都看遍了。现在思之,大学四年之中我读的课外书籍,显然较课内的指定书和教科书为多。后来到美国留学,我仍然旧习不改,拼命旁听其他教授的课,而且阅读大量与本科(中国现代史)无关的课外书,内中又以文学占大多数。想不到这些课余读物和旁听得来的知识反而成了我教学和研究的"本钱",积累多了,成了一个不折不扣的"杂学家",但我也毫不后悔,至少这些阅读过的杂书使我的心路历程和教学生涯更丰富,也更多彩多姿。

常怀斯人

怀念我的父亲
浪漫的圣徒
光明与黑暗之门
忆金铨
费正清教授
史华慈教授
普实克教授
韩南教授的治学和为人
纪念萨义德

怀念我的父亲

爱之喜·爱之悲

"你爸爸先走了!"妈妈在长途电话中的声音并不悲恸,而略带埋怨。"我早知道了。"我回答的时候心中也很平静,因为我的"先知"朋友伊利沙贝早就和我说这一年里我会失去一个亲人。

父亲身体一向康健,平常清晨四点多就起床,打开大门,到台大操场慢跑一个多钟头,然后回家,到附近的豆浆店吃早点,吃完洗澡,做家务——扫客厅、擦桌椅,然后看报……几乎二十年如一日。直到去年因眼疾(白内障)开刀后,才放弃长跑的习惯。而母亲却长年体弱,近年来视力和体力更减退很多,夜晚失眠。所以我一直担心的是母亲,甚至暗自思考母亲去世后如何照顾父亲的问题。上月初返台北探亲,本想和父亲谈谈这个问题,却一直无法开口。中国人似乎忌谈死后的事,我也未能免俗,甚至也不愿和父亲同往金宝山去看看他们早已购置好的墓地。

想不到先走的竟是父亲。二月十三日清晨,他照例去豆浆店吃早餐,在途中就昏倒了,被邻居送往医院急救,经检查是心脏缺氧。在医生急救的时候,约是美国东部清晨四点左右,邻居又打长途电话来。我听后就立即打电话订去台北的机票。五点左右电话铃又响,我知道面对死亡"真实"的时刻到了,于是匆匆穿上衣服,在妻子关切的眼光下开车直奔机场,两小时后就购票登机了。

"这是人生必经的路。"人人都这么说,而这种奔丧的经历,也层出不穷。虽然托尔斯泰说过,每一个幸福家庭的经验都差不多,只有不幸福的家庭才因人而异。然而我却觉得有一种不幸的经验,几乎是每一个家庭共有的,那就是双亲的死亡。

死亡到底是什么?我坐在机舱里,不停地思索。由于身体疲惫不堪,竟然无法集中精力,脑海里一片混乱,只好打开耳机听飞机上的古典音乐。突然,瓦格纳的《纽伦堡的名歌手》歌剧的第三幕音乐如巨浪排山倒海般冲入耳际,也好像冲破了一道感情上的堤坝,我已无法克制,眼泪终于流了出来。怎么瓦格纳的音乐会如此震撼我的心弦?而那天(二月十三日)正是他的忌辰!我当时不禁想到他的名曲——《爱与死》。

父亲是学西洋音乐的,倒是选了一个值得纪念的日子离去。我从小在贝多芬、舒伯特、肖邦和莫扎特的音乐中长大,听惯了各式各样的演奏,却没有真正听过瓦格纳的歌剧。也许,瓦格纳的作品太长,当年唱片(儿时听78转的)难求,真正的演出我们则更无物质条件观看。《纽伦堡的名歌手》的故事我忘了,只记得有一场各路歌手的比赛,而下意识中我不禁联想到父亲在世时常常担任各种音乐比赛的裁判。

年轻时的音乐情操是浪漫的。记得父亲告诉过我,当他在南京中央大学音乐系读书的时候,主修的也是德法浪漫派的音乐,教乐理的教授是留法的唐学咏先生,教合唱和指挥的教授是奥国来的斯特塞尔博士(Dr. A. Strassel),而教小提琴的教授就是大名鼎鼎的马思聪。当时音乐系的所在地梅庵,更是一个充满浪漫气息的地方,教室四周是花园,六朝松下琴韵不绝。父亲曾写过两篇文章回忆这一段生活[①],他和母亲周瑷(主修钢琴)就是在一个钢琴三重奏的场合认识而后相恋的。我曾追问过他们练习的是什么曲

[①] 李永刚:《无音的乐》,第123页至151页。

子,父亲依稀记得是贝多芬的《钢琴三重奏》(多年后,我的前妻蓝蓝恰好也采用另一首贝多芬的《钢琴三重奏》编舞,并以此曲在一个电视节目中和她的父亲——保罗·安格尔同台演出)。父亲还参加了一个弦乐四重奏团,担任第二小提琴手,而第一小提琴手就是当今享誉国际的大提琴家马友友的父亲——马孝骏博士,爸爸给他起了一个外号叫"马胡子",可能指他经年不修仪容、不刮胡子而专心练琴的缘故吧。

我和妹妹美梵在这样一个浪漫的音乐家庭中长大,后来美梵也主修声乐,只有我一个人成了音乐的外行,改学历史和文学。但朋友皆知我生平最酷爱的还是音乐,尤以未能赴维也纳学指挥而终生遗憾。作为一个"爱乐者",我深受音乐的感染。在飞机上聆听瓦格纳,我竟然泪如雨下(上一次流泪是前妻的父亲安格尔逝世的时候),感到一种异样的感情上的满足——我终于把父亲的灵魂拥抱在音乐的和弦里。当《纽伦堡的名歌手》第三幕结尾混声大合唱流入耳际的时候,我更激动,右手有点发抖,指挥欲蠢蠢欲动。又觉得父亲正在指挥,他拿着他那惯用的白色指挥棒,把合唱的各声部有条不紊地理清,节奏不缓不急,充满了温馨,使我感受到瓦格纳的音乐中罕有的人文气息(我在飞机上聆听的唱片是 EMI 出品的新版,指挥是年近七十的萨瓦利希[Wolfgang Sawallish])。

家中父亲的书房墙上挂着一张放大的旧照片,背景是四十年前父亲在新竹东门的一个广场上指挥各校合唱团的一个盛大场面。照片中的父亲很年轻,镜头由下而上仰摄,从侧面看到父亲的上身和两臂,挥舞着指挥棒,非常传神。那时父亲正当壮年,精力充沛,除了在新竹师范任教外,也是运动场上的健将,足球、篮球、网球样样精通。他与李远哲先生的父亲李泽藩先生是球友,两人都是新竹文化界的名人,似乎颇受当地人尊重。我考新竹中学时发生"滑铁卢"惨败现象,数学只考了 40 分,以备取最后一名入学,可能也是父亲说人情的结果，至今想来仍觉羞耻。进竹中以后，我以雪耻自励，发愤图强，功课才逐渐转好，母亲当年还特别为我补习英文，奠定了一个良好的外语的基础，至今受益无穷。但父亲似乎对我的课业不闻不问，直到我以优秀成绩被保送台大时，他才表露出一份骄傲。然而，当我提到想要学音乐时，他却一口拒绝，并开玩笑似的说："学音乐哪有好饭吃？"我当时也三心二意，没有坚持。所以近年来我也常在朋友间开玩笑说，如果当年到维也纳学了指挥，说不定今天也可以当上一个二流乐团的总监。如果我是百万富翁的话，也可以捐给芝加哥交响乐团几十万美元，至少可以在台上指挥十几分钟，过过瘾！不料美国的一位千万富翁卡普兰竟然就以其雄厚的财力租了一个交响乐团，亲自指挥演出马勒的《第二交响曲》，并录制唱片，又把马勒原谱购下出版，变成了马勒专家，真令我羡慕不已。

然而，父亲毕竟一辈子献身音乐，孜孜不倦，不谋名利，他作了不少合唱曲，但器乐曲甚少。他是我的第一个小提琴老师，也是最后一个，他曾介绍我到司徒兴城先生处继续学琴，但我始终没有实现他的愿望。他广结善缘，作校歌无数，却只作过一部歌剧——《孟姜女》，至今未能上演。作为一个爱乐者，我当然希望父亲能在作曲上多花点心血，特别在他退休以后，我曾送给他几张卡式录音带，他似乎无动于衷，甚至到了晚年音乐也不听了，音乐会更不想去。而台湾地区音乐界一代又一代人才辈出，他对某几位作曲家颇为激赏，但对一些试验性的作品却嗤之以鼻。有时候我故意提起购买到的新唱片和他交换意见，他对作曲家——从巴赫到巴托克都了如指掌，但对近年来崛起的指挥家，如西蒙·拉特尔等人，却"听"而不闻，视若无睹。我们之间后来竟无法在音乐的领域中交流，这真是一件憾事。

我隐隐知道，这几年父亲的心态是寂寞的，他早已放弃了他的艺术创造潜能,而只能从儿女的事业上得到一点满足。我在报纸上发表的杂文,他剪了一大堆,每次返台,他都默默地拿给我看。我每次更换教职,他都赞成,并引以为荣。据闻在他弥留之际,尚清醒地向护士小姐说:"我的儿子现在哈佛大学教书!"也许,这也是父子之间的常态吧,然而我每每因此而感到遗憾,不知道如何回报他。有一天晚上,他突然若有所思地说:"养育你们两个儿女是你母亲的功劳,你们怎么长大的我都不知道!"这份歉疚之心,父亲是用一种半自嘲的姿态表达的,譬如他常常在接电话时说:"你找哪位李教授?年轻的还是年老的?"又会在他的朋友面前大言不惭地承认:"我现在是以做李欧梵的爸爸为荣了!"

爸爸,其实你又何必自谦?我们这一代(包括作曲家的朋友在内),又有谁学过世界语(Esperanto),并能用世界语和荷兰的一个笔友通信?又有谁敢在大学时代为自己创造一个独树一帜的洋名字——"A. Lionbro"(记不清你这个签名式是如何拼法)?我问你这个"A"字代表什么,你说就是《茶花女》中的"Armand"——好一个浪漫的名字!又有谁会为自己的儿子取一个希腊神话中乐神的名字——"Orpheus",并译为欧梵,因此注定了我"西化"的命运?又有谁能带儿女到福州仓前山的洋人家里听歌剧,以唱片和木偶演出普契尼的《波希米亚人》?当那一场蜡烛为微风吹熄,诗人鲁道夫握着体弱多病的咪咪的双手唱出知名的咏叹调《你好冰冷的小手》的时候,十岁的我也竟然如醉如痴!又有谁能在二十世纪五十年代新竹那个穷困的环境中为儿子创造那么一个美好的音乐世界?我永远记得那一晚,一轮明月挂在西天,新竹师范的学生静静地坐在操场上,你打开旧唱机,播放借来的唱片,并特别介绍几首小提琴曲,令我(也不过十二三岁吧)入迷——世界上还有比克莱斯勒的《中国花鼓》和《维也纳随想曲》更动人的音乐吗?

爸爸,我忘了告诉你,那晚我最钟爱的两首小提琴曲也都是克莱斯勒的作品——一是《爱之欢乐》,二是《爱之忧伤》。再过几天晚上,当我把你的丧事办完以后,我将找出这张唱片,希望也在月光之下演奏这两首小曲子来纪念你。

有音的乐

一九九五年六月一日晚在台北的一个音乐厅举行的音乐会,本为了庆祝父亲八十五岁诞辰,由五个合唱团和十几位海内外著名的声乐家联合演出,演唱父亲的重要作品。

记得我一九九五年一月中旬返台探亲时,曾向父亲表示愿意再专程飞回来一次参加这场盛举,然而父亲却以他一向恬淡的口气对我说:"不必回来了,反正都是他们学生搞的,与我无关。"一副若无其事的样子。言犹在耳,不料不到一个月父亲就突然去世了。

于是这场事先安排好的庆祝音乐会就变成了真正的纪念音乐会。

父亲说这场演出"与我无关"究竟意味在哪里?是父亲的谦虚,还是一位作曲家对自己作品的不满?抑或是父亲早已把生前的作品置之度外而将之"隔离"为历史?不管他的想法如何,我总觉得在父亲逝世之后应该对他一生的全部作品——他的"有音的乐"——做点鉴赏和交代。这本是音乐专家和音乐学者的事,而我却是外行,但主办单位仍然要我写几个字共襄盛举,我当然义不容辞。

父亲一生献身音乐教育,主授作曲、指挥与和声学等课。因为教育界朋友很多,应约而作的各学校校歌无数,但我认为真正的学术作品却并不太多。而他当年呕心沥血作成的歌剧《孟姜女》也因种种原因未能演出(此次音乐会中首次演唱剧中的两首咏叹调和一首二重唱),这未尝不是一件憾事!然而父亲花在作曲上的时间却不少,我幼年的记忆中经常出现一个画面:父亲在他的小书房里伏案作曲,后来家里买了架钢琴(在他逝世前两天又卖了),他更不时坐在钢琴前,弹几个和弦,并口中念念有词,不时哼出几个不同的调子,似乎在他的脑海中早已写好了乐谱,他只是在做个别章节上的修正而已。但是,父亲的作品完成后,又不在家里演出,如果家里地方大一点,父亲的工作间大一点,在客厅里开几场像他心慕已久的舒伯特式的音乐沙龙多好!记得当年父亲在福州的仓前山福建音专任教时,就曾带我们全家参加洋人举办的这类室内音乐会,我至今留有深刻的印象。

然而父亲的重要作品都是合唱曲,即使家里有大客厅,恐怕仍然容不下一个合唱团。

为什么父亲采用合唱的形式来作曲?最简单的也是最实际的回答——为了他任教的学校中的学生可以集体参加演唱之用。所以,合唱曲无论在形式或功能上都是"集体"式的。合唱曲顾名思义也和人的声音关系密切,它似乎可以从"众声喧哗"(polyphonic)的结构中理出一个头绪,这个理法,当然要靠和声。所以父亲生前在和声学上下了不少功夫,并且常和他那一辈的几位老朋友——如萧而化、张锦鸿等人切磋研究,可惜我不能在旁恭聆,否则也可以学点皮毛,不至于如此酷爱音乐却仍是外行。从父亲发表的文字作品《无音的乐》之中我只能略揣其端倪。目前我得到一个外行人的初步结论是,在父亲的合唱曲中我似乎听到了两种声音——集体和个人——而这两种声音似乎又建构在一种抒情的基调上,我甚至也从他当年在琴旁哼出来的调子中"看"到了历史。我这个文学式的说法,似乎又未能自圆其说。

家妹李美梵倒是学音乐的。在共同返台的飞机上,她对我说:"父亲的合唱曲,和别人的不同。一般作曲家往往用一个声部(最平常的是女高音)带动全曲的主旋律,其他各部大多作伴奏式的陪衬,而父亲作品中往往四部各有旋律,即使全曲有主旋律,也不一定由女高音唱出。他有些曲子是以女低音或男中音挑大梁的!"我听后脑海中就突然闪出勃拉姆斯的《命运之歌》,也是一首我心爱的由女低音领唱而带出来的合唱曲(我喜欢的版本是瓦尔特指挥的,主唱者是费丽尔[Kathleen Ferrier])。妹妹又说:这一种作曲法,事实上赋予各个声部独立的旋律,而各部的和声转换,可以略用对位法,如卡农,但不可脱离父亲那一代人所执着的"调性"(tonality)原则。这使我想起二十世纪初西方音乐界由勋伯格而起的一场"非调性"(atonal)的革命,采用十二音律,把传统的音阶打得七零八落,加上后来布列兹等作曲家的电脑和电子作业后,西洋现代音乐中的调性原则似乎已被彻底打破了。然而,庶几何时,至少从我这个外行人的耳朵里听来,调性近年来好像又回来了。因为,音乐离不开人声,这当然是我这个人文主义者的看法。对中国作曲家而言,音乐更离不了人声。人的声音似乎不是噪音,应该是有个基调的,而就中国传统文化来说,自古以来,音乐就奠基在宫、商、角、徵、羽这几个基调(也称为"调式")上。

最近我开始读父亲有关作曲的文章,发现他对于中国传统的调式颇下了不少功夫研究,他认为应该从中国的民谣中博采中国调式的曲调,并可以运用调式交替作为中国调式转调和声的方法之一。简言之,就是用相当先进的西方和声学来化解中国的五音调式,从而建立中国风味的作品。这种有民族风格的作曲法,我认为西方不少作曲家,如德沃夏克、亚纳切克、高大宜,特别是巴托克等人也有类似的想法。他们也是从民谣的旋律和节奏中取材,加以技巧上的演化,写成自己的作品。关键问题是如何从技巧(包括和声)上"演化",这个问题就大了,我非专家,岂敢胡言?然而我还是觉得父亲在这一层次上比较保守,和他同时代的作曲家一样,不愿做超越调性的尝试。反过来说,这也是中国民族的风格,汉族的民谣可能大都是有调性的。父亲研究的初步结论如下:

我国民歌的速度,多为中板或小行板,很少快板及慢板,并善用双数拍子,故曲趣表情,常为平和、稳重、柔和,而缺少激昂、雄壮、悲愤等激动的力量。幸而在节奏方面,常混用正格节奏与变格节奏,使节奏有变化而生动活泼起来;但是仍嫌豪壮力量不够。①

这是一个很平实的说法,在我看来,这正是中国民歌需要做"现代加工"的地方,而其缺少的豪壮悲愤力量,恰是苏联作曲家肖斯塔科维奇最具特色的地方。他那首脍炙人口的"应景"之作——《第五交响曲》,就深具激昂、雄壮、悲愤等激动的力量。

父亲受业于二十世纪三十年代的中央大学音乐系,老师多是留欧的第一代留学生或欧洲人,接受的是正统西洋音乐的训练。这种西洋训练迅即与民族情绪结合在一起,父亲学业尚未完成,"九·一八"事变和"一·二八"事变就接连发生,抗战的呼声响遍全国。当时中央大学的校长罗家伦是"五四"运动的健将,才华横溢,作了三首"军歌",由唐学咏主任作曲、中大音乐系合唱团演唱,在中央广播电台播出,流传全国。这种爱国的民族情绪,席卷了整个文坛、乐坛和影坛,变成了艺术上的"基调",父亲当然深受其影响。所以我认为他的大部分合唱曲仍在这个"基调"笼罩之下。也许,这些对于这一代的台湾地区"新人类"早已失去意义了。

然而,肖斯塔科维奇的交响乐——包括抗战时期写的《第七交响曲》和《第八交响曲》——至今仍然屡奏不疲,唱片累累(包括伯恩斯坦指挥芝加哥交响乐团演奏的极佳版),而今年(1995年)恰逢第二次世界大战胜利的五十周年纪念,欧洲各国纪念活动频繁,而波士顿交响乐团今年整季皆以"战争"为主题,每场节目都有"二

---

① 李永刚:《行行出状元》写作后记,《无音的乐》,第47页。

战"时期或纪念"二战"胜利的作品,唯独我们好像都害了历史健忘症。我以为,一个有历史健忘症的民族,不可能产生伟大的艺术。西方对此已在逐渐反省,至于成效如何,目前不得而知。最近宗教式的音乐突然流行,可能也反映了西方精神失落后找寻终极意义的心态。中国文化中有的是历史,然而似乎却被遗忘了。

也许,父亲的合唱曲,会带给我们些许历史的余绪——也许它仅是一点情操,代表了上一代人的集体心声。在这个"后现代"社会中,我们即使故意"怀旧",我觉得也未尝不可填补一点心灵上的空虚。愿父亲在天之灵了解我们这一番心意。

浪漫的圣徒
——读《夏济安日记》

先师夏济安先生在台大任教的时候,给我们的印象是学识渊博,个性爽朗,对文学充满了一种理智的热情;待人接物虚怀若谷,不拘泥小节,也不自命不凡。他在《文学杂志》上所楬橥的是创作上的写实主义和西方文学中的"现代"思想。他在课堂上教英国文学史,或在咖啡馆里谈日本电影的时候,说到得意之处,也会滔滔不绝,但在社交场合,他往往是木讷寡言的,有时还有一点口吃。我当时总觉得他的"修身"功夫已经十分到家,他的热情是质朴的,就好像他的文章一样。一般人只觉得他平易近人,和他常接近的学生或会领略到他人格上的深度,但是我们却仍然窥测不到他内心生活的底细。

读了济安师一九四六年的日记以后,才真正体会到他内心生活中最重要的一面:他非但是"性情中人",而且是一个感情丰富的浪漫主义者。

济安先生在他的日记里说:"我是一个浪漫派,我顶缺乏的virtue(德行)是sobriety(冷静)。"这句话写于一九四六年五月四日,恰为"五四"时的浪漫精神做了一个注解。济安先生的爱情观有不少是继承了"五四"的余绪,譬如他认为女性是至真、至善、至美的——"我认为除女人以外,没有美。"——就有点徐志摩的味道;他觉得他最理想的恋爱,"是同一个爱人逃到一个没有人的地方去。"这也和徐志摩那首长诗《爱的灵感》中的情操相似。他在感情的旅程中感到"寂寞","能使我不寂寞的,只可能是一个人(不知是谁?)。"他认为"世界上真正关心我而更了解我的人,可说没有",这种"自怜"(济安先生自称为 narcissism)也会使人想起郁达夫。济安先生的日记,是足可与郁达夫的《日记九种》和徐志摩的《爱眉小札》相提并论的。

但济安先生的"浪漫主义"却与"五四"时代的浪漫主义有一个显著的不同:他虽然说自己缺乏"冷静",但却不乏深思和自省的功夫。"五四"时代的浪漫情绪是排山倒海式的,久经桎梏之后,一发而不可收。这种火山爆发式的感情是与社会的反封建和思想上的反传统连为一气的,但"五四"文人往往忘乎所以,以为感情就是道德,从来就没有缜密地分析过自己的心态。二十多年过去了,到了济安先生这一代,"五四"时代的解放运动早已成功,恋爱自由、婚姻自主已成定论,但解放的结果并未导致精神上的重建,加以连年战乱,国家和社会都动荡不安,知识分子和文人大都逐渐"政治化"了,但也有不少人——像夏济安先生——反躬自省,体外而审内,他们的作品,使二十世纪三四十年代的中国文学较二十年代增加了一种关怀社会的幅度和一种探讨内心的深度。济安先生在日记中所述及的小说,如果完成的话,一定会是四十年代的代表作,可惜他要求太严,知难而退,否则他的作品足可超越钱锺书的《围城》。中国近现代文学史上,清末民初是播种期,二十年代开始开花,但直到三四十年代才结果,如果没有战乱的影响,伟大的文学作品必会层出不穷。

诚如夏志清先生所说,济安先生的浪漫主义"可能代表了真正的浪漫主义的精神",因为它没有二十世纪二十年代"激情"式的虚浮,而有一种思想上和心理上的内涵。夏志清先生特别指出:"他的浪漫主义里包含了一种强烈的宗教感;济安不仅把爱情看得非常神圣,他的处世态度和哲学都带有一种宗教性的悲观。这种宗教性的勇于自省的精神,在中国现代文学作品里是绝少见到的。"但济安先生的宗教观却与但丁之美化贝亚特丽斯(Beatrice),或中古欧洲文学中骑士向贵妇的顶礼有所不同。西方文学中宗教化的爱情往往最后都归宗于一个"圣母"(Madonna)的意象,爱情的升华与魔鬼所作祟的欲念形成剧烈的斗争,所以十九世纪欧洲的浪漫文学和艺术一方面表现爱情的升华,一方面也歌颂爱欲的斗争,所谓"passion"即由此而来,集其大成的可能是瓦格纳的名歌剧《特里斯坦与伊索尔德》。济安先生爱情中的宗教意味既没有把女性"圣母化"(他的心上人是小家碧玉型的,是玉女而不是贵妇),也没有爱与欲的纠葛(他对所爱的人毫无欲念,而且洁身自守)。我觉得济安先生的宗教观是他理智上的自制(在日记中称之为 ego)和感情上的冲动所交织而成的产物。在三月二十九日的日记中,他把上帝看做"爱",跟随上帝也就是听从自己的感情;上帝造人,是要使人有人性,使亚当爱夏娃,而不是超越人而变为神。所以,在济安先生的宗教领域里,并没有人与神之争,也没有上帝与魔鬼在人的心理上斗法,而只有完全存在于人的本性中的感情与理智的煎熬。他虽然想"逃避",喜欢"悲观"哲学,但因为他的性情操守,他最终还是逃不过"中国式"的人道主义。我们在西方文学或宗教中,很难找到像下面的这种句子:"我的心底下有一种声音,说道:'是人可妻也。'我就把这种声音当做是上帝的声音,我要跟从上帝,就不能再听 ego(自我)的话。"因为济安先生的宗教观是"中国式"的,所以他"从不承认 sex 是 sin",所以他说,"基督教的 sin 的观念,在我总立不大住。如我之追她,说'痴'则有之,说其中有什么罪恶,我是绝对否认的。"

济安先生的"痴"情,看了令人感动。他的心上人何尝没有缺点?但是,济安先生与她说不上几句话,竟然深深地爱上了她,从二十世纪七十年代西方的观点看来,这是一件趣事。如果济安先生仍然在世的话,此时此地,念起旧情,不知他作何感想?然而,济安先生人格上的这个"弱"点正是最值得我们纪念的地方,也是研究中国现代文学中的浪漫情操最值得注意的一点。济安先生一生涉猎西方文学,博览群书,他三十岁时就已经熟读英国文学,分析阿诺德(Mathew Arnold)和柯尔律治(Coleridge),看最艰深的文学杂志如 *Scrutiny* 和 *Criterion*,引现代批评泰斗威尔逊(Edmund Wilson)和卡津(Alfred Kazin)的书,论克尔恺郭尔,抄剑桥大学的英国文学书目。他何尝不知道西方文学中的"名女人"和伟大的爱情故事?然而,西方文学中的"热情女子"——所谓 heroines of passion——似乎对他并无吸引力。他同情雪莱的前妻哈丽特(Harriet Westbrook),雪莱弃之而与玛丽(Mary Godwin)同居,济安先生对之殊无好感(见七月十六日日记),却以自己的处境比之于霍格(Hogg)之追求哈丽特。在四月一日的日记中,他又说:"我的悲剧,是恋爱尚未失败,已经去写 *Sorrows of Young Werther*(《少年维特的烦恼》)。"雪莱的"哈丽特"和歌德的"夏绿蒂"——少年维特梦寐以求的人——都可称之为"纯情"女子,不是热情如火、欲浪滔天的"荡妇",中国文人很少喜欢后者,济安先生也不例外,这可能是受中国文学和中国社会中"才子佳人"的"伤感"传统的影响。中国文学中的佳人绝非西方文学中的"荡妇",她所具备的是"纯情"而非"热情"。但从济安先生的日记看来,他对于"出淤泥而不染"的"红颜"——如董小宛,或林琴南笔下的"茶花女"——也不见得欣赏,这种有道义、有情谊的"风尘女子"作为小说人物则可,但对于一个"连女人手指都不敢碰"的纯情主义者而言就未免太世故了。

济安先生在思想上的成熟和在学问上的"世故",似乎与他在感情上的纯真和"稚气"恰成对比。他所喜欢的"小家碧玉"型,未婚前应贞洁无瑕,甚至颇带娇羞、受惊之态,结婚后当然是相夫教子,从一而终。这又是典型的"中国式"的理想女性,西方人可能觉得不够刺激,或没有性格。所以,济安先生所喜欢的好莱坞女明星都是如出一辙的,他迷于苏珊娜·福斯特的"受惊状",觉得玛琳奥·莎莉文楚楚动人,琼·莱丝莲天真无邪,其他如罗采尔·赫逊和芭芭拉·勃莉顿都是属于同一种类型的人物,在外国观众眼里,这几位女星并不见得出色,所以也红不起来。但是济安先生对当时的大明星如嘉宝和玛琳·黛德丽并不感兴趣,也许是嘉宝太过"风尘",玛琳·黛德丽太过妖艳吧。风靡一时的洛琳·白考儿是亨弗莱·鲍嘉的遗孀,当年和他配戏时,"做足诱惑功夫",很多人为之倾倒,但济安先生却"只觉讨厌"。

济安先生心目中的理想女性绝非以肉欲或性感取胜,而具有性灵之美。济安先生认为恋爱与结婚应合而为一,二者之中,皆无肉欲成分。结婚是恋爱的自然结局,而非恋爱的坟墓,所以,他在单恋之际,从未有欲念,却时时刻刻不忘考虑她是否可以做一个好太太,甚至斤斤计较于她所烧的菜是否太辣,自己说的苏州话她是否可以学等琐事。这种思想,看似不够"浪漫",但却是真情贯注的最佳表现,在济安先生那个时代,何尝不是人人如此?这种恋爱方式虽已过时,但恐怕在今天的台湾仍有余绪。二十世纪三四十年代的大学里男生追女生都是如此:情起于一举手一投足,见面时说不出话来,却在暗地里上"万言书",写得淋漓尽致。双方都有好友做"参谋",感情建立在相互间的浪漫意象基础上,而高潮是在宿舍会客室或校园里的"会面"("interview",济安先生在日记中用的这个词妙极)。互相示爱以后,才开始约会,双方在结婚以前,已经"从一而终"了。这种"过渡时代"的恋爱方式当然有它的缺点,双方的了解不深往往成了这种男女关系的致命伤。济安先生思力过人,在他理智的分析之下,早已怀疑"即使得到了她,我能否快乐",甚至时时"大彻大悟——我对她并没有爱",即使在梦中,也隐隐觉得她并不完美(譬如在三月一日所述的梦中,她就断了脚,"她左脚不知怎么没有的,是一块圆头的木头。")。但是他仍然抑制不住自己的痴情,苦追下去,这种成熟的理智与未成熟的感情的冲突,终于酿成四月二十七日二人见面时的"吵架"。我们虽然不知道二人争执的内容,但从济安先生的性格看来,显然是他的ego的一种"防卫作用",也是一种下意识的"自暴自弃"。济安先生自尊心极强,但对异性又自认有"自卑感",两相冲击之下,就"暴"出来了。

济安先生虽说自己缺乏冷静,却仍有他理智上冷静的一面,然而他对于这种思虑上的深度,并不引以为荣,却自认是逃避,所以他把钱学熙批评阿诺德的话用来批评自己:"他不是个伟大的人,因为他没有勇气让他的真爱坚持到底。为了谨慎,或者别的什么并不很堂皇的理由,他离开了他心爱的女子玛嘉丽特。尽管他还能保持心境的平静和稳定,他却永远也不知快乐为何物,也从来不曾表示过他服膺真理的忠诚。"济安先生事实上并不是感情上的"懦夫",他明知"因爱而带来的困扰和不安",却仍然为她"默然受苦",坚持到底,又为她守身如玉,自誓除了这位心上人之外,"决不娶亲,而且不娶亲亦将永葆童身,情愿过'孤阳'的生活。"这种深思而后的自律、为情而终的精神才是"真正的浪漫主义精神"。

从济安先生的日记看来,他一生的转折点是以感情——而不是理智或生理——为基础的,他在二月二十三日找钱学熙倾诉他的恋情之后,在日记中写道:"今天在我生命历上,是划时代的一天。这是我第一次正式承认在恋爱。我生理上虽早已脱离儿童时期,但心理上稚气还是很多……可是今天起,我是算大人了。"读后我不禁想起一部欧洲电影,叫做《密视列车》(*Closely Watched Trains*),片中叙述一个在火车站工作的青年经过数度失败之后,终于和一个经验丰富的女子发生性关系,一夜之后,他站在月台上指挥列车,已经俨然是大人了。西方人往往以性经验作为成年的标准,但是济安先生的成年(一九四六年他是三十一岁,正合乎孔子所谓的"三十而立")却基于感情上的体验。这种浪漫的"心路历程"在中国可谓渊源已久,从明末清初经晚清民初,到"五四"而及于现代,这一个"情"的传统不知主宰了多少才子佳人的生命。济安先生学贯中西,但在感情上还是一个地地道道的中国"有情人",他的宗教情操能将这种中国式的男女之情发扬光大,他一生恋爱的失败更显示出他唯情主义的伟大。

济安先生的时代是一个"新旧交替"的时代,也是一个从浪漫到非浪漫的过渡时代。先生当年已经感到:"我一向梦想的浪漫英雄——很快的恋爱,私奔,结婚,向世界挑战,保护我的爱人——我这世是做不成了。"在二十世纪七十年代读这一本四十年代的日记,在性泛滥的西方世界念这一本"纯情"的记录,我不禁发起"怀古之幽思",像济安先生这样的"浪漫英雄",我们这一世是做不成了。

我们这一代在情感上都是西潮冲击下的"罪人",唯有夏济安先生才是中西交流中的"圣徒"。

光明与黑暗之门
——我对夏氏兄弟的敬意和感激

一

在夏济安先生过去的学生中,我有幸跟随他有关左翼文学运动的研究踪迹,亦步亦趋,受益匪浅。一九六三年秋,我初进哈佛,就参加了本杰明·史华慈(Benjamin Schwartz)关于当代政治的研讨班。当时,我要找一个合适的研讨班的论文选题,可是毫无头绪。史华慈教授有一次不经意地提到了延安那场反对萧军的文学运动。我现在仍然清楚地记得,自己写了一封信给我原来的老师夏济安教授征求意见,希望能得到一些指点。他立即就回了信,说那确实是一个值得研究的问题。当时,我只是隐约听说他自己正准备做关于左翼文学运动的研究,其研究成果最终形成了《黑暗的闸门》(华盛顿大学出版社,一九六八)一书。相隔近四十年,我刚刚重读了他的《关于左翼文学运动一书的序稿》(夏志清先生在序言中做了全文引录),再次被深深地感动,因为文中所建议的研究态度和方法正是先生回信中告诉我的那些。

当然,我听从了他的建议。我论文中的萧军正是在集体运动中遭受悲惨命运的个案。夏济安先生认为,学术研究的目的就是要再现人类的悲剧。"哪怕是共产党员,也应该得到礼遇(更近似于同情),他们作为个人,除了党派观念也还有思想。"我想,正是《黑暗的闸门》所刻画的几位个体——瞿秋白、鲁迅、蒋光慈、冯雪峰、丁玲、"左联五烈士"的思想与感情,给我留下了难以磨灭的印象。我那时还只是一个努力使自己成为一名学者的研究生,几年中,我一直在自己就读的历史专业和真正感兴趣的文学之间徘徊。夏济安先生是我以前在台湾大学时的老师,教英国文学,一到美国就迫于环境的压力,转而开辟完全不同的领域,开始自己的研究,他成为我后来学术生涯的心灵相契的指路明灯。

幸运的是,普实克(Jaruslav Průšek)教授也曾经是我的老师。他到哈佛做访问教授的时候,他和夏志清的那场有名的论争刚刚在《通报》发表。正如我最近回忆普实克的另一篇文章所说,一开始我还担心他的"共产主义"的背景,却大着胆子写了两篇"标新立异"的研讨班论文:一篇论萧红的小说艺术,我认为萧红比萧军优秀得多,而普实克由于显而易见的原因更喜欢萧军;另一篇是关于自由派的新月社。两篇文章其实都是对他意识形态立场的间接挑战。令我惊喜的是,普实克教授不仅喜欢我的论文,而且告诉我,他对夏济安的研究印象十分深刻,他还大度地发表了夏志清反驳他的文章。我能够恰巧成为两大"对头"(他们后来也成了朋友)的学生,实在是够幸运的。从那以后,我在学术研究中努力追随两位大师:普实克的历史意识和夏志清的文学判断。但是,我认为夏济安先生综合了这两种方法,已经融合了传记、历史和批评,形成了夏志清先生所说的"文化批评"(cultural criticism)。"文化批评"这个术语最早由雅克·巴尔赞(Jacques Barzun)在其《达尔文、马克思、瓦格纳》[1]一书中首次运用。实际上,我在做博士论文《现代中

---

[1] 夏志清:《黑暗的闸门·导言》,见夏济安《黑暗的闸门——中国左翼文学运动研究》(The Gate of Darkness: Studies on the Leftist Literary Movement in China),第16—17页,西雅图,华盛顿大学出版社,1968。

国作家的浪漫一代》时,曾试图效仿夏济安先生。《黑暗的闸门》出版后仅一年,即一九六九年我即着手这篇论文,并于次年完成。因此,说夏济安先生是我博士论文的灵感源泉,既是客观陈述,也是无上荣耀。

夏济安的《鲁迅小说中的黑暗力量》《鲁迅与左联的解体》两章对鲁迅形象做了极为精彩的刻画。这种鲁迅形象的阴影始终笼罩着我整个的鲁迅研究,这就是哈罗德·布鲁姆(Harold Bloom)所说的那个词——"影响的焦虑"(anxiety of influence),只不过它不得不被用到了一个天分不高的年轻学者的身上而已。我怎么才能写得像夏济安先生那么好?怎样才能用不同的方式来刻画鲁迅形象呢?经过了差不多十年的焦虑,我最终放弃了任何想超过先生的念头,而乖乖地一心一意效法了先生。我至今依然清晰地记得他对鲁迅散文诗所做的敏锐分析。他认为《墓碣文》是《狂人日记》的噩梦式的翻版。每次我教这一篇作品时,总要引用他的洞见:"《墓碣文》用典雅的文言穿插以娴熟的白话。"这是一种卓越高超的修辞手段,"将过去和现在置于同一层面。"①事实上,正是先生对整部《野草》的洞见指引我在拙著中讨论了"黑暗"主题。我花了一个夏天来撰写关于《野草》的核心的一章,但后来还是放弃了草稿,部分是因为上文所说的"焦虑":既然我的老师已经做得这么好,我为什么还要再写呢?写最后一章《革命的前夜》的最后一节时,我不得不克制自己逐字抄录先生的两句话的念头,他用这两句来为长长的《鲁迅与左联的解体》一章作结:"十月十七日他患了感冒,十

---

① 夏济安:《黑暗的闸门》,第 151、145、20 页,西雅图,华盛顿大学出版社,1968。

九日他便去世了。"①我找不到其他同样简洁而感人的结尾了,因为对鲁迅这位置身于左翼内部斗争的资深作家所做的复杂而深刻的刻画,这是最后的点睛之笔。当时,没有任何语言、任何著作能用如此精微而饱含同情之笔,探掘到如此曲折复杂的深度了。

通观夏济安先生的著作,没有炫耀什么理论术语以至破坏了他优雅的散文文风,或者损害了他原创性的洞见,出版四十年之后,这本著作的许多闪光点丝毫没有减退。夏济安先生对三十年代左翼运动集团个人和官方的复杂冲突,做出了开拓性的研究,至今我们仍然由此受益。他通过细读所能找到的所有资料,描绘了一个四面受敌和愤怒的鲁迅。他名义上是左联的领袖人物,却成为左联新生小辈的牺牲品。如今已有更多的材料和个人回忆,印证了夏先生的观点依然正确。他塑造的一个有着"温和之心"的共产党人瞿秋白,是其人文学者风范的一个有力证明。在他的左联研究的《序稿》结尾,他写道:

> 我没有机会采访那些当事人,虽然他们中有些人还活着。不幸的是,中国没有像斯蒂芬·斯朋德(Stephen Spender)、阿瑟·科斯特勒(Arthur Koestler)、乔治·奥威尔(George Orwell)这样的人,能够回过头讲述走向左倾的历程的故事。胡风、丁玲或者冯雪峰本来有望成为这样的人,但是他们被迫选择了沉默②。

---

① 夏济安:《黑暗的闸门》,第151、145、20页,西雅图,华盛顿大学出版社,1968。
② 夏济安:《黑暗的闸门》,第151、145、20页,西雅图,华盛顿大学出版社,1968。

当然，现在他们都已不在人世了。从某种意义上讲，夏先生没有机会采访他们倒是一件幸运的事情，因为他也许会为他们的缺乏诚实和自我反思而深感失望。以前科斯特勒所描写的左翼作家"正午的黑暗"综合症，如今在中国已不复再现。是的，他们回过头来讲他们的故事了，但是这些故事不再像科斯特勒和奥威尔的那样包含真相和富于人性了。从后来的事实和我自己访问其中一些人(包括丁玲和萧军)的经验来看，无论是知识的渊博或是精神的深度方面，他们都无法和他们的研究者相媲美。

夏济安先生惊人的才华被那时美国的学术环境埋没了吗？如果他那时能有一个博士学位而获得必要的"教学许可"的话，他也许可以像他弟弟夏志清先生那样教授和研究中国传统文学和现代文学。他的小说已在《党派评论》发表，他也在印第安纳大学文学研究所待过一阵，他本来是可以在比较文学领域继续开辟新路的。事实之所以不是这样，部分是因为美国学术界的困难，部分是因为夏先生自己选择了做一个自由的知识分子流学者。不过，他所取得的成就，甚至在当代中国研究方面也是非同小可的。

如今很多的学者可能并没注意到，或者更多忘记了夏济安先生关于左翼文学运动的研究，实际上已延伸到了当代中国政治的研究，夏先生在此领域也做出了不小的贡献。他对"百花齐放"和"大跃进"运动的术语所进行的语汇学研究，得以揭示中国文化和人文的另一面。这些术语曾由伯克利的中国研究中心印成小册子，夏济安先生曾是该中心的研究员，直到他突然英年早逝。对这份研究工作即使不是完全厌恶，至少也是与先生的性情很不符合的。但是，对这些政治运动中出现的意识形态术语的研究，夏济安先生依然秉持一样的"礼遇"原则和分析技巧，为的是揭示一个崭新而令人惊叹的事实：这些术语都植根于传统的中国文学和文化。这样，他也就把它们放到了一个更为宽广、更为人性的语境之中。

我认为这也是一种"文化批评",是一种代价高昂或掩盖于政治阴影之下的特殊的"文字学"(philology)。

……

这并非易事,也别指望由此成为一个当代中国的"研究专家"。即使像我这样一名现代中国历史与文学专业的学生,也没有对老师的研究给予关注。直到多年以后,我自己也成为一名教师,开始在芝加哥大学教授现代汉语的课程,再后来在哈佛开设关于现代革命小说的研讨班,我才开始参考它们作为教学材料。这些谨慎的"术语研究"打开了一个智慧的金矿,我在图书馆阅读这些册子,读得兴味盎然。同时,另一种"意识流"式的回忆也涌入我的脑海:我想起了老师早年写的如何学英语的文章。夏先生在一份台湾学生的英语学习杂志上,发表过一系列文章,挑出一些单词和词组并列出了它们所有的意思,不厌其烦地解释所有的用法及其文学寓意。像我这样的学生因此得益匪浅,我可以骄傲地说我确实是这样学英语的,一遍一遍地朗读先生文章中提供的富于文字学洞察力的例句。不管是教英语单词还是研究政治术语,夏济安先生都同样的勤奋,显示出他渊博的学术修养。这的确是我们难以企及的,更别提超越了。

二

我对夏志清教授的感激可以归结为两个词(我将克尔凯郭尔的用词和精神做了小小的改动)——"爱戴和震颤"——因为他对我学术生涯的关切指导和支持而生的爱戴;因为他的学术成就和博学而生的震撼与敬佩。众所周知:夏志清教授不仅是精通中国历代各种文类的研究权威,而且也是研究西方小说和好莱坞经典电影的权威。和他所有的学生和朋友一样,我见到先生时总是心怀敬畏,但又总是被他大度的精神和迸发的智慧所吸引。我现在写一些赞扬先生的话其实是徒劳的,很有可能让向来自信的他用几句玩笑话就消解得一干二净。但是,我仍然要写,只为表达对他的深深感激,正如对他哥哥一样。

我荣幸地被夏志清先生收为非正式的弟子之一,有一个简单的原因,就像刘绍铭和其他人一样,我也是先生哥哥生前在台湾大学的学生之一,我们的学术领域最终都从西方转到了中国文学研究。同样,和大部分夏济安先生的学生一样,我在美国的学术生涯开始于夏济安先生英年早逝之后,夏志清先生把我们都收入门下,不管我们是否师从于他。夏济安先生所有学生当中,我是在现代中国左翼文学研究方面(包括鲁迅研究)最为紧跟的一个,夏志清先生对我有特殊的感情。我能获得普林斯顿大学的教职,先生居功甚伟,他的推荐信把我与爱德蒙·威尔逊和乔治·斯坦纳相提并论。反讽的是,后来我也因此而离开了那个威严的学术机构。不过,事后看来那次"不幸"却拯救了我的学术生命,我得以幸运地回到另一个研究领域——文学。我开始在印第安纳大学正式研究和讲授中国文学。我之所以对这所大学满怀敬意和感情,主要是因为夏济安先生曾在那里待过一阵,所以,再一次地,我得以追随他的足迹。我研究领域的变化——从历史到文学,恰逢一个最为幸运的时刻,当时印第安纳大学的前辈罗郁正(Irving Lo)(另一位令人尊敬的师长)正准备出一套"中国文学译丛"系列,把我也列入编者名单,不久,刘绍铭和欧阳桢也加入进来。从那以后,我作为文学学者的生涯全面展开。不用说,夏志清先生始终乐意给我这个文学领域的"异类"以巨大的支持。

作为夏志清先生门下中国文学研究者中的"异类"或"回头浪子",我并不总是恭恭敬敬,事事顺从。好几次我曾试图反对先生的观点,尤其是谈到鲁迅的时候,也许是因为他哥哥对这位左翼作家深深的敬意给了我反对的勇气。那些反叛行为现在回想起来使我备感惭愧,不仅仅因为夏志清生来友善,包容我这些反叛观点,而且因为不管我怎样在学术研究上翻筋斗,"理论转向",多年以后,我的观点却开始接近先生了。先生最近的力作《夏志清论中国文学》中的文章,即使有些文章我已经是读第二遍、第三遍,他的学术眼光还是让我佩服,深为受益。我还要为他始终摒弃学术圈内的流行立场的诚实与勇气喝彩。我认为,这超越了我们这个相当专业化的领域,展示了一个更大的视野,换句话说,我们不应该再仅仅称他为"汉学家"或中国文学研究者,而应该称为一位真正的比较文学家和大师。

一九六一年,夏志清开创性的、里程碑式的《中国现代小说史》出版,在西方学术界的影响不啻晴天惊雷:无论是广度上,还是原创性上,没有任何一部书(无论是哪种语言),包括普实克的书,可以与此书相比。此书不仅展示了夏志清先生惊人的学识,而且带有成书时代(即从五十年代后期到六十年代初期)社会文化氛围的印记。书中很多比较的视野实在是不得已而为之,因为那个时候中国研究在美国学术界一直是相当边缘化的。所有非西方文学——即使不是公然地,总是要被置于"欧洲中心"的背景下加以衡量。所以,为了让美国公众得以理解,需要用"比较"的方法把中国文学置于一种"可理解的"背景之中,除非有人刻意将之视为"外来物"而进一步使其远离知识主流。但是,同时,夏先生的比较视角也令他展示了关于现代中国文学的独到观点,这些观点如今已成为我们的标准。这些极具原创性的观点,此书的译者刘绍铭一九七八年已首次加以阐释,最近王德威为本书二〇〇一年新版所写的一篇很长的序言中又做了进一步的阐释①,再加上夏先

---

① 王德威:《重读夏志清教授〈中国现代小说史〉》,《当代作家评论》2005 年第 3 期。

生自己关于此书写作缘起的回忆,使得我的大部分评论显得实在多余。不过,即使仅仅为了表达我的赞赏,我也要说说自己的看法。

我们必须记住,此书开始在美国学术界产生影响,恰逢六十年代早期,美国差不多正处于一个转型期:冷战趋于结束,随即逐渐卷入了越南战争以致不可自拔。中国也牵涉其中,特别是接近六十年代末的时候,"文化大革命"激起了西方人(尤其是那些同情革命目标的激进学生)的革命理想主义。面对这种动荡潮流,夏先生坚定地坚持自己的立场。所以,毫不奇怪,美国年轻一代的学者(即从六十年代后期开始涌现的"中国专家")据此认为《中国现代小说史》显示出一种露骨的政治偏见,可能破坏了他的文学鉴赏。现在看来,这种判断显然是错误的。事实上,夏先生的政治思想从未影响他的文学鉴赏,他对作家们一视同仁,采取同样的批评标准。我们常常可以发现,他的意识形态立场和文学立场是有区别的,他的鲁迅研究就证明了这一点。他高度赞赏鲁迅的短篇小说,却不喜欢其政治态度。同样,夏先生也没有对左派作家视而不见,他敏锐地发现了张天翼短篇小说中尖锐的讽刺效果以及吴组缃小说中富于道德色彩的人物塑造,这是众多例子中较为突出的两个。

夏先生将张爱玲评为现代中国最优秀的作家,当时被激进的美国学者视为带有主观偏见的评价,可是现在事实证明这个评价是完全公正的,具有惊人的预见性。张爱玲的作品不仅在读者中享有恒久的魅力,而且大陆还出现了新一代的"张爱玲迷"。过去十年里,台湾和香港各举办过一次大型的张爱玲学术讨论会,第三次学术讨论会最近准备在上海召开(后来取消,但论文集依然出版)。夏先生同时还第一次揭示了钱锺书、师陀、路翎以及后来的端木蕻良的文学创作的重要性。他曾多次公开说是他第一个发现了萧红的伟大,他很后悔《小说史》没有对萧红进行充分的讨论①。应该强调的是,当时那些美国学者根本不知道这些作家是何许人也,阅读《中国现代小说史》的直接效果,就是使这些作家第一次进入人们的视野,而此时由于不同的政治原因,有些作家在大陆和台湾都是被禁的对象。不管最初的阅读感受如何,如今这本书已经是一部公认的经典了。他的《中国古典小说》也是杰作,但我觉得仍比不上这本书。

那是六十年代。我们现在处于一个不同的时代——一个"理论"的时代,对于一些新锐学者,"理论"时代引发了中国文学(特别是现代文学)研究的"范式转型"(paradigm shift)。依我看,这种"理论转向"(theoretical turn)所付出的代价是忽视了阅读文本的必要。我并不是指那种只为展示自己熟悉这样那样的、碰巧在学术界流行的理论而进行的主观武断式的"阅读",而是对基本的文学作品文本的细读和精读。我们应该记住夏先生明智的警告:理论并不一定就是一个好东西,理论阅读之前,自己必须首先积累足够的文本阅读的经验②。对我而言,这意味着作为文学研究者首先应该进行大量的认真的文本阅读,从而对与研究课题相关的所有原作文本都有深入的了解。事实上,我们必须读足够多的作品,否则就没有资格进行任何分析、做出任何判断。夏志清先生的权威地位正是建立于其惊人阅读量的基础上。照我看,我们研究圈内可能除了王德威在当代文学方面、韩南(Patrick Hanan)在明清小说(尤其是晚清小说)方面,没有人可以和夏先生阅读的广度和

---

① 季进:《对优美作品的发现与批评,永远是我的首要工作——夏志清先生访谈录》,《当代作家评论》2005年第4期,第29、23页。
② 季进:《对优美作品的发现与批评,永远是我的首要工作——夏志清先生访谈录》,《当代作家评论》2005年第4期,第29、23页。

深度相提并论。我要说,一个好的理论家要让人信服也得先读文本再作理论,起码在几位权威大师如李维斯(F. R. Leavis)、莱昂内尔·特里林(Lionel Trilling)、埃德蒙·威尔逊(Edmund Wilson)所处的那个时代就是如此,他们都认为这种大量阅读是理所当然的。一些后现代理论家们会争辩说那个所谓"新批评"的时代已经过去了,已经被一种更好的解构式阅读策略取代了。但是,我认为不管哪个学派或信奉哪种观念的理论大师,永远都是伟大的读者,至少他们都肯定了大量文本阅读的必要性,而其大部分的后继者却从未做到这一点。只有那些二流理论家或盲从者喜欢轻率地引用或阐释理论大师们的观点。因此,我得出一个结论,每个文学研究者都不应该光顾着"搞"理论而荒废了文本阅读。但是,现在的事实却完全相反:如今美国学界一切都急于"理论化",却将阅读和研究置于脑后,特别是比较文学界已经成了比试各种理论,而非讨论文学的场域,更不用说,在新起的文化研究领域,文学自身几乎已被搁置一边了。

我要说明的是,夏先生的学术研究也是渗透着理论的。他曾在耶鲁大学受过英语文学的学术训练,当时的耶鲁大学正是"新批评"的大本营。他贪婪地阅读布鲁克斯(Brooks)、沃伦(Warren)、温脱斯(Yvor Winters)、特里休,特别是李维斯这些人的著作。李维斯对英语小说研究的深远影响已经众所公认,甚至他的批评者像特里·伊格尔顿(Terry Eagleton)也不得不承认这一点。我还要指出,大部分推行形式理论的"老派"批评家,都具有深厚的欧洲人文主义意识。对他们来说,伟大的文学作品(特别是小说)必须能够挖掘精神痛苦的深度,找出人类罪恶的根源,以此重建人类尊严。因此,文学阅读对于读者而言,无论是在精神上,还是在道德上,都是一件严肃的事情,而非一个文学专家的"团体"所定义的"职业化"技能。所以,最起码在人文方面,没有什么特别"领域"需要以知道那些眼花缭乱的理论术语作为入门条件。总之,文学研究仍然是受过良好教育的"圈外"精英的一项专属知识活动,也是文科教育的核心内容。这样的观点当然备受当下后殖民阵营的激进分子攻击,他们更愿意批判"欧洲中心"主义,并在其知识话语背后寻找到更大的权力阴影。而中国文学是怎样的呢?我们应该为了理论批评而放弃阅读吗?我们要将"已死的黄种中国人"的作品称为经典吗?发现权力需要什么样的知识?我们的阅读需要什么样的方法和策略呢?

几年前在一次演讲中,我就指出理解夏志清先生的著作可以套用特里林的主题"诚与真"(sincerity and authenticity)。我认为夏先生的现代中国小说研究同样以一种真实感为导引,但却是一种受真正的"核心"人性照明下的真实,它应当与作者自己主观意图的"真诚"分开或超越其上,因为作者的主观意图很容易被政治意识形态所扭曲。在其名文《现代中国文学感时忧国的精神》中,夏先生提出了一个双面刃的观点:虽然现代中国作家对自己的祖国表现了无比热烈的道德关怀(因此是真诚的),但有时是以失去真实性为代价的。他们没有能够做到"不偏不倚的道德探索"和直面人类罪恶的根源。依我看,正是因为夏先生指出了这种缺陷和局限性,才使得《中国现代小说史》整个的比较性的判断更为可贵,而且正如王德威精当地指出的,这与杰姆逊著名的"国家寓言"(national allegory)论形成了强烈的对比①。

读了《夏志清论中国文学》一书,我想在夏先生研究方法的词汇里加上另外两个词:理智和情感。理智是指一种根深蒂固的忠

---

① 王德威:《重读夏志清教授〈中国现代小说史〉》,见夏志清《中国现代小说史》,第XII—XIII页,刘绍铭等译,香港,香港中文大学出版社,2001。

实于生活的观念和对所有文类一视同仁的公正立场。因此,他将《玉梨魂》视作明清小说的延续而非通俗的鸳鸯蝴蝶派小说的一般作品。他还指出《二十年目睹之怪现状》不仅是社会讽刺小说的杰作,而且也是成长教育小说(bildungsroman)的杰作,"精确的描绘是中国传统小说中极为罕见的。"①所有这些杰出的感悟力都来自夏先生的感性阅读——他对中西文学作品极为广博的涉猎培养了一种感悟力。不用说,他对文学文本的权威判断,得益于自己的阅读和洞见,完全独立于学界的流行潮流,不管这种潮流多么时髦。而且,他看待中国传统和现代文学作品都坚持了同一种评判标准,即"小说不仅仅描写生活,而且要传达生活的可能性"②。

这个论断比"五四"时期"文学为人生"的口号(由文学研究会倡导)显然要深刻得多。它源于这样的信念:文学和文化(其实就是历史本身)都是人类创造的,因而是通俗和"世俗"③的。这对于中国传统来说尤为正确,中国传统几乎没有明显地推崇什么宗教(就像犹太教和基督教传统那样),不是植根于任何抽象的或形而上的"结构"。在中国,是历史构成了人类活动的全部,而文学又是其中最具文化化的表现。然而,当西方学者利用中国文学来证明

---

① 夏志清:《夏志清论中国文学》(C. T. Hsia on Chinese Literature),第45、36页,纽约,哥伦比亚大学出版社,2004。
② 夏志清:《夏志清论中国文学》(C. T. Hsia on Chinese Literature),第45、36页,纽约,哥伦比亚大学出版社,2004。
③ 我知道我现在又做着一件不孝的事,把夏志清先生和他讨厌的一些人放在一起了。虽然萨义德早年批评过兰色姆和布鲁克斯的批评,而且坚持政治激进主义,可事实上,晚年萨义德重新回到了西方人文主义的立场。见他的最后一本书《人文主义与民主批评》(Humanism and Democratic Criticism,纽约,哥伦比亚大学出版社,2004)。

其方法或阐释时,他们常常忘了这个简单的事实:一方面,对一些结构显然并不严谨的中国小说,那些中国古典文学的研究者却认为是大手笔,结构严谨①;另一方面,研究现代中国文学的年轻学者却喜欢把小说文本当成方便的例证,来展示其理论的或后设理论的"阅读策略"(strategies of reading)——如此一来,他们看不到"生活"本身的复杂棘手,而正是它们构成了中国人文的"核心"。把作品置于一个没有生命活力(个人或集体的创造性与历史的语境)的理论真空中,就如同离开了人性自身的漩涡,而人性一直在主导着文学。也许需要进行再一次的"理论转向",使我们大家重回这个简单却绝不应该简单化的事实。

三

夏志清先生最具争议的文章可能是《今日对中国古典文学的研究》一文。很奇怪,我以前竟然没有见过此文,现在是第一次读。至少在我看来,这篇文章延续了夏先生关于中国现代文学的一贯立场。正如他在答复普实克的文章中所说,中国现代文学"需要不带政治成见、不惧任何后果地开放思想,拒绝依靠未经检验的假设和因袭的判断"②。但是,在古典文学领域,这种态度似乎带来了"政治不正确",因为夏先生批评整个中国古典文学传统,认为与西方文学经典不在一个水平线上。有人也许会辩护说,这两种传统完全不同,因此不具可比性。但是,对于夏先生这样博览群书的学者来说,所有的文学都是可比的。因此他提出了一个肯定会冒犯大多数中国读者的思辨性问题:"《红楼梦》难道真的可以跟

---

① 参阅夏志清在《中国小说与美国评论家》中对安德鲁·普拉克斯的批评。此文见《夏志清论中国文学》第30—49页。
② 见《夏志清论中国文学》的序言,第12页。

《卡拉马佐夫兄弟》和《米德尔马契》相比吗?"对于中国文学学者来说,这又涉及到另外的问题,即我们当中有谁读过《卡拉马佐夫兄弟》和《米德尔马契》? 如果没有读过,我们就更难驳倒夏先生的最后结论:"帝国时期的中国文学比文艺复兴以来的欧洲文学要逊色,因为它没有人文主义的理想作支撑,它形成的是一种最终让人疲倦和厌烦的自我抒情模式。"中国古典文学这种令人厌倦的趋势导致了一种"抒情式的沉默",因此对模仿的冲动不加重视;比起从乔叟到济慈的英诗大家,中国诗人在情感与行为的表现领域收获甚微;他们仿佛罩上了一件"植根于中国文化的传统说教和多情善感"的外衣,失去了"以友善和理想主义为基础的更为宏阔的人类视角,它能够让我们真正勇敢地毫不退缩地直面一切的罪恶"①。

这些的确是很沉重的指责——甚至比他将中国现代文学指为"感时忧国"的复杂心情更为沉重。我对这些指责的感受也是颇为复杂的。首先我得自豪地承认,我已经读过《卡拉马佐夫兄弟》并且被深深地感动了,甚至就凭这么一部小说就改变了我的人生观。多年来,我由最初阅读小说时对伊凡的同情转向同情德米特里和阿廖莎,因为作为西方知识分子的典型,伊凡没有能够毫不畏惧地面对各种罪恶,包括他自己间接参与的弑父罪行。但是,我还要说的是,我认为在十九世纪西方小说传统中,俄国作家,特别是陀思妥耶夫斯基和托尔斯泰,之所以能享有崇高的地位,不仅仅因为他们的小说技巧和表现视角,更重要的是因为他们的历史:俄国知识分子把自己当成不同于俄国大众的一个阶层,不断地进行社会的与精神的审判,这在其他任何国家都不能

---

① 夏志清:《夏志清论中国文学》,第 15、17、19、21 页,纽约,哥伦比亚大学出版社,2004。

找到可以相比的杰出的例子了,甚至俄语中"知识分子"这个单词的定义就意味着个人的疏离与集体的疏离,体现了一种根深蒂固的负罪意识,而中国古代官方学者和文人是没有这种意识的。即使是"五四"知识分子也不能和俄国作家相比,虽然他们曾经受到俄国作家某种程度的影响。我没有读过《米德尔马契》,但是读过一些狄更斯的作品,在视角和深度上,他也是没法和陀思妥耶夫斯基相比的。

这个问题也跟西方小说自身的传统和演变有关。塞万提斯以来的西方小说在题材范围和表现内容上已经相当宽泛了,至少米兰·昆德拉认为是这样(他的《小说的艺术》得到夏志清先生的赞同并加以引用)。进一步讲,这方面中国传统小说有些"发育不良",像李渔这样绝顶聪明的人也没有致力于长篇小说(或者章回小说),而是选择写些短篇的散文和诗歌。事实上,从通俗小说可以看出,中国抒情传统基于一个不同于西方的哲学基础,形成了一个不同的世界视角,也许《红楼梦》是个例外。如果没有更多的阅读和研究做基础,历经几代,学术仍难逃肤浅。虽然理论界呼吁"历史化",可是文学与历史一直没有得到有效的融合,这是过分专业化的学科分类的恶果。换句话说,最优秀的小说诗歌作品都离不开文化,而我们偏偏忽视了更大的文化的存在,而只注意了其"模仿式"的再现。即使就这点来说,据我所知,我们的专业领域还没有一个学者写出像奥尔巴赫《摹仿论》那样的巨著。萨义德对此书也大加赞赏。夏志清先生的《中国古典小说》一书运用的方法不同,但精神上与《摹仿论》却很接近。

那么,《红楼梦》究竟怎么样呢?在夏先生看来,曹雪芹可以和西方传统中的两位最伟大的作家莎士比亚和陀思妥耶夫斯基相提并论吗?在《今日对中国古典文学的研究》一文中,他承认"深入了解了传统中国社会"以后,"并不真正满意《红楼梦》"①。这里,至少依我看,"世俗"或历史背景起了决定性作用:《红楼梦》的写作,正处于数百年文化发展的末期,这种文化在晚明已经进入了一个重要的"范式转型"时期——夏志清先生和韩南先生所论述的李渔作品的反讽性转变已证明了这一点。十八世纪早期的文人已经失去了昔日的荣耀与辉煌,只能享受一点中华文明没落的余晖了。我认为,这种"情感结构"(structure of feeling)在《红楼梦》中得到了艺术上的再现。小说的多情是否降低了它社会批评的功能,这还是颇有争议的问题,但是,正如余国藩(Anthony Yu)的近作所指出的,《红楼梦》并没有滥情的缺陷。当然,也不可否认,小说潜藏的不是各种罪恶而是一种凄美,这非常像马勒(Mahler)的《大地之歌》(Das liedvon der erde,其创作灵感正来源于唐诗)的最后部分。我们都知道,中国儒家传统中的一系列应加纠正的罪恶——比如缠足——并没有在小说中得到充分表现,饶大卫(David Roy)认为这反过来也说明了《金瓶梅》的重要性。

我无意为被夏志清先生批评过的某些美国学者的观点辩护,相反,我只是想充实一些观点以支持他的立场,他的立场如此"开通"以致对整个中华文化似乎都持否定态度。如今的专家们总是躲进自己狭小的研究领域,只有夏志清先生具有足够的勇气跨出专业领域,超越专业领域。不管是否同意他的观点,这显然是最好的文化批评和文化反思。我们会想如果鲁迅仍然活着并坚持只读西方的书而绝不要读中国书,那么在如今的状况之下,他又会怎样呢? 相比而言,夏先生的立场听起来确实够温和的了。某种意义上,我认为夏先生的学术研究体现了"五四"传统的批评精神,而且

---

① 夏志清:《夏志清论中国文学》,第 15、17、19、21 页,纽约,哥伦比亚大学出版社,2004。

更具创新意义——他深入研读文本,然后得出其他学者从未想到的洞见。夏志清先生作为一个经验丰富的读者和理性的学者,既有创造力又比年轻的挑战者更为成熟,只有他才能在最近的一次访谈中宣称:"天堂是不存在的,知道吗?"[1]这句话对我来说,是一个最大胆、最深刻的道德判断,读到这句话,立即使我对文学、对人生有了恍然大悟的感觉。

也许,我已经写了太多的废话。总之,最后请允许我再创造一个词组(这一次是引用夏氏兄弟的话):就像《说唐》中的那个巨人一样,夏济安先生扛起了"黑暗的闸门",让我们得以看到鲁迅内心的痛苦和中国左派的黑暗内幕;而夏志清先生则高擎一盏明灯(他曾如此评价西方小说经典),不,实际上是一盏盏的灯,指引我们通过同一个中国文化之门。这样,夏氏兄弟的著作一起建立起了一个基准,以后所有的中国现代文学研究都必须以此为衡量标准。

---

[1] 季进:《对优美作品的发现与批评,永远是我的首要工作——夏志清先生访谈录》,《当代作家评论》2005 年第 4 期,第 35 页。

忆金铨
——他的遗憾

在美国剑桥我家住处附近,有一家租赁影碟和录影带的小店。一晚,我偶然路过,遂入店浏览,竟然发现两套老友胡金铨导演的经典名片《大醉侠》和《迎春阁的风波》,于是赶紧租回家与吾妻共赏。旧梦重温,老友的音容笑貌又恍若就在眼前。

我早想写一篇像样的纪念胡金铨的文章,数年来却一直没有动笔。也许以前也写过一两篇和他相关的随笔,但都是为了应景,不能算数。还记得金铨去世后不久,我匆匆从香港飞回美国,老友张错到洛杉矶机场接我,立即驱车往该城的玫瑰岗墓园,到金铨的坟前致祭。默哀几分钟后,我们俩竟然都沉默下来,突然觉得没有什么话好说——无语问苍天,心中一股怨气无法发作,只有惜金铨生不逢时、时不我与,好不容易等了这么多年,好不容易募足了款可以拍《华工血泪史》了,却因心脏手术不当而辞别人世。

友朋之间近年因心脏病动手术的大有人在,而且都顺利康复,为什么偏偏金铨倒霉?英才早逝,一点都不假。尤其可惜的是,当他在洛城那十几年郁郁不得志的时候,又有多少人记得他?除了他的一两位女弟子外,恐怕只有在洛城的三四位老友了。

我当时恰好在洛城任教,所以和这几位老友——张错、阿城、卜大中和金铨——定期在蒙特利公园(Monterey Park)附近的唐人街聚会;先到一家糕饼店喝咖啡,然后再选一家餐馆去大快朵颐一番。记得常去的一家馆子叫做马家馆子,为回教徒所开,每次去必点酸菜羊肉火锅和大饼,金铨和阿城对此特别钟意,我也吃上了瘾。后来每与张错提起,都口水直流,怀念不已,可能下意识之间也暗藏"深意"吧!金铨在吃饭和喝酒的时候,表情特别出神,话也特别多,边吃边谈,除了开老友的玩笑外(比如他总爱说:"李欧梵,你这个哈佛博士,让我来考考你民国史!")就是讲故事。

老友之中有两位是公认的说故事大家,一是阿城,一是金铨,但两人说故事的技巧恰好相反。阿城的态度是"布莱希特(Brecht)式"的,故意和故事中的人物和听故事的人保持距离。他最拿手的"间离效果",就是在说笑话的时候先冷笑半声,然后冷冷静静地讲到最好笑的情节,到听众笑得人仰马翻的时候,他却冷若冰霜,等你笑完了再讲。(阿城老弟,多年未见,闻你云游四方,什么时候再讲个笑话给我听?)金铨说故事的方法大多是"斯坦尼斯拉夫斯基(Stanislavski)式",未说前自己早已进入情况,而且材料丰富,讲的多是历史掌故,尤以近代史为多。偏偏我这个在美国学过近代史的人往往被他考倒了:"李欧梵,你连这个都不懂?没读过?好吧,我来说个故事给你们听!"后来他干脆连这个幌子也不用了,我当然更处处作无知状,逗他讲,他当然愈说愈开心。后来我干脆把我的研究生也介绍给他,据说他往往有请必到,故事一说就说个通宵!

至今忆起我在洛城的那四载荒芜的岁月,一事无成,所幸有金铨讲故事,还有那家清真馆的大饼和酸菜羊肉火锅。在十多年后的温馨回忆里,这些都化为"酸的馒头"(sentimental)的感伤。

人老了,思念老友的情绪反而愈炽,有时思念起来,甚至会把自己对生命的危机感也唤起来了。我至今不能释怀的是:为什么好好的一个人,回到台湾去动一个例常的小手术,竟会在手术室休克而死?况且金铨对于中西药的知识非常丰富,对于自己的身体也照顾得很好,为什么会不幸如此?我从未问过他是否想到死,但我知道在他动手术的时候,正是他最不想死的时候,因为他要使自己精力更充沛,可以经得住《华工血泪史》一旦开拍后的体力消耗。我有遗传性的糖尿病多年,也曾想到因此病而引起的心脏病,或因胆固醇过高而引起的血管阻塞,金铨不就是因此而丧生了吗?可惜当年在他身边的义女太年轻,后来又离他返台就业;而他的老友之中,我已离开洛城,阿城又云游四方,神出鬼没,只剩下一个张错陪他。金铨是否在形单影只之后没有好好照顾自己的身体?

我毕竟幸运多了,现在有爱妻在旁时时提醒我不要多吃多喝,提醒我健康是最大的本钱。吾妻玉莹也是金铨的仰慕者,和金铨至少有一面之缘。上世纪八十年代我在芝加哥大学任教时,金铨曾来访问过一两次。记得其中一次是芝加哥艺术博物馆的电影中心举办的胡金铨电影回顾展,主持人贝纳(Richard Pena,现任纽约林肯中心电影学会的节目总监)也是一个金铨迷,和我相识,他请金铨来芝城亲自登台。玉莹当年和前夫邓文正也在芝大,文正和金铨都是我的好友,所以我理所当然地把金铨介绍给他们认识。我忙不过来就托他们招待金铨,玉莹至今还记得金铨在他们家那晚讲故事直到深夜,在场的香港学生们都听得"津津有味"——不但吃到玉莹亲自下厨煮的广东菜,而且听到金铨以流利的广东话讲的历史故事和拍片花絮。

金铨个性豪爽,最易交朋友。他的朋友极多,三教九流的人都有,然而我觉得他最喜欢交的还是知识分子和学者。他人在江湖,身不由己,但私底下毕竟还是个读书人,没有读那么多书,哪来那么多的故事好讲?许多人只见过喜欢热闹的金铨,却没有见过在斗室里读书的金铨,他在洛城帕萨迪纳(Pasadena)区的公寓并不大,却堆满了书。后来张错为他料理后事的时候,为了处理他的藏书确曾大费周章。

我没有和金铨共读过,却曾邀请他数次到学府演讲。最后一次是在哈佛,他从西岸飞来,似乎很疲惫,当夜在剑桥的一家小旅馆又因暖气不足而没有睡好。第二天上午开座谈会时,先放映了一段他带来的影片(记得是《迎春阁的风波》或《忠烈图》),然后请他解说,他有气无力地随便敷衍几句就下台了,令我大感失望。后来看看他的脸色,一副穷途末路的样子,我感到一阵心酸,这一代大师怎么会如此落寞寡欢?他推说前夜没有睡好,抱怨剑桥的旅舍太简陋,我更感到歉疚了。

在招待金铨的茶会上,他稍微振作一点,大谈他正在策划的动画片,又把一本画册给我看,画的全是鱼,神气活现,我却因为忙于招待别人,没有多看。最近在电视上偶然看到迪士尼公司刚出品的动画片《海底总动员》(*Finding Nemo*)大为卖座的消息,我不禁想到金铨给我看的那本画册。他毕竟有先见之明,然而虽有先知先觉,却偏偏碰不到伯乐,连一个小孟尝君也找不到!我们这几个学术界的老友,除了邀他演讲、谈天之外,又能够做什么?我至今对他还感到歉意,因为那一次见面,竟成了永别!我的老友是郁郁不得志而死的,死后虽备极哀荣,但在他生前能够为他雪中送炭的又有几个人?

老友之中帮过金铨的,除了近水楼台的张错最早请金铨到他任教的南加州大学(也是电影研究的重镇)作驻校艺术家外,记得还有戴天。有一次戴天特别从加拿大飞来洛城探望金铨,我驾车和他同到帕萨迪纳去看金铨,倒真乐了一阵子。当时我心情也不好,自顾不暇,没有照顾到金铨。戴天介绍金铨为台港报纸写专栏,一位大导演竟然要卖文为生,我听来也心酸,然而当时我自己也是一贫如洗,薪水不够付房子的贷款,也是靠了老友刘绍铭的介绍,在《信报》卖文为生,勉强补贴家用。

洛杉矶是我的伤心地,恐怕对胡金铨也是如此。当然他必须住在洛杉矶,因为这个城市毕竟是全球电影的中心,金铨欲图发展,非在此城打天下不可,但是他又比不上后起之秀吴宇森那么幸运,来洛城未几就成了影城宠儿。据闻吴导演也很够义气,为金铨买到一块安身的墓地。我那天和张错走进玫瑰园,在那座小丘上见到金铨的坟,除了欷歔之外,夫复何言?

金铨的葬礼我没有来得及参加。本来是要我以来宾身份致词的,便改由阿城主讲,深庆得人。后来我看了记录这场典礼的录影带,印象最深的是阿城说金铨怎样用手擦汗——不是像别人般用手掌左右乱拭,而是像侠客过招前一样,手掌垂直抹下,斩钉截铁,一副英雄气派!

金铨个子不高,穿衣服也很随便,记得在洛城时他常穿的是一件米黄色的猎装式外套,口袋特别多。他爱开一辆吉普车,载着我们在洛城公路上疾驰,如入无人之境。他对这个城市了如指掌,哪个是出口,哪是入口,他都很清楚。有时候是他的影界同行小穆夫妇开车,载着我们到处游历。

我一直以做金铨的"跟班"为荣,倒不仅是因为我十分崇敬他,而是觉得和他出游颇有"气派"——像他影片中的侠客一样,所不同的是侠客骑马,我们只能开车,而我偏偏最憎恨汽车。金铨正相反,他在这个以车代步的城市竟然如鱼得水,而我开车必有事故,浪费了不少修车费,所以这是我要诅咒洛城的原因之一。

我曾写过四篇《洛城咒》,却没有提到胡金铨,如果要我以此为题再写一篇的话,我一定会说:这个影城虽然为晚年的金铨提供了一个生活的场所,然而却不能发现他的才能,为他提供更多的机会。

金铨朋友虽多,他却不会在资本主义的钱堆里去钻营,仍然保持一个艺术家的风貌。他似乎也没有一个经理人为他打点。他的早期影片既叫好又叫座,可惜好景不常,他的后期作品却逐渐不受"群众"欢迎。偏偏他又"交友不慎",交了我们这几个知识分子的老友,我们为他的影片出的主意毋宁是"票房毒药",是制片商最讨厌的题材。金铨自己又慢工出细活,每每超过制片商的预算和时限,《笑傲江湖》的难产即是一例(后来还是徐克补拍完工的)。然而,以他的博学和艺术造诣,又怎能粗制滥造?他最后一部片子恐怕就是被预算所迫而粗制滥造赶出来的,看完更令我心酸。还记得那一天在香港启德机场偶遇金铨,看他带了一班人马,要赶到北京去拍一部改编自《聊斋》的片子《画皮》(后来片名被改得不伦不类,叫《画皮之阴阳法王》)。那时他真是趾高气扬,露出多年来鲜有的英雄本色,我当然为他高兴,并祝他马到功成。不幸我这个知识分子的祝福变成了对他的一咒,片子拍完了,被剪得惨不忍睹,一代名导演竟然落得如此下场。后来我们见面都不提此事。

金铨在美国的另一面,可能鲜为人知。他住在洛城的时候,结识了几位好莱坞影坛的老导演,其中之一是鼎鼎大名的比利·怀尔德(Billy Wilder),我最近重看比利·怀尔德的《日落大道》(*Sunset Boulevard*),又想起金铨来。看过此片的人一定知道,该片的主角是一位过气的女明星,而饰演她所住的那幢豪宅中的仆人和车夫的,却是默片时代鼎鼎大名的导演冯·施特罗海姆(Erich von Stroheim)。比利·怀尔德在一九五〇年拍摄此片,可能也是为了向另一个时代的大明星和大导演致敬。记得金铨在帕萨迪纳的公寓中就挂了一张比利·怀尔德的照片,下面还有一句后者亲笔写的字,记得是:To King Hu, from one director to another(给胡金铨,一个导演向另一个导演)——虽没有"致敬"字眼,但我知道颇有英雄相惜之意。

比利·怀尔德晚年也过着英雄落魄的日子,但他至今备受尊敬,他所导的那部《热情如火》(*Some Like It Hot*)曾被选为有史以来一百部最佳喜剧片的第一位。在我的心目中,胡金铨在中国影坛的地位也应该是"天下第一"(他也曾以此为名拍过一部影片)。

多年前我曾大胆预言,而且还对金铨亲口说过:"千万要保存好你所有作品的拷贝,因为它们迟早都会变成经典,而且必会在电影学院中作样板演出,让后世导演学习!"我这个预言倒幸而言中,在美国各电影学院,提到 King Hu 的大名,可说无人不知。只有我的汉学界同行才后知后觉:有一次金铨打电话到我一位美国同事家中找我,我只听到这位历史学家在接电话里反问金铨:King Who? 令我啼笑皆非,不禁冲口向他说:"记着,我这位朋友就是一个 king——中国电影界之王!"

在这位影坛之王、武侠片的霸主面前,我确曾"巴结"过他。那还是金铨最春风得意的时代——上世纪七十年代初,我初到香港,记得是老友戴天和刘绍铭介绍我识得金铨。我当时早已为他的《龙门客栈》所折服,觉得从来没有一位中国导演把坏人拍得如此出色:那个明朝东厂的头子武功盖世,个性和造型都绝妙,真有点前无古人的味道。说不定就在那个时候,令我立志要在电影中演个坏蛋,而且只想演三分钟就够了,因为我自知演技不佳。

当金铨拍《侠女》的时候,我适在香港,又成了他的朋友,当然要"巴结"他啰,于是一有空就跟着他去郊外拍片。记得有一次在现场等了大半天,就看金铨指挥工作人员点火搧烟,但金铨老觉得气氛不够,搞了一整天才拍完这场数秒钟的过场戏。记得这场戏是描写一个樵夫来通风报信,于是一传十、十传百,消息不径而走。后来金铨把拍好的毛片在剪接室中放映给我看,一个个通风报信的镜头接起来也有数分钟长。当时我自认是行家,于是向金铨举出刚看过的一部美国片《龙凤斗智》(*The Thomas Crown Affair*),该片有一个镜头是把十几个小镜头放在同一个画面里,效果甚佳。我于是对金铨说:"何不依样葫芦一番?这样过场戏的节奏就快多了。"不料竟蒙他接受。事后他告诉我:"你这个建议,害得制片商多花了几万港币!"

我和不少人提过这个掌故，而且颇为自豪。另一个掌故却不常提起：金铨有一次真的要我和他合作写剧本，片名叫做《红毛大将军》（指的是一尊巨炮），以明末的澳门为背景，描写一批勾心斗角的人——军火商、海盗、官兵、还有天主教传教士——在这个弹丸之地各逞所能，都想渗入中国内陆。金铨向我指手画脚，大谈镜头运用："你看，片子一开始就是梵蒂冈的大远景，然后一队修道士经过，镜头移到主角的特写……片头字幕过后，就是澳门街景，破落的教堂，然后那个荷兰军火商出现了，最好找詹姆斯·梅森（James Mason）来演……"

我当时恰好在香港中文大学教授中西交通史，于是从思想史的角度大谈天主教未入中土时的心态，甚至还建议在教堂开一个别开生面的狂欢会（orgy），把天主教传教士的颓废一面显露出来。但金铨听后不感兴趣，说我的看法中思想成分太多，拍狂欢会更会得罪人。"电影是视觉的艺术，不是思想史！"记得他如是说，我当然不服气，两人谈不拢，这个拍片计划也不了了之。

现在回想起来，才悟到金铨是对的：电影毕竟是视觉的艺术，而金铨的电影成就和建树就是在视觉上的。然而他的影片中的画面和镜头都有内涵，因为他非但精于美工，而且对于中国古典美学也是内行，所以"视"之有物。李安的《卧虎藏龙》可谓是向金铨致敬之作（特别是《侠女》），但却缺乏历史感，却最受西方观众激赏。然而，还有谁可以拍得出像《空山灵雨》《山中传奇》和《侠女》后半部的意境？这种意境，虽是视觉的产物，但若没有对中国古典文化潜移默化的功力，是拍不出来的，或者可以说，拍出来的都是哗众取宠的假货！

在这个真假不分的后现代社会，金铨的作品可能更不合潮流，然而也说不定。近观好莱坞另一个宠儿塔伦蒂诺（Quentin Tarantino）的新作《杀死比尔》（*Kill Bill*）二集，此公据说深受香港和日本武侠片的影响,但片中除了上集最后那一场大开杀戒的日本武打场面外,几乎乏善可陈。如果说它有"意境",也是回到美国乡土的西部片类型。第二集中最糟糕的一段,就是金发的女主角向山中某中国武术大师学艺的场面,非但不伦不类,而且连后现代式的噱头也玩不好。如果金铨在世,不知作何感想?

金铨逝于一九九七香港回归的那一年。即使他现在仍活着,也不过比我虚长几岁,七十出头而已,而世界导演名人在七十岁享誉甚隆者大有人在。走笔至此,只有掷笔而叹。

适才老友张错从洛城打电话来,知道我正写此文,他提醒我说:金铨走时正是一月初,美国人在圣诞节期间去扫墓所献的圣诞红(一品红)还没有凋谢。张错每逢金铨忌辰去他坟上致祭时,都看到漫山遍野的红花,美得出奇。我听后不禁想起去年年底到台北近郊金宝山往父母亲墓地致祭的情景来:也是冬天,也是一片花海,从双亲的墓地走出来到金宝山的入口,我突然发现小山顶有金铨的雕像,旁边还有音乐家许常惠。台湾的朋友总算没有忘记金铨!我一时百感交集,一个人在寒风中冲上山去,望着金铨的像,又说不出话来,只有兀自默默祝他在天之灵安息。

将来,总有一天可以在天堂和他重聚,再来拍一部《红毛大将军》,以偿宿愿。

费正清教授

到哈佛念中国近代史，主要的目的就是跟随费正清教授。我当年亦有此想法，但很快就发现自己的兴趣更接近思想史，所以后来拜史华慈教授为业师，然而在考博士口试时仍请费教授主考我的中国近代史，以示对他的尊重，其实我并没有选修他太多的课，大多是旁听。

费教授是当年美国汉学界的"太上皇"，此乃举世公认，我们学生私下也常用他中间的名字——King作为他的绰号。他为哈佛本科生开的两门课最为叫座：一为"近代东亚文化"（俗称"稻田课"）；一为"中国近代史"。前者是和当年日本研究的泰斗（后任美国驻日大使）赖世和教授（Edwin Reisehauer）合开的，两人为此课所写的两本教科书：《东亚：大传统》（*East Asia: The Great Tradition*）和《东亚：现代的转化》（*East Asia: The Modern Transformation*）也是我们当年研究生必读的"圣经"，前者为"旧约"，后者为"新约"，可见其内容之详尽。尤其是后者，我们都把它当"史实"来读。所谓"historical facts"，当时我们确信不疑，所以事无巨细，我们都读得滚瓜烂熟，甚至连费教授的简单有力的文体也背下来了，譬如讲到一八七〇年"天津教案"的一段，就说（大意如此）"英国领事举枪向……射击，不中，再射一枪，击毙……"当时我最欣赏的就是这"不中"一语，英文只有一个字——"Missed"，传神之至。

这类历史细节是费教授的特长，他授课也是如此，语调干枯而细致，面孔毫无表情，上课开讲先来一句："Ladies and Gentlemen"，立刻进入正题,毫不浪费时间,更没有废话或"转弯"(digression,这一点和史华慈教授恰恰相反)。据闻他第一次开"东亚文化"大班课的时候,为了引发低班学生的兴趣,时常辅以幻灯片,他在第一堂课放的第一张幻灯片就是一张中国的稻田,然后他不动声色地说:"女士们,先生们,这是一块稻田,这是一头水牛……"学生们因此把此课叫作"稻田课",是哈佛有史以来持续最久(从二十世纪五十年代直到现今)的课程之一。

费教授教的"中国近代史"当然更加仔细,其中尤以传教士的活动以及晚清自"同治中兴"(大概想要与日本的明治维新比美)以后的改革运动最为详尽,所以学界往往把费氏的理论归纳为"西方影响与中国反应"(Western Impact and Chinese Response)的模式,后来引起不少批评,无须我在此赘言。他的这个模式,显然得自当年社会科学上极为流行的"现代化"(Modernization)理论,也许受了韦伯(Max Weber)的影响,特重制度上的"合理化"和"效率化",而没有"人味"。换言之,他没有把人的因素和文化的复杂性列入考虑和讨论的范围,所以他的书读来枯燥无味。所幸他的英文文笔甚佳,因此我竟然把他的教科书作为我的"英语读本",配以史华慈的名著《寻求富强:严复与西方》(*In Search of Wealth and Power: Yen Fu and the West*),一简一繁,相得益彰。我的英文学术文体,在有意无意之间,都是从这两位老师的文体学习衍变而来的。后来又加上夏济安和夏志清二师的文学笔法,经我多番吸取磨炼以后,都成了我的写作文体。有人说我的英文写得不错,其实都是苦练——背诵、模仿和吸取——出来的,如果有迹可寻的话,这条线也许可以从台大外文系课上学来的兰姆(Charles Lamb)和邱吉尔(大四选曾约农先生的翻译课,以丘翁的演说词为教材),拉到在美留学期间的汉学界巨擘,再引到后来读过的一批人文气息较浓的批评家如特里林(Lionel Trilling)、巴尔赞(Jacques Barzun)和斯坦纳(George Steiner)等人,我往往把他们的书翻来覆去地读,逐渐体会其行文和推理的妙处,然后再据为己有。学习语文我的心得是:只要下苦功,对文本甚至一知半解都要死背,日久就会见效。看来如今的年轻学子比我聪明多了,所以不肯下这个死功夫。

从费正清的治学转到他的文体,似乎和我的主题风马牛不相及,其实这恰是我的主题。从在哈佛第一二年向费正清教授求学的经验,我逐渐悟出另一个"真理":其实历史也是写出来的,一个学者的写法往往和他写的"史实"之间有密切关系。后来读到海登·怀特(Hayden White)的"后设史学"理论,讲的正是这个道理。费正清的文体是从"史实"的叙述出发,或将之放在"前景",而在史实的背后衬以"现代化"(Modernization)的理论。如果他读过韦伯,也是为了学以致用,而没有看到韦伯"现代化"理论的另一面——所谓文化上的"disenchantment"——一种传统世界观的"去魅",这是个极大的危机,但费氏在坚固的史实叙述中没有把这种危机感表现出来,这是我读完他的论著后不满的原因之一。另一个理由是他把制度的改革置于"人情"之上,西方的制度进入中国以后,产生的反响也是相应的制度,譬如他大书特书的清朝外交"朝贡"制度和西方之不合,以及同治中兴以后应运而生的"总理各国事务衙门"和海关,皆是明显的例子,后者的总监Robert Hart最后甚至成了费氏心目中的伟人。

我的这种思想上的不满情绪,和费教授的政治立场无关。我似乎早已把我的外交官梦忘得一干二净。我领悟到费教授其实是清史专家,而不是外交顾问(虽然他以其地位之尊不得不扮演这个角色),而他的学问在给研究生上的"清史档案"一课上才展露无遗,因为他可以从大量的档案中探究清代统治阶层对付西方列强的方法。可惜我自己没有选这门课,如今思之懊悔莫及,否则我大可细读这些"文本",进而从清人文体形式中去体会当时的政治思想。至今我仍然认为治中国近代史的史家对于"文体"不够重视，也许这又是我的文学细胞在脑中作祟吧。

我终于忍不住向费教授发炮了。在他开的一门阅读课中，我大胆地借义和团为题发表我的谬论：为什么费氏的书中关于义和团的论述基本上都从西方传教士的立场出发？为什么义和团的"奉民"都是没有嘴脸的暴徒？这批下层人物的"心灵世界"(mental world)该如何描述？他们的入教仪式(和太平天国一样)是否值得仔细研究？换言之，文化人类学这门学科怎么没有进入中国近代史研究的领域，而只是一味抄袭西方"现代化"的理论？最后我竟大言不惭地说："中国近代史的研究中人在哪里？!"此语一出，班上的同学都很惊愕，觉得我这个后生小子竟然敢在太岁头上动土！然而费教授听后，非但不以为忤，还露出他罕见的笑容对我说：他也感觉到这个缺点，所以正想说动史华慈教授和他合作，另写一本教科书。

从此之后——大概是我入学后的第三年——我和费教授的关系开始接近起来。他公开称我是一个"放荡不羁者"(free spirit)，可能指的是我在为学上的自由心态吧，我从此也更以此自居，逐渐在思想上独立起来，不再完全相信老师说的话都是至理名言。而费教授似乎也对我另眼相看，非但请我(当然也有其他人)参加他家的茶会——每周三下午定时举行，我也因此认得他的夫人费慰梅女士(Wilma Fairbank)——还不止一次请我和少数研究生在周末到他的避暑山庄(在附近新罕布什尔州的弗兰克林)去小住，因此我也认识他夫妇收养的两个女儿，这使我深深体会到费教授人情味的一面：对她的女儿平易可亲(其时他已六十多岁，而他的两个女儿尚未成年)，而对他的夫人和老母更是敬爱有加，在这方面他是典型的正人君子。因为他出身寒微，所以自小养成生活朴素的习惯。我们几个学生初抵山庄不久，他就带着我们去砍柴，体力劳动数小时,有一次他还率先跳进一个泥泞的小池塘中,要我们先洗一个"自然澡"。劳动过后,简单的晚餐吃得也格外开心,晚餐后闲谈一阵(往往是他夫人的话多),他就早早就寝了。第二天清晨他一早起身,立刻到他的小书房(在住屋附近)去工作,整天除三餐外足不出户,据说是数十年如一日。而费教授在周末以外的工作日生活更是严谨,每天清早起身,大概在六时左右、七时不到——甚至在洗漱时——就开始一一打电话给他指导的研究生:论文写得怎么样?什么时候写完?有什么问题?我个人后来写博士论文时也有此经验,他的学生无一幸免。上午四个小时他决不上课或见人,而是独自躲到他在怀德纳总图书馆(Widener Library)的书房中去看书,每天下午才去上课、上班和处理公务。他的住所——Winthrop街四十一号——距离图书馆仅数百步之遥,散步不到五分钟就到了。后来他对我说:"几十年来我省下不少时间!"又谆谆告诫似的说:"以后你们教书忙起来,每天能抽出两三个小时读书就够了!"我至今奉为金科玉律,但读起书来恐怕没有他那么专心。

费教授办事效率之高,到了惊人的地步。他的女秘书亲口对我说:他每天要口述录音数十封信,由她打字后当天或次日一定签名寄出,而且有信必复。我后来也和他通过信,并从他的复信中学习他如何造词用字。他办事条理井然,而且事无巨细一定亲自料理。后来我毕业任教时发生在美居留问题,他竟然为这小事亲自打长途电话为我向华盛顿的官员求救,解决了我的问题,更勿论其他学生的就业、求职或申请研究费等等杂事了。他的学生甚多,结果每人都顺利找到工作,独我例外,因为我不想找工作,后来还是因为别人不能到任而被逼去附近的达特茅斯学院(Dartmouth College)去教书。记得我当时论文尚未完成,百般无奈,竟要求先到欧洲去"游学"半年,并找寻写论文的"灵感",然后才去教书。费教授非但欣然答应,还为我弄到两千美元的奖学金去欧洲各国游历。

记得我成行前去见他致谢,他给我三封信,要我在适当时机交给他的三位欧洲汉学界的朋友。其中一位是当年在伦敦执教的 Stuart Schram 教授,记得我把费教授的信拿给他,他看后大笑说:"看来费教授要我带你到酒吧去喝酒,他说你是一个 free spirit!"

这一段故事,其实在我和陈建华的"座谈书"《徘徊在现代和后现代之间》(台湾版,75—77 页)中早已讲过了,此处重述,反而没有以前那么生动。值得在此补述的是费教授一家人对我的知遇。我并非他的及门弟子,但他却处处不忘提拔我,他的夫人费慰梅(我一直叫她慰玛)更是如此。缘由之一是我的博士论文,我想研究至少五六位"五四"时期作家的浪漫心态,而费教授只要我研究徐志摩,当然我又没有听他的话。在写论文的过程中,我才得知费氏夫妇年轻时曾是梁思成和林徽因的挚友,我甚至猜测连费正清也和当年仰慕林徽因的几位中国知识分子一样,拜倒在她的"石榴裙下"。慰玛更是林徽因的闺中密友,两人数十年间一直有书信来往,后来慰玛以这些书信为基础写成一本书,就叫作《梁与林》。后来我受慰玛之托联系中文译本的事,因此几乎每周日都会去拜访她,那时(千禧年前后)费教授已经逝世,慰玛把他的照片和著作放在床边,不时拿来看看,令我十分感动,更从慰玛的点点滴滴的口述中,感受到这位大教授人情味的一面。他的两个收养女儿更是对他的恩情念念不忘,她们两人(Laura 和 Holly)一直事父母至孝。大女儿学护士,二女儿学舞蹈。父亲在他们的农庄特别为二女儿建了一间面积颇大的练舞室。大女儿后来也子女成群,住在附近,时而和我见面,我因此也逐渐把慰玛视为母亲,甚至比对我自己的母亲更亲。

费正清教授逝世前数年曾有一次患心脏病,幸而康复,他痊愈后发给每人一封公开信,信中叙述他大难不死的经过,极为幽默,妙趣横生,对于家人更是亲情备至。他逝世前一个礼拜才刚完成一本书的稿子,据慰玛说:他亲自把书稿递交哈佛出版社后就平静地过去了,似乎大功已经告成,了无牵挂。前年慰玛以九十余岁高龄去世时亦是如此。Laura 告诉我说:慰玛饱受病痛之累,有一天她把两个女儿和她们的家人都叫到身边,宣布说自己再活下去已没有意义,于是当晚就平静地过世了。

当时我人在香港,后来她的追思会我又未及参加,所以特别写了一篇祭文,表示追悼之意。费教授在世时曾写过一本自传,书名叫《归于中国》(China Bound),据说出版后他的学生都纷纷在书后查找有无自己的名字。我当然无此非分之想,只是对费教授多年的提携和照顾感到一份歉意。据说在他的葬礼上,大部分学生都来了,我又缺席。也许,在他面前我总有一份腼腆,不像和慰玛相处那么自然。

史华慈教授

想起我的老师史华慈,往往有一种欲哭无泪的感觉。我曾写文章纪念他,也在另一本对话集中谈到他,但总觉得不能得其全貌。也许,我记忆中的史华慈都是一些细节和碎片,无法串联在一起变成一个整体。此文亦然。

在我和陈建华的对话集《徘徊在现代和后现代之间》一书中,我曾提到史华慈是一位伟大的狐狸型的老师,因为"他从来不相信任何一个系统,或一种独一无二的思想标准。他非常怀疑,怀疑这种那种系统的可读性,或者某种系统放之四海而皆准"(台湾正中版,74页)。所以他讲中国历史的时候,也从来不把中国的思想孤立成一个系统来看,而将之放在一个比较文化的框架中讲出来——也许不能用"框架"这个带约束性的字眼,而应该用"脉络"(context)这个意义更广的字眼,它至少有两层含义:一是思想背后的历史和文化环境(包括思想家);一是某种思想和同一时空或不同时空中的其他思想之间所构成的关系。史华慈教授往往兼顾这两个层面,所以他的学问也博大精深,然而乍听起来却似乎杂乱无章,了无头绪。

我就喜欢他的这种"天马行空"的论述方法,而且多年来把它作为我个人教书的"商标",甚至有时故意把想法打乱,搞得更复杂,以刺激更深一层的思想探讨。后来我把这一套功夫放在文本的分析上,更觉得舒畅万分。然而,从某种严格的方法论立场来看,就有点"不成样子"了。我也不能把我的老师的思想方法庸俗地简化为杂乱无章,其实他是自有章法的。他的章法之一就是他所有学生都很熟悉的"双方面"辩证法:分析一个问题必会"从一方面看"(on one hand),再从"另一方面看"(on the other hand),如此双方面互相辩证下去,越挖越深,却从来没有结论,而是把问题演变成"问题组"(problematique),绝非"正反合"式的庸俗黑格尔辩证法所能概括。有人说这种方法出自犹太文化的传统,我只能姑且听之,但我自己并非犹太人,我也怀疑任何民族有其固有的思想方式。

走笔至此,已近千字,却还没有进入我叙述的主题。其实这也是我故意引用我业师的方法来向他致敬,因为他每在开讲或论文开始就会把问题反复辩证澄清,然后才进入主题。

我第一次上史华慈的课,是在我入学哈佛的第一个学期,课程似乎是"中国中古思想史",还记得他在课堂上带着一本汤用彤的学术专著,但在课上从未翻阅。然而,史华慈上课,从哪个时期开始讲并无所谓,他可以在十分钟之内把问题"扯开"了,到更广更深的层次。他这一招就把我镇住了,原来中国思想史可以这么讲!原来中国思想的蕴涵如此丰富(当时我在下意识里还是有点瞧不起中国思想,甚至看完整套冯友兰的《中国哲学史》也并不佩服)!史华慈在一节课四十五分钟之内就为我展示了一个知识的"新大陆",而这个新大陆就是中国的文化传统。从此之后,我抛弃了来美国念中国研究是占便宜的想法,而把中国研究作为探讨所有学问的一个新开端。

我和同在哈佛攻读中国思想史的张灏和杜维明不同,他们本来就是历史系或中文系出身,根底本来就好,我却是个地道的半路出家的门外汉,本来学的是外文,而且大学四年也从来没有想到念中国思想史。然而,兴趣往往是不自知的,现在回想起来,我对思想史的兴趣早在芝大听摩根索教授的课时就"隐现"了——当时是一种对于外交学或政治学的反抗——我想挖掘浮面政治形态背后的文化背景和思想源泉,这就和文化史与思想史搭上了线。我的中西文化认同危机虽是留学期间多年困扰的问题,但史华慈的课也早已为我打下另一个"认同"的基础:其实我不必区分中西,因为这两个观念都不简单,而史师处处不忘提醒我们,所谓"西方"(the West)这个名词只是为了方便才用的,在思想史上没有单一的"西方",而只有几个不同但相关的文化传统,最重要的当然就是希伯来的基督教传统和希腊罗马的古典传统,而这两个传统和中国传统之间并无所谓"影响和反应"的关系,而是某种对等或对称,可以互相"照明"的关系,所以史师常在课堂上提到所谓"Axial Age"的问题,指的是中西双方在上古都经历过一个思想上的辉煌时代(关于这个问题,后来张灏曾为文发扬光大)。

二〇〇三年我在香港科技大学客座,适与张灏同事,我们时常谈到我们的"班老师"(Benjamin 的旧称是 Ben)——这个名字我也是一直不敢当面称呼他,但经他再三劝诱之下,直到我也在哈佛任教之后才敢称他为 Ben,因此也更拉近了感情上的距离。我当了教授以后,每次见到这位班老师,都有一种向他愤诉——甚至"告解"——的冲动:恨不得把脑海中的所思所感都告诉他,请他指点迷津。其实这种感觉早在学生时代就有了,开始不敢接近他,因为觉得自己很不足,对问题的理解不够全面也不够深入;后来选他专为研究生开的"研讨班"(seminars),逐渐可以和他作近距离的讨论了,但仍然经过一番周折。

记得我选的第一门研讨课就是史华慈和另一位教授林德贝克(John Lindbeck)合开的课(史教授身兼历史和政治教授两年,也在两系开课)。第一堂上课就由两位教授开讲,林德贝克教授只能谈谈研究资料,而史华慈却把整个政治作为一个大问题来谈,和讲思想史一样有深度,也一样复杂,对我这个当时对政治还不甚了解的人(除了在芝大课上所得到的一鳞半爪之外)来说,真是大开眼界。然而这门课又和芝大的研讨课不同,两位老师并没有指定看什么书,第一课完了就解散,由学生各自找资料研究,直到学期快完了才又聚在堂上报告。这种教法也是我一生罕见的,现在也是行不通的。记得我在课后一片茫然,写什么题目呢?只好硬着头皮去见史教授,他听说我是外文系出身,似乎对文学有点兴趣(当时我在台大的业师夏济安先生也刚开始作中国文学的研究,偶有书信往来),就漫不经心地提到延安文艺整风问题,其中有个跟作家萧军有关的个案,于是我立刻到图书馆去找萧军的资料,不但提交论文而且后来把论文改写成博士论文的一章。我用的角度很特别:不把萧军视为政治整风的一节,而把他的思想行为作为一种左翼文人的浪漫心态。这个独特的观点,竟然得到两位教授的激赏,奠定了我研究当代作家的兴趣。

从此我和这位业师也结了缘,我变成了他手下的"文学爱好者",他每次在班上提到文学艺术都要向我望一眼。后来我胆子也大了,待到再选他的另一门研讨课"中国近代思想史"时,就决定研究林纾(林琴南),原因是要和业师分庭抗礼:他研究严复——一个晚清思想界的翻译家,我当然要研究林纾——一个晚清文学界的翻译家。没想到四十年后,我的研究又回到这个老题目!林纾生前译了不下一百本小说,我哪里找得全?更读不完。只好以瞎子摸象的方法摸到林译的两个英国作家:狄更斯(Charles Dickens)和哈葛德(Rider Haggard),以此代表近代西方文化上的两股思潮,一文一武,相得益彰,我写来也十分得心应手,其实并没有下过太大功夫掌握林纾的资料,也没有讨论他的古文文体。不料班老师阅后大为激赏,甚至在图书馆里见到我时,也当面赞之不绝,令我有点无地自容。因此这一篇论文也进入我的博士论文成为一章。后来为了"搭配"林纾,我又加上一章论苏曼殊,把二人作为"五四"浪漫文人的"先行者"。此是后话。

业师研究严复多年，最后终于出书，名曰"寻求富强：严复与西方"，篇首是他的同事哈茨（Louis Hartz）特别为他写的一篇序言，指出此书非但对中国近代思想史大有贡献，而且更重要的是经由严复翻译的研究使得西方自由主义的传统得到一种崭新的阐释。换言之，史华慈用中国思想的例子"照明"了西方思想。最近有人重新研究严复的译文，发现在许多枝节上严复可能是故意误译的，因此也再次证明了班老师的真知灼见，特别是在该书讨论严复译赫胥黎和斯宾塞的两章中，严复在晚清追求"富强"的思潮影响下，把西方个人和集体的关系"曲解"，而认为前者是后者的基本元素，以之构成国家富强之本（大意如此，因目前身边无此书而可能有所简化）。我当时读来兴奋异常，把买来的硬装本读之又读，密密麻麻地注了又注，圈之又圈，还用红蓝两种笔画线，把几段重要章节几乎背了出来。所以我在上章中说，我的英文文体脱胎于对两位业师的模仿：费正清的文笔言简意赅，史华慈的文笔则散发出一种哲学性的华丽，非但句子甚长，还用了不少"大字"，法文（ressentiment）、德文（weltanschaung）和拉丁文皆有。后来我才悟到倒不是老师卖弄文字，而是他的语言背景本来就是如此：年少时在波士顿上"拉丁中学"（是一间名校）就开始会用拉丁文，在哈佛做本科生时专修的是法国哲学，二战服役时又学了中文和日文，而他的德文和希伯来文则有犹太人的家学渊源。除了法文外，他又兼及西班牙文和意大利文。据闻有一次他到意大利开会，早晨打开报纸看后大谈中国新闻，别人都目瞪口呆，原来该地没有英文报纸，他看的是意大利文报纸，竟无知觉。多年后有一次我到他家拜访，亲见他和夫人吵架，原来吵架的原因是他到底懂得几种语言，她夫人说他至少懂十国语言，他坚持只懂六七种！我也看到他桌面上摆着刚从图书馆借来的不少德文书。那时（大约五年前）他已退休，但仍然每天读书工作不懈,从他的住所走路上班,到费正清东亚研究中心他的办公室仅需十分钟。他这种孜孜不倦的精神,和费正清一样,也是数十年如一日。我有时去费正清中心吃午餐,就是为了坐在他那一桌,和众人一起听他高谈阔论,针砭时事。其实他的看法比那些"中国通"(所谓 China Watchers)学者更深入,而且料事如神,往往事后证明他是对的,而研究中国政治多年的"中国通"反而错了。

我至今仍然认为史教授和那些"中国通"在一起是浪费他的宝贵时间,他却从来不介意。他办公室的门永远都是敞开的,任何人都可以敲门而入,他和任何人都可以谈,只要你提出一个有意思的问题。我和他单独见面之前,都要想出一两个问题,有时想不出来,则不敢见他,后来他却反过来时常向我提出问题。我在哈佛任教时,常在课外主持会议或工作坊,他每请必到,甚至不请自来,事后也会向我说:"你的工作坊比别的有意思,我可以学到一点新东西。"这是我任教三十年最感荣幸的事。我因此也奉从他这种活到老、学到老的精神,不过没有他那么勤奋。记得他在自己的退休会上说:多年来在哈佛任教,他感到很幸运,可以从来来往往的各地学者身上学到不少东西。这也许是谦辞,也许真是他的一贯作风,然而我又怀疑:这些来来往往的访问学者中又有多少人的学问可以和他匹敌?

史华慈曾是费正清的及门弟子,但费教授就曾公开承认学问(特别是在思想史方面)不如他。我又亲眼看到或读到他和其他顶尖学者"较量"的例子。有一次我旁听他和另外两位名教授开的一门研讨课——"西方思想在他国"。该课讨论的是俄国、中国和中东思想的比较,主讲俄国史的派普斯也是一位名教授(下章将会谈到),但整个课中主宰所有论述的却是史华慈,我相信他也懂俄文和俄国史,而派普斯对中文却一窍不通。还有一次,哈佛几位教授为反越战而联合举办演讲会,史教授继另一位俄国教授发言,几句话就推翻了他的论点。他还写过一篇名文,公开批评汉娜·阿伦特(Hannah Arendt)——这位海德格尔的女弟子,当年数一数二的欧陆思想家——就以中国传统为例,指出阿伦特太过偏爱古希腊的"公共"生活(所谓 vita activa),并认为此一模式不能行之于四海而皆准。我在芝大任教时,有一次请他来演讲,他又公开批评当时红得发紫的名教授布鲁姆(Allan Bloom),认为他对尼采的解释有问题。诸如此类的例子,举不胜举。然而史华慈决不是一个好胜或好出风头的学者,可能他真的服膺学术上的节操和真理,而真理当然是愈辩愈明的。

我把史华慈视为我的师长,甚至我的"替代父亲"(surrogate father),这种"情结"在师徒关系上当然很普遍,正因为如此,我偶尔也会不自觉地"反抗"他。毕业后我为了教学而研究西方文学理论,兼及文化思想理论,其时可能感染了一种"业障",觉得我的老师的论点不够"理论性",特别是德里达(Derrida)解构之风席卷美国学府之后,我又觉得吾师在此方面无以教我。不料在他逝世前几年,有一次在路上碰到他,他劈头就问我一句:"Read any Derrida lately?"(最近看过德里达的书吗?)我一时不知所措。后来读他晚年的文章,内中不但引了德里达,而且也兼及赛义德(Edward Said,《东方主义》一书的作者)和其他理论家。班老师深知近年来学术界的这种"理论转向",但他精研理论后却不为所动,坚持他的中国文化本位。这一种执着,应该使那些在美教中国文化却处处炫耀西方理论的年轻一辈的学者汗颜吧。我当年对于吾师的下意识的反抗,何尝不也是这种潜在的"西方优势论"在作祟? 而吾师晚年真正达到的境界,至少我,只有高山仰止而仰叹。

我曾在一篇追悼他的短文中写道:最后一次去他的寓所看他,他已因癌症复发而卧病在床,医生早已束手无策,事实上他在等死,但却十分宁静。他像慈父一样向我和玉莹(当时我们尚未结婚)问候生活情况,目光慈祥。我顿时感动起来,向他报告说:想提早退休,如此可以多一点时间过一种"静思型生活"。我当时不自觉地用了他批评阿伦特的那篇文章中的两个字眼,竟然把"静思生活"的拉丁文说成"vita contemplata"。他听后不置可否,但立即纠正了我的语言错误:"不是 contemplata,是 contemplativa! 当年我是念过拉丁文的。"最后这句话在大陆版《世纪末的反思》中出了一个小错,被置于引号之外,变成了我当年读过拉丁文! 这个"我"的光圈不是我的,荣耀应归还我的业师。在该文最后,我提到他正在听巴赫的音乐,"每一次听都觉得内涵很深。"我现在写此文时,也不自觉地在听巴赫的音乐,尤其是那首 *Cantata Bwv 82* 中的咏叹调,心中又涌起一股冲动:真想把这张由女中音 Lorraine Hunt Liberson 主唱的唱碟送给他,只怕他的在天之灵早已听过了。

不知道我的老师的中文姓名是谁起的,但确是恰如其人:史(历史)——华(中华)——慈(仁慈)。

普实克教授

我认识普实克教授大概是一九六七年的事,那个时候我在哈佛念中国思想史,对文学一直有兴趣,可是不得其门而入,那一年哈佛请普实克来以客座教授的身份主讲中国现代文学,恐怕也是史无前例的事,因为哈佛——和当时美国所有的学府一样——根本不重视现代文学,甚至有位教授还认为中国自《红楼梦》之后就没有文学。所以,普教授之被邀,是一件破天荒的事,也许,这和他身为欧洲学者的身份有关吧,美国人都是崇拜欧洲人的。

普教授那一年开了两门课:一门是为一般学生开的中国二十世纪文学,一门是为研究生开的讨论课"晚清小说",记得我们读的是《孽海花》。我两门课当然都选了,而且兴趣极大,甚至在学期结束时写了两篇论文(普教授对于低班课只要求一篇论文,高班课只须细读和讨论,不必写文章),而且有点年少气盛,除了炫耀心理作祟外,也想故意向普教授挑战。因为我当时认为他是捷克学者,所以在学术研究上一定受到政治意识形态的影响,只注重"革命作家"。他非常推崇鲁迅和茅盾,也谈到郁达夫,可是对于不革命的"新月派"诸人——如徐志摩——几乎只字不提,所以,我的第一篇论文就故意写新月派(后来徐志摩竟然变成我的博士论文的一部分)。普教授在课堂上讲到萧军的《八月的乡村》,我的硕士论文也恰好以萧军为题,不过,我觉得萧红的作品《生死场》要较《八月的乡村》更好;普氏在课堂上介绍了一点"布拉格学派"的结构主义,我当时一知半解,却偏要以《生死场》证明结构不完整的照样可以是好作品,真是初生之犊不畏虎,提出了自己的不同看法。

普教授看完我的两篇文章后,非但不以为忤,而且还要我多影印一份论新月派的那一篇,并且说要带回捷克去,因为那边的资料不足,以后应该多注重这一类的题材。我记得最清楚的是他在我的文章一个小节上的订正——他看论文倒是很仔细的——我提到徐悲鸿,用的是英文拼音,他说徐悲鸿当年用的不是英文名字,而是法文。接着(也许是在另一个场合吧)他就谈起法国绘画来,并且说他如何崇拜毕加索的画,我听后大吃一惊,一位从"社会主义现实主义"国家出来的学者竟然会崇拜西方现代派的艺术,于是开始觉得普教授的胸襟比我想象的广博多了。

从毕加索他谈到中国古代的俗文学(他在这方面也颇下过一番功力),又从俗文学谈到他和郑振铎的友谊,又斥责"文化大革命"中红卫兵的一些行径(当时大陆"文革"正是方兴未艾,而且似乎波及西方,美国学府正在大闹学潮,左派学生非常拥护"文革",所以对普教授的这个看法大不以为然),又从"文革"提起中国老一代知识分子的道德节操……听了他的几次宏论后,我不禁有点佩服他了。

最使我"软化"的倒是一件非常琐细的事:普教授住在一个学生宿舍里,心情寂寞,常常请学生到他的房间去喝酒聊天,我们几个研究生当然更在受邀之列。有一回他好像有点喝醉了,感慨系之地说:"我真想念我的太太,记得我们在巴黎那一段时光真好,坐在咖啡店里谈文学,到博物馆去看画,饭后喝法国的Cognac,有时候在塞因河畔散步……"我听后顿时感到他的可爱之处:他非但毫无党八股之气,而且竟然如此"布尔乔亚",如此浪漫!事隔十几年后,我现在才明白他那一代的捷克知识分子——如塞弗尔特——对于巴黎都有一种憧憬,而且都经历过西欧"现代派"思潮和艺术的洗礼。

普教授真是一个性情中人!我们由师生变成了好友(但是我也不能自夸,我不过是他满天下的朋友之一罢了),而我对于晚清文学和鲁迅的兴趣,大部分也是由他激发的。十多年来,我虽然在学术观点上和他分歧很大,但不得不承认他对我的影响是至为深远的,因为我研究的问题是他在课堂上首先提出来的,我不过继其衣钵而已,这和先师夏济安先生首先提出鲁迅的黑暗面,而我继之发挥的道理一样。普教授见过夏先生,而且对他赞不绝口,不过,他和夏志清教授倒打过一场笔墨官司;他写了一篇书评批判夏志清《现代中国小说史》的分析方法不够"科学",而夏先生也不示弱,为文反驳,这两篇长文都刊在布拉格东方研究院的杂志 *Archiv Orientalni* 上,现在已经成为研究中国现代文学的学生必读之作。我对于这场笔战印象最深的是双方的学者风度;夏先生在他的文章中特别提到初见普教授时的宾主欢悦之情,并表示自己反击时似乎是背水一战,因为他不愿伤害友情,不过,学术上的真理还是要力争的,所以才写出洋洋洒洒的长文,这篇文章可视为经典之作;然而,普教授的某些论点我觉得也不无道理,而且,最可贵的是他坚持把夏先生的大文在他的捷克杂志上发表,以示公平。现在我每看到美国学府的勾心斗角——往往为了一篇书评而令双方化友为敌——就不禁想起了这两位西方研究中国现代文学的大将风范。我身为夏济安先生的学生,所以特别受到志清先生的教诲,又加上这一年来与普实克教授结下的师生之谊,可以说是个人学术生涯中的大幸。

十多年以后,我终于了却一件心愿:把普实克教授关于现代文学方面的论文结集由印地安那大学出版,并特别把这场论战的两篇论文收在书内(当然也蒙志清先生慨然首肯)。当我在筹备这个集子的时候,曾经数次写信到布拉格向普教授请教:哪一篇应该收录?哪一句应该如何修改?哪一个书名最恰当?而普教授在回信中似乎有点心不在焉,一切听我处理,只答应我负责解决捷克版权的问题,这和他一向治学的态度大相径庭,我心里不禁有点失望,不过还是尽可能揣测他当年的原意而定取舍。在该书问世的前两三个月,我突然收到他的一位学生的信:普教授已经因病去世了!这个噩耗,对我心灵上的震撼极大,他竟然看不到学生为他编的书,真是一件无法弥补的遗憾,我立即写信给他的夫人致哀,当然把该书全部售卖收入(其实少得可怜,这种书是不会畅销的)送给了她。

书出版以后,印第安纳大学寄了几本到布拉格,不久我就收到一张航空明信片,是他的学生写的,短短几句话致谢,附带地请我注意明信片背后的画面:一场大雪压在一个显得颇为孤单的房子上。我突然领悟到它的意义了,这不就是普教授晚年的写照吗?

据知道内情的人说:一九六八年"布拉格之春"失败后,普教授一直受到软禁,因为他是捷共领袖提倡社会主义人道化的Dubče的朋友,也是热烈参加"布拉格之春"的首要人物之一。于是普教授失势了,虽然政府准他在国内度假,但是不准他出国,也不准他再研究学术,所以他的学术生命,在没有逝世之前就早已结束,也许,他在未死之前就在等死了。

事实上,我在他生前也没有为他做什么事,即使编他的论文集,也是机缘凑巧而已,是刘绍铭提议的,而印第安纳大学出版部主任也慨然首肯,不过该书出版后只售出几百部,出版部主任反而以此为由责备起我来了。"忘却"毕竟是人生最自然也最残酷的事,我这几年来在典型的美国繁忙生活的压力下,对于过去的人和事变得冷漠起来,甚至对普实克的追忆之情似乎逐渐减退了。

然而我在布拉格的街头突然想到了他,而且觉得有点心如刀割,非去找他的研究院不可。于是,看过卡夫卡的书房,我决定走过桥去。(查理大桥,想当年普教授在这个桥上不知徘徊流连了多少次!)很快地靠地图指引,并经过探寻地址后,找到了东方研究院:又是门前挂着一面金牌。我鼓勇推门,进入传达室,室内一个老妇人听不懂一句英文,我的德文又不通,只好向她诚恳地以手势求情:"请你们准许我来参观一次,只看几分钟!"老妇人拨了几个

电话,才请了一位学者下来,他十分客气地用漂亮的英文说:

"我能为你做什么事吗?"

"对不起,我事先没有联系,冒昧而来,我是研究中国文学的,今天以游客的身份想到贵所参观一下……"我说着干脆把名片也拿出来了。

"欢迎,欢迎!你喜欢布拉格吗?这个城太老了,整修起来花费很大,照原样子修建要比盖现代式的新建筑更花钱!"这位学者一面和我闲聊一面又用捷克文和老妇人交涉,他不是研究中国的,不过愿意带我入内参观(我如果能看到普实克的办公室和书房,就不虚此行了)。

不久又下来一位女学者,似乎身兼研究所秘书,她也十分客气,不过却斩钉截铁地拒绝我上楼,理由是政府规定外来学者事先未得许可严禁参观! 我不得不把普实克的名字说出来,希望动之以情。

"普实克教授? 他就是这个研究所的创办人,不过,他去世后,这里已经不作中国文学的研究,他的几个高足都到外国去了,只有一两位还留在 Bratislava……"这位好心的男学者对我说,又再三地道歉,"请你了解,这完全不是我们个人的意思,我们非常愿意……"我只好寒暄几句致谢后就告辞而出。我又能怎么办呢?为什么不事先申请? 为什么不事先写信给普教授的遗孀? 她住在哪里? 我连地址都忘了。

普教授,请原谅我,我还是不够诚心。但是这次来访的心情几乎是进香式的,看不到你的书房——也看不到卡夫卡的书房——我只好默悼你在天之灵了。但至少我是来了,而且还站在你走过的地方;人事全非,现在的研究所你不看也罢!

于是,我拉了一个路人,匆匆为我在研究所的金牌前拍了一张照片,"以资留念"!

在归程中,我再度走过伏尔塔瓦河,但已经无心拍照,感觉到自己身体内层已涨满了眼泪,不过我还是哭不出来。

韩南教授的治学和为人

韩南(Patrick Hanan)教授是我在哈佛大学的同事,也是美国汉学界我最敬仰的学者。他的本行是古典小说,而我的专业是现代文学,本来该是"隔行如隔山",然而我和他的学术关系却特别密切,最近这两年在哈佛,甚至每隔一两个礼拜必聚会一次,共进午餐,我藉此也向他请教学问。去年(二〇〇二年)秋季我开了一门晚清翻译小说的研究生讨论课,他竟主动前来旁听,于是我邀他主持几场讨论:从林琴南的《茶花女》和《茄茵小传》、从《听夕闲谈》到福尔摩斯,他如数家珍,而且逐字逐句的推敲对照,使我这个粗枝大叶见林不见树的"学者"不胜汗颜。

韩南教授和我的半师徒关系(当然他不会承认的)源自七十年代中期,是时我被普林斯顿大学赶出门外,初到印地安那大学任教,正式从历史转入文学的领域,而系里人手不够,遂要我除了主授现代文学之外还要兼授古典小说。我在这方面从未受过正式训练,所以只好恶补,自己每天开夜车从唐传奇一直读到"三言二拍"和《儒林外史》(《红楼梦》例外,以前读过,但仍要重读),但苦无良师,即使阅读其他学者的有关著作,仍觉不过瘾,遂想到向韩南教授请教。

当时我和韩南素不相识。在现代文学方面,我早已师从夏氏兄弟——夏济安和夏志清教授,又受业于捷克的普实克(J. Prusak)教授,在当年可谓得天独厚。然而在古典文学方面,我却不敢在志清师前献丑,甚至写了一篇《老残游记》的论文都不敢寄给他看。

恰好我看"三言二拍"着了迷,对于"说书者"角色还是搞不通,于是斗胆写信给韩南教授请教,并且问及他对于某些学者论点的看法,不料他马上回信,有问必答,而且言简意赅,因此我们就断断续续通起信来。似乎过了不久,他就寄来他刚在《哈佛学报》发表的两篇关于鲁迅小说技巧的长文。我那时已经在研究鲁迅,但在分析鲁迅小说的艺术技巧方面仍不得要领,读了韩南教授的文章后,我吓出一身冷汗!这本非他的"专业",然而他下的功力之深,却远超过我这个"鲁迅专家"!譬如他考证鲁迅小说和东欧文学的关系,竟然把果戈里、安特烈夫和显克维支的作品研究得十分透彻,然后逐节推敲,并与鲁迅的小说比较,令我佩服得五体投地。因此把我的旧稿丢掉重写,多年后才出书,寄了一本给韩南教授,心中却十分不安,因我的方法毕竟和他不同,不知道他是否喜欢。

不料我们却因为鲁迅结了缘。后来我才知道,他除了鲁迅之外,对于老舍的研究也下了不少功夫,甚至对"五四"文学各大家都有他的看法(例如茅盾的短篇小说更值得读),而且也指导过现代文学的研究生。换言之,韩南教授非但对现代文学不歧视——当年的汉学家大多如此——而且还颇有研究,因此我更佩服他。后来夏志清教授退休,哥大为他举行宴会,韩南教授特别赶来参加,夏先生对韩南教授也另眼相看,甚至公开宣布除他之外韩南教授乃天下第一。韩南教授一向腼腆,虚怀若谷到了极点,我不知他当时如何感受,但却认为夏先生的评价极为中肯。事实上,韩南教授的泰斗地位在美国早已得到公认,他的著作屡屡获奖(他的《李渔的独创》*The Invention of Li Yu* 一书就得过"亚洲学会"的最佳著作奖)。他的桃李满天下,所以当年前他自己退休时,几乎所有的学生都回来了,大家济济一堂开学术会议,韩南教授一贯其谦虚的作风,在会上不做讲评人,却自愿和学生在一起,提交一篇论文——《新小说前的新小说》,当时我听来真是前所未闻,因为他独排众议,把梁启超的新小说"鼻祖"的地位降低了一点,也把晚清新小说的起源提前了几年,甚至提出行家从未听过的一个传教士的名字——傅兰雅(John Fryer),据他后来亲自告诉我,曾到加州柏克莱的图书馆检阅傅兰雅的档案多次。而我个人本是学近代史出身,却不知道傅兰雅在一八九六年离开中国后就担任加州大学东方语言文学的教授。

韩南教授对于这些传教士也没有偏见,只要是和他研究的题目有关,他必不分中外古今,上穷碧落下黄泉,到处求索考证。他为了探讨中国第一篇翻译小说《听夕闲谈》和原著,就不知下了多少功夫,甚至从浩如烟海的维多利亚时代小说中去找,当然也免不了到伦敦的大英博物馆和图书馆数次,最后还是得来全不费功夫。他从中文译名的"听夕"二字悟出来原著小说的英文名——"Night and Morning",原来是英国政治家 Bulwer Lytton 的小说巨作。多年悬案,终于得到解决。

我和韩南教授的定期午餐,不仅得益于他在研究上的经验,而且因为我对晚清的翻译越来越感兴趣,研究的范围也和他愈来愈接近,真的变成同行,互相切磋学问,其乐也无穷。令我汗颜的是:每次我以为自己有所发现,向他说起,原来他早已解决了,而没有解决的问题仍是悬案,他正在研究中。譬如清末小说《电术奇谈》到底是周桂笙译自日文原著? 抑或是日文原著本身也是译自英国小说? 韩南教授告诉我:据日本学者樽本照雄的研究,这位日本作者菊池幽芳是从一本在伦敦得过奖的英文小说译成日文的(周桂笙再转译成中文、吴趼人再加润饰),然而菊池虽然译过不少英国小说(如哈万德的作品),但他自己也写过不少欧洲风味的小说,假以乱真,甚至他自己的一篇小说后人都以为是改译,而最妙的是,韩南教授经过仔细调查后才发现:原来这本《电术奇谈》是否原作,菊池自己也搞不清,在一处列为翻译,在另一处则列为他自己的作品。

因此我从这个个案悟到——也是韩南教授的看法——原来晚清翻译本身就是一种"跨文化"的过程,单用"信达雅"的方法来检视是行不通的,譬如他说:梁启超的《十五小豪杰》本来就是译自日文,而日文本又译自原本译自法文原著凡尔纳(Jules Verne)《十五少年漂流记》(*Deux ans de vacances*)的英译本!这一种"文本旅行"当时十分普遍,然而可以作后世"向导"的学者并不多,韩南是少数中的一位,事实上我还没有在美国看到任何学者在这方面下过如此深厚的功夫。

走笔至此,我非但为自己感到惭愧,也为中国的学者蒙羞,为什么"近代文学"的研究还挣脱不了语言的牢笼?懂中文却不懂日文,知英语却不解法语。另一方面,日本学者如樽本照雄花毕生精力编就一大册晚清书目,至今华裔学者无人可望其项背。中国学者除了苏州大学的范伯群教授和他的弟子外,似乎对于晚清民初的通俗文学——更遑论翻译小说——存有偏见,认为不登"新文学"大雅之堂,即使研究也未能及得上韩南教授的精密。他非但分拆细致,而且非常注重版本,记得有一次我到上海图书馆查资料,恰好韩南教授也托另一位朋友为他查《听夕闲谈》的这本小说的第一版,我无意中经过陈建华的帮助在楼上古籍部找到了,欣喜若狂,觉得自己终于可以对韩南教授的教诲有所回报。后来我才知道:他对各种版本早已了如指掌,找出这个版本只不过要看看小说的结尾是否删掉而已,而我又粗心大意,影印时来不及查,回美后才发现果然是有缺页!

研究学问不可一蹴而就,必须一步一步地来,更不能好高骛远,动辄以理论唬人——这是我从韩南教授处学来的浅显道理。然而自己却不能身体力行,往往徘徊在理论和资料之间,两者都不够功夫。但令我最吃惊的是:韩南教授对于西方文学理论——特别是法国的"叙事学"——十分精通,却深藏不露,最近在讨论翻译理论时,他又不慌不忙地说:"我看了不少理论的书,觉得 Gideon Toury 的所谓 Descriptiv Translation Studies 还有点道理,至少对晚清翻译略有帮助。"我听后赶紧叫学生去找来研究讨论。后来我又向他请教描写早期上海的言情小说,他一口气提了好几本书名,我遂立即从图书馆借出来,但每次见面我又不好意思,因为至今我也只读过包天笑的《上海春秋》,还有吴趼人的《上海游骖录》的一部分,而韩南却自嘲地说:他看过的晚清小说太多了,情节混在一起,自己都记不清了!我不敢问他到底看了多少,我猜至少也有几十本吧。记得去年年底离开剑桥返香港之前又和他见面,看到他手里拿着一本小说《毒蛇圈》,看来似乎又在作另一篇论文的研究了。

我不禁暗自叹道:他从《金瓶梅》作到《毒蛇圈》,又从《肉蒲团》的翻译研究到李提摩太摘译的贝拉米小说《回头看》,真正是事无巨细,到了韩南手中都成了"精品"。我还需指出的是:韩南教授中英文俱佳,这本不足为奇,但是许多汉学家英文写不好,而韩南的英文造诣则非等闲之辈可比,而且他文如其人,言简意赅,没有一句废话。据说他在看某一个学生论文的时候,不自觉地修改她的英文,而这位后来颇有名气的女学者,当时颇引以为忤,认为自己的英文不错,老师何必要改?我听后恨不得拿一篇自己的英文文章请他逐字逐句修正,如此才能真正学到一手好英文,可惜时不我予,自己也做了教授,同事之间相敬如宾,我每次要拜韩南为师,他都以为我在说笑,学英文的事当然也搁浅了,但我还是从他的英文译文中悟出不少心得。

韩南教授在译文方面的贡献,虽没有霍克思(David Hawkes)之译《石头记》和余国藩之译《西游记》这类"巨幅"的杰作,但他的文字造诣绝不亚于这两位大师,记得我读他翻译的《无声戏》和《肉蒲团》,每每在半夜里击节赞赏。时当九十年代初,韩南和杜维明教授请我先来哈佛客座,住在学生宿舍,半夜时隔邻传来派对音乐之声,我却独览《无声戏》和《肉蒲团》,时而看英文时而看中文,其乐无穷。《肉蒲团》是所谓的"淫书",是否李渔所做目前尚不得知,但原文似乎甚粗糙,远不及英文译本之令人莞尔,真是妙在不言中!韩南先生平日不苟言笑,不知他译《肉蒲团》时作何态度?我猜他一定和我一样,将这本"淫书"作为"笑书",从文字转译中得到无比的乐趣。这当然不足为外人道也,有心者可以和我一样,把中英文对照着看。除此之外,韩南教授译本的序言也是有名的言简意赅,但往往一语定江山,记得他在《无声戏》的译本篇首说过一句"名言",我至今还约略记得:欧洲在十七世纪初发明望远镜,不到三十年这件"奇物"就进入明朝小说的世界!原来是李渔笔下的那个穷书生竟然用望远镜偷窥邻居大家闺秀,最后竟然缔结良缘的故事(故事题目我忘了,我看的是韩南的译本)。

所以当夏威夷大学出版社请我为韩南翻译的《恨海》作"评委"时,我不禁感到莫大的荣幸,当然赞不绝口。此书一出,大家不约而同都用为教材,但却没有留意韩南还连带发现了另一本小说《禽海石》,这本小说可能是最早公开提倡婚约自由的清朝小说,而吴趼人反而保守,遂写了《恨海》以之对抗。我对这本译文唯一的批评是:前面的序文似乎太短,似乎意犹未尽,然而,这就是他为学的典型作风,一句废话不说,甚至我们认为是真知灼见的东西,他可能都认为是废话。这又使我想到不少学者,著书立说往往洋洋数十万言,但内中多少是研究成果?多少是废话?我写此文的目的,除了表达我对韩南教授感激之情外,也愿意不揣浅陋,向中国的广大读者——特别是年轻一代的学生——介绍这位教授和为人。我斗胆把自己变成这篇文章的"叙述者",不在自炫,而是希望让读者感到一份亲切,或可经由我的中介而进入韩南教授对中国近代小说研究的学术殿堂。

纪念萨义德

> 萨义德一九三五年出生于耶路撒冷,在巴勒斯坦和开罗的西方学校就读,接受英式教育。五十年代负笈美国,取得哈佛大学博士学位。一九六三年起任教于哥伦比亚大学,是英国文学与比较文学教授。一九七八年出版《东方主义》,获美国全国书评家奖。二〇〇三年九月二十五日因白血病在纽约逝世,终年六十八岁。

爱德华·萨义德(Edward W. Said)的死讯传来,令我不胜哀伤,虽在意料之中,但仍然使我怅然若失,感到失去了一位二十世纪最有人文精神的知识分子、学者和文学批评家。萨义德和香港缘悭一面,三年前他答应香港科技大学人文学部的邀请,本拟来港作学术演讲,却因病未能成行。他的死讯在香港学界立刻传开了,但香港媒体鲜见报道,因此我不得不写这篇不算学术的文章来纪念他。

萨义德在西方学术界是顶尖人物,他的那本书《东方主义》(Orientalism),不少学者视为理论经典——甚至是真理——因为他为所有被西方殖民过的东方国家提出了一个强有力的辩证:原来十八、十九世纪西方人心目中的东方,大多是西方人一厢情愿想象出来的,没有真实根据,所以"东方"变成一个神秘的"他者",受到西方人在论述层次上的殖民。这一种语言和文化上的凌辱,有时候比真正的军事或政治殖民更厉害,当然它也直接影响到十九世纪以降西方帝国主义的扩展。

萨义德自称这本书是一种辩证和论争(polemic),然而美国他的徒子徒孙们却把它作为金科玉律,由此衍义引申出所谓"后殖民论述"的理论,简言之,就是说虽然西方殖民主义已经过去,但是它的阴影仍在,甚至变本加厉,对于"被殖民者"的心理影响深远,前殖民地的人处处有意无意之间模仿当年主子,即是一例。然而我却不如是看。该书中的"东方"指的是中东,没有包括远东——也就是中国和日本。而萨氏本人也屡次声明:他所批评的论述是一种西方历史文化情况所特定的"话语"(discourse)。

他师崇法国哲学家福柯(M. Foucault),特别注重"论述"和"认识"(epistemic)的层次,而不尽是历史的资料,所以有些保守派学者攻击他,而左派激进学者更不分青红皂白,把这"东方主义"的宝剑拿来斩杀所有研究东方文化的西方学者,美国汉学家当然也在所难免。更有人犹有过之,认为中国的"半殖民"情境可能比印度或非洲更糟。如此说来,像我这样的国际主义者势必也成为被批判的目标。

然而我佩服萨义德之处,恰在于他的国际主义。细读《东方主义》,就会发现他对于西方的"东方主义"始作俑者并非人人口诛笔伐,而是分析出各人不同的背景和观点,从而加以批判。这得之于萨义德作为文学研究者的功力,因为在写此书之前,他已是研究十九世纪英国文学的权威——特别是康拉德(Joseph Conrad)这位连老舍也情有独钟的原籍波兰的英国小说家——而在萨氏的早期著作《开端》(Beginnings)一书中,即从康拉德作品和其他英国小说中探讨其叙事方法。记得初读此书时,我发现萨氏的灵感也来自阿拉伯文学的传统,这一个看法对我的震撼和启发甚大。

在《东方主义》之后,萨氏又写了一本大书——《文化与帝国主义》(Culture and Imperialism),对西方小说与帝国主义之间的关系论之甚详。然而他并没有把所有西方文学经典都冠以"帝国主义"的大帽子而一笔打下地狱,反而对有些作家和作品满怀敬意。我认为这才是学术研究的基本立场:不以自己个人的政治立场掩盖学术的内涵,更不以学术研究权充政治,终于演变成以所谓"政治正确"为宗旨的坚壁清野式的批斗作风。

萨义德的政治立场旗帜鲜明:他非但反对以色列占领巴勒斯坦人原有的"西岸"土地,而且坚持主张巴勒斯坦立国。然而萨氏虽然反对以色列,却并不反对犹太人,他在哥伦比亚大学有不少犹太籍学者朋友,而且时常与之公开辩论,但不伤和气。他对人彬彬有礼,演说时必先写好草稿——他的英文写作造诣,我认为在美国理论界无出其右者——绝不信口雌黄。我有幸在芝加哥大学和哈佛听过他数次演讲,在芝大时更是在一个小型讨论会的场合,因此得以和他交换意见。记得第一次大家在酒会上互相自我介绍的时候,他也只是很低调地说:"我就是爱德华·萨义德。"毫无"一代宗师"的架子,而且后来还和芝大研究日本的几位同事结为好友。

诚然,名气太大了,邀请他的人太多,他也疲于奔命。为了他的祖国巴勒斯坦,他到处请命,与人论战,特别在美国,一般人对以色列友好,所以他往往处于逆境,于是他写书立说,选编了杂志《中东研究》(*Middle Eastern Studies*)。对于一位学者而言,这是吃力而不讨好的事。他不喜欢旅行,每次旅行都带很多行李,因为他自幼流离失所,全家从巴勒斯坦迁居埃及的开罗,又从埃及移民到美国念大学,终于定居在美国,以学院为家,却以学者兼知识分子自命。

萨义德对华人读者影响最大的一本书,可能是《知识分子论》,此书由台湾学者单德兴译成中文,另加单教授独家访问萨义德的文章,弥足珍贵。我去年在香港大学教的一门研究生课中,也选此书为教材,却觉得有点"对牛弹琴",因为我把课堂上的学生——大多是研究生,也有不少曾在媒体工作的记者——都视为知识分子,于是大谈萨氏在书中所揭橥的"流亡"经验,以及知识分子誓不与当权者妥协的立场和批判到底的精神,学生的反应除了目瞪口呆之外,就是一副与我无关的表情,当然还有少数在报界工作过的学生向我解释:在香港这个环境,传媒只为商业服务,根本产生不了萨氏所谓的知识分子!

就在那个时刻,我衷心希望萨义德可以到香港来,甚至坐在我课堂上,向学生谈谈他的亲身经验,也许更应该请他到大陆、台湾和东南亚各地走一趟。记得一九九八年底我到印度开会,适逢萨氏到该国访问,据说全国上下以英雄的身份接待他,他也玩得很开心。不料这却是他最后一次长途旅行,香港也终于来不成了。

有心的读者——特别是学院外的人——不妨看看萨义德的自传《流离失所》(*Out of Place*,中译本为《乡关何处》),这是一本真情毕露、趣味盎然的回忆录。他回忆的不是在美国成名后的丰功伟业,而是他早年的家庭背景和求学经验。我曾特别为文介绍过此书。至今令我难忘的,是书中描写的中小学生活。他上的是英文学校,老师大多是英国人,学生当然是本地人,但全书并无《东方主义》式的谴责口吻,反而更充满了人情味,甚至对当年的殖民主子老师和同学充满同情和谅解。

对我个人而言,此书最有兴味的是他回忆幼时的音乐往事:他六岁时就学钢琴,后来技巧不亚于演奏家;他又喜欢听每周日BBC广播电台的歌剧节目;在开罗时,他父亲带他去听来该城访问的维也纳和柏林爱乐交响乐团,连名字中的德文,如维也纳乐团的Wiener Philharmoniker,都令他着迷(见该书英文本页一○一),简直和我的经验一样,或者只能说我早就不知不觉地步他后尘,只不过我不懂弹钢琴。我只是一个乐迷,萨义德却是一位不折不扣的音乐评论家,他还写了一本讨论音乐和小说关系的书,我至今未读。

但有一次我却领教了萨氏音乐修养的真功夫。前年春天他来哈佛演讲,我恭逢其盛,只见大礼堂早已挤得满坑满谷,他站在台上,从容不迫地边说边示范,虽没有弹钢琴,却用唱片代之,讲的是贝多芬的后期作风(late style),以钢琴奏鸣曲为例,又引证德国哲学大师阿多诺(T. Adorno)的理论,说着说着,却从阿多诺论到意大利的经典小说《豹》,引经据典,博雅又谦恭。我聆听之余,心想:原来萨义德是个彻头彻尾的人文主义者,他从西洋音乐和文学经典中悟出自己的一套看法,因此也重塑了经典的现代意义。他研究的"后期作风"问题可能也和自己的"后中年"心态有关,我猜他的学术心灵也早已超越东方、西方之分。据说在《东方主义》新版的序言中,他特别强调:面对全球化的挑战,我们最后的武器和防线就是人文主义。

现在这位人文知识分子离世而去,我感到欣慰的是历经多年颠簸流离和论争后,萨义德在精神上有所依归,不是回归阿拉伯原教旨主义,而是重新探讨西方现代人文主义。虽然他的身体受尽病魔折磨而终于不支,他的灵魂总算得到难以用名利为计的慰藉。

文学之旅

语言与沉默
世界文学的两个见证
重读卡夫卡札记
我和书的奇异约会
我的阅读经验
有情的顽石
重访"荒原"

语言与沉默

——简论人文批评家乔治·斯坦纳

近代欧美的文学界,批评家人才辈出,最使我佩服的有两位——埃德蒙·威尔逊和乔治·斯坦纳。威尔逊的大名早已家传户诵,但斯坦纳的作品在国内似乎还没有人介绍过。

我没有受过"纯文学"的训练,然而对文学一直有浓厚的兴趣,这也许是威尔逊和斯坦纳最能吸引我——或者是像我这一类的人——的原因。这两位大师都是学贯古今,涉猎广博,西方各国的文学、哲学、艺术、社会、政治,都在他们的批评范围之内。二人的文字皆是精辟隽永,引人入胜。斯坦纳更"大言不惭"地认为,像他这样的文学批评家,可以和作家一样,以文体传世。所以他在遣词造句上,刻意推敲,其文虽不如威尔逊的文章流畅自然,但是读起来铿然有声,字字珠玑,足资英文习作者借鉴。在内容上,二人除了英美名著外,都特重俄国文学。威尔逊通俄文,未逝世时,曾为了翻译普希金的《叶甫盖尼·奥涅金》(*Eugene Onegin*)和小说家纳博科夫(Vladimir Nabokov)打过笔仗,他讨论俄国革命的西方源流的一本书——《到芬兰车站》(*To the Finland Station*)——已被誉为经典之作。斯坦纳的第一本书就是综论比较俄国的两位大小说家托尔斯泰和陀思妥耶夫斯基,他虽然不是一个马克思主义者,然而欧洲的马克思文艺批评传统特别是匈牙利籍的大师卢卡奇却是他乐于论述和批判的。威尔逊和斯坦纳的另一个值得注意的共同特点是,两人在"学院派"的批评家特别是"新批评"(New Criticism)的附从者的眼中,都不属于正统,与美国文学的批评家菲德勒颇为相似。因为他们都不愿意拘泥于学院的门墙之内,更反对"新批评家"只在文学作品的本身上下功夫而毫不顾及文学的历史、文化和社会背景的那种治学方法和态度。因此,我认为他们都是"人文"的批评家,特别是乔治·斯坦纳,可以说他与当代西方文学的潮流息息相关,他对于现代西方社会的几种"逆流",更表现出忧心忡忡。

斯坦纳的近著,题名为"语言与沉默",下面的小标题是"论语言、文学与非人道的文集",这一个标题,是寓意深远的①。斯坦纳所谓的语言并不是指语言学,而是指文学借以表现的媒介——写出来的字,作家以"字"来传达文思,古典经籍也多借"字"而流传至今,因此,斯坦纳所谓的"语言",也可以说是文化的代表。然而,现代西方的几股逆流,却导致语言的滥用和文学语言的破产,使得西方文学的创作面临"沉默"的危机。这几种逆流,斯坦纳称之为"野蛮"(barbarism)——显然是与"文明"相对的一个名词,这种野蛮,并非出自戈壁沙漠或南美亚马逊的丛林,而是茁壮成长于欧洲文明的骨干之内:"受戮者的悲鸣,在大学外清晰可闻;虐待的暴行,也在与剧院和博物馆隔一条街上展开。在十八世纪末期,伏尔泰颇有自信地认为酷刑即将终止,意识的屠杀即将灭迹,然而,在我们这个时代,文艺和哲学创作的重镇,却成了非人道的集中营。"

现代史上最大的一股逆流是纳粹主义,希特勒的发迹是对德国文化的一大讽刺,因为纳粹主义假借文明以图征服世界,于是尼采的哲学和瓦格纳的音乐,皆被希特勒滥用,德国文学的精髓,

---

① George Steiner, *Language and Silence: Essays on Language, Literature and the Inhuman*, New York: Atheneum, 1970; 3rd printing, 1974.

遂失去了它应有的文明精神。斯坦纳在本书序言中举出一个震撼人心的例子：在纳粹统治下的德国，一个人可以在晚上读歌德或里尔克，可以弹奏巴赫和舒伯特，而第二天早上他仍然可以照样若无其事地到奥斯维辛（Auschwitz）集中营去上班，屠杀无辜！如果说这个人对文学不求甚解，这是矫饰之词，因为这不只是看得懂或看不懂的问题。这个例子所显示的是一个文化上的大问题：西方文明，从柏拉图到阿诺德的一贯传统，皆以为文化是一种"人性化"的力量，人类经过文化的陶冶，可以知行合一，不再诉诸野蛮暴行。然而，二十世纪西方的政治暴行，却有变本加厉之势，甚至一向以理性自尊的法国，在德国人离开巴黎不到十年，就开始在监狱里凌虐阿尔及利亚的独立分子了。为什么文明进展愈久，野蛮的暴行却愈炽？为什么一般人所公认的文明传播媒介——譬如学院教育、各种艺术和著作出版业——非但不能抵抗政治的暴力，而且还对之欢迎礼赞？这是斯坦纳所要探讨的中心问题。

斯坦纳是犹太人，所以对纳粹的残暴特别敏感。他的父亲可能是奥国籍，一九二四年由维也纳移居巴黎，斯坦纳于一九二九年生于巴黎，在法国受教育，后来又在美国和英国念大学。虽然他自己并没有受过纳粹残虐之苦，但是他的血管里仍然流着犹太人的血液，心灵深处，仍有一种无名的余悸。本书中一篇动人的文章——《一种生还者》(A Kind of Survivor)，就是他的自我写照。虽然他在美国各大学教过书，但他的学术方法仍然属于欧洲大陆的传统。他认为欧洲的犹太知识分子有几个共同的特征，由于世世代代的奔波劳碌，使他们在思想上产生一种抽象性的想象力和美感，似乎那是由于犹太人经年背井离乡，受压迫被放逐，也因之与他们本土的物质生活隔离，遂益重思想，培养成一种思想的自主性。影响现代西方文化至巨的三位犹太大师——马克思、弗洛伊德和爱因斯坦——都是这一类型的思想家,其他重要的人物尚有文学界的卡夫卡、音乐界的勋伯格(Schoenberg)、数学界的康托尔(Cantor)和哲学界的维特根斯坦(Wittgenstein)。

欧洲大陆犹太知识分子的另一个特征是一种共有的人文精神,斯坦纳称之为"中欧人文主义"(Central European Humanism):这些人都能精通数国语言,可以广征博引希腊和拉丁古典经籍;他们在文学的爱好上都特别推崇歌德和莎士比亚;他们从歌德和莱辛的译作中看到西方古典经籍的精髓和人道主义的精神;他们阅读莎翁作品的欧洲译本;他们看犹太演员在维也纳、慕尼黑和柏林的戏台上所搬演的莎翁戏剧,因之也把莎士比亚视为己有;他们特别喜欢巴尔扎克、司汤达、托尔斯泰、易卜生和左拉的作品,而且把这些名著视为一种"精神解放"的代表作品;他们敬佩左拉,不仅是欣赏他的作品,而且也因为左拉在轰动全法国的"德雷福斯"(Dreyfus)案件中,挺身而出为犹太人辩护。

斯坦纳认为这种人文精神,几乎由于纳粹的浩劫而丧亡殆尽,所以他特别举出几位浩劫余生的伟人倍加推崇:哲学或心理学家布洛赫(Ernst Bloch)、阿多诺(T. W. Adorno)、汉娜·阿伦特(Hannah Arendt),人类学家列维-斯特劳斯(Levi-Strauss),文学批评家瓦尔特·本雅明(Walter Benjamin)和卢卡奇,这几位大师,除了汉娜·阿伦特和列维-斯特劳斯之外,其他几位直到最近才受到英美学术界和出版界的重视。在文学创作上,斯坦纳最心服的一位作家,是奥国的赫尔曼·布罗赫(Hermann Broch),斯坦纳认为这位大师是自乔伊斯和托马斯·曼以来最重要的人物,但至今我们尚未见到他作品的英译本,在台湾地区恐怕也仅闻其名而已。斯坦纳所举出的这些人,虽各有专长(上文中称他们为哲学家、文学家、心理学家或文学批评家,事实上并不太妥当),但是在每个人的研究领域里,是文史哲和艺术无所不包的,试举一个最明显的例子:

人类学家列维-斯特劳斯虽以"科学"的方法研究他的"结构主义"（structuralism），然而他自己的著作结构却多受音乐的影响，而所得的结论，往往也越出正统的人类学领域，而有一种哲学和神话的意味，所以他的影响，遍及各种学科，在文学批评上的势力尤盛。斯坦纳所推崇的小说家布罗赫，他的巨著《维吉尔之死》(*The Death of Virgil*)，在结构上也是采取一种音乐上的"奏鸣曲"形式，然而这种形式的创造，并不是技巧上的炫耀，而是出于一种哲学和道德上的需要。布罗赫所思索的问题，也就是斯坦纳所提出的现代西方文明的矛盾和危机："野蛮"的浩劫，已使文明的符号——语言——失去了它应有的人文意义，二十世纪的西方语言，如何才能表现——更谈不上解决——这一"非人道"势力在人类精神上所引起的震颤和绝望？布罗赫所思虑的，可以说与卡夫卡、勋伯格和维特根斯坦所探讨的殊途同归，斯坦纳在一篇讨论卡夫卡的文章里说得很动人，且试译于下：

> 卡夫卡深知克尔恺郭尔的警告："个人不能帮助也不能挽救时代,他只能表现它的失落。"他看到非人道时代的来临,而且勾出了它难以忍受的轮廓,但是,沉默的引诱——在某些现实情况之下,艺术是微末而无济于事的,这种信念——也近在眼前,集中营的世界,是在理性的范畴之外,也是在语言的范围之外,如果要说出这种"说不出"的东西,会危害到语言的存在,因为语言本是人道和理性的真理的创造者和保有者。"一种充溢着骗诈和暴力的语言,不可能再有生命。"

于是，"沉默"——绝望和痛苦煎熬下的沉默。这种沉默，现有的西方语汇可能还表现不出来，而要借助于音乐。勋伯格的名歌剧《摩西与亚伦》(*Moses and Aaron*)是一个最值得重视的例子。斯坦纳在本书中有一篇分析《摩西与亚伦》的文章,其理论的精辟、哲学想象力的丰富,读后令人佩服得五体投地。

这出歌剧是音乐史上以"十二音律"写出来的革命性巨作(妙的是本剧德文的原名,刚好也只有十二个字母)。据斯坦纳的分析,在这部歌剧中,音乐与语言并重,两者之间造成了许多形式上的矛盾和冲突。摩西在全剧中完全用道白,而亚伦却用歌唱。摩西所代表的是一种无法表现出来的宗教感,他对上帝的信仰,是基于个人的一种神秘意境,所以无法成"形"(音乐),也无法传导给他的信徒,因此他只能以不完整的道白,来警告他的信徒,或表示自己这种使上帝难以与人类沟通的悲哀。亚伦与摩西正相反,他毫不抽象,而且知道如何以花言巧语来取悦观众(所以,剧中的亚伦是一个男高音)。摩西离不了亚伦,因为亚伦可以传达上帝的意旨,使人信服,但是亚伦心目中的上帝,是一个人造的意象,也可以引人误入歧途,于是,在第二幕中的偶像崇拜——犹太人在"金牛"下的狂欢——是一个必然的结果。勋伯格为这一场戏用尽能事,创作出一场狂荡的芭蕾舞,一方面意在讽刺歌剧中芭蕾舞的传统(由于这一场戏太过大胆,至今这出歌剧的上演次数也寥寥可数),一方面也显示出亚伦所代表的这种现代语言上的粉墨不实和矫揉造作。摩西和亚伦这两个《圣经》上的兄弟,他们之间的冲突,也正是现代西方思想与语言、人道与非人道、文明与野蛮之间的冲突。在第二幕结尾的高潮中,摩西出现,"金牛"消失,舞台上空空如也,仅剩下摩西和亚伦两人。两兄弟互相激辩,但是亚伦又占上风,最后,亚伦舍摩西而去,管弦乐演奏终止。在一片沉默之中,摩西绝望地叫出一句话:"语言啊,我缺少语言!"然后颓然倒在地上,幕落。

勋伯格本来计划写第三幕的,但因为种种原因,第三幕一直没有写,斯坦纳认为这是必然的,因为故事演变至此,已经到了尽头,没有再继续的必要。勋伯格写作《摩西与亚伦》之时,正是纳粹猖狂之际。欧洲的浩劫,事实上也非语言所能表达。由摩西在剧终的哀呼和他最后的沉默,勋伯格所得到的结论——也正是卡夫卡和布罗赫所共有的结论——是绝望的:"我们的语言已经失败了,艺术既不能阻止野蛮势力,又不能表现说不出口的经验。"于是,沉默。

这一个"语言的失败"现象牵涉到另外一个大问题,那就是英美文学界至今争辩不休的"小说是否已经死亡"的问题。斯坦纳在本书中虽然避重就轻,没有正面回答这个问题,但也提出了他自己颇有创见的主张。他认为欧洲十九世纪的小说传统显然已经没落,二十世纪的政治和社会上的剧变已经使得十九世纪的"现实主义"破产,因为二十世纪的现实已经比任何小说中所描写的现实更感人、更富有戏剧性,因此,任何小说家的生花妙笔也写不出像《安妮的日记》(*The Diary of Anne Frank*)那种真实文学。然而"新闻报道"成为社会调查报告中的佼佼者——譬如社会学家刘易斯(Oscar Lewis)研究一个墨西哥人住宅区的名著《桑切斯的孩子们》(*The Children of Sanchez*)——事实上已经进入了文学的领域,甚至比左拉的作品更动人。而且,由于大众传媒的发达,世界上的大事可以直接及时传播给读者或观众,新闻媒体往往日以继夜,连续轰炸,譬如越战时期美国电视上海天的"实况转播",已经使得我们的感官麻木、想象力迟钝。现代的小说必须和上述的各种事物和现象竞争,而且还受到一些大批制造的通俗作品的威胁,譬如黄色小说使现代的西方人早已失去了那种对人性的清新感觉,如果现在有人再写出一部《查泰莱夫人的情人》,一般读者可能也无动于衷。斯坦纳认为黄色小说所造成的一种对个人生活的凌辱(invasion of privacy)和对于人体隐私的不尊重,非但是不道德的,而且是非人性的,这是一个人道德上的基本问题,而不是法律上应否查禁的问题。在这种种因素的威迫影响之下,传统小说这一文学体裁(genre),事实上早已站不住脚:布罗赫的作品已经融小说、哲学、音乐,甚至数学为一体,法国的"新小说"(nouveau roman)、美国的"非小说"(non-fiction)都是反抗传统小说的产物。因此,斯坦纳认为从现在到将来的这一个阶段的文学特征是一种报道式的小说或小说式的报道,也可以称之为"后小说"(post-fiction)。就人文的广泛意义而言,他认为文学家不必局限于一隅,而应该打破传统的界限,不再作散文或诗、戏剧或小说、艺术想象或实地报道之分,更应该因时制宜、广采兼收,使得哲学、音乐、数学等不同学科的特长和内涵,可以做文学之用,这样,才能挽救语言的危机,才能表现当代人的"沉默感",也才能于沉默中寻出一线生机。这一种广义的人文文体,斯坦纳用了一个隐喻性很浓厚的字眼来形容它,叫做"毕达哥拉斯文体"(The Pythagorean Genre),斯坦纳自己目前也在从事这一种新的创作。

就文学发展史而言,小说的没落也有历史的线索可循。斯坦纳认为在历史上一种文学形式的没落,并不表示它的能量或成果已经全然枯竭无用,而仍然可以为新起的文学形式所继承。譬如在西方文学史上,史诗没落以后,它的语言、神话和英雄造型的成规,皆融入继起的希腊悲剧之中;近代小说的兴起又受到中古戏剧的影响至巨,简·奥斯汀(Jane Austen)小说中的对话和家庭危机的运用,也显然有康格里夫(Congreve)和谢里丹(Sheridan)的戏剧的痕迹。因此,现代的许多新的文学形式——如上述的报道文学、调查文学,或"非小说"——显然已经容纳了小说的许多优点。所以,传统的文学形式虽然解体,小说虽然没落,斯坦纳并不悲观。他认为目前的"后小说",仍然是一种过渡性的文学,今后文学的前途,可能在戏剧。

本书的最后一篇文章,题为"文学与以后的历史"(斯坦纳在此文中畅论西方小说与戏剧的异同)。他认为西方小说兴起的历史背景是十七世纪末期到十八世纪初期的城市商业社会,所以西方小说的主流也是在描写这个世俗的社会,它的技巧是与现实分不开的,因此当小说与现实彻底分离的时候,它事实上是在自我讽刺,譬如科学小说、神怪小说和近年来充斥市面的色情小说,都是欲以超越现实,甚至"收买"现实来引起读者的兴趣,结果一定是自讨没趣,反为现实所败。因为二十世纪西方社会的剧变,使得新的现实比任何小说中的现实更为惊心动魄。西方小说甚至可以说西方大部分的文学皆是以个人为基础的,个人本体的生死本是公认的定理,而个人的观点或视界,也一直是西方小说所尊奉的圭臬,然而二十世纪的科学已经可以把一个垂死的人身体的一部分移植到另一个人身上,因而打破了个人生死的定论;而且,二十世纪大众传播的发达使得人与人之间的交往更方便,特别是传播工具的影响已经使人逐渐在感官上接受了"视听"(audio-vision)的真理,而不再完全需要语言文字的媒介,因此,二十世纪的社会,不论是好是坏,都有一种"集体"的趋势,这些现象对于文学的演变,都有很大的影响。斯坦纳认为,西方的戏剧本有其集体的潜能,它不但可以表现人与人之间的冲突和关系,也可以刻画群众的态度和情绪,而且,戏剧的上演使台上演员与台下观众之间的距离,较小说家与读者之间的距离更短,甚至可以使台上台下打成一片。近年来许多实验剧场,早已打破成规,鼓励观众参加,即兴演出不再需要文字的剧本做基础,当然更容易把诗歌、音乐、美术,以及大众传播工具熔为一炉。这一种趋势虽然在艺术上弊病多端,但是斯坦纳认为前途无限,因为它较小说更能适应当代社会的需要。将来的戏剧到底是什么样子,目前无人得知,不过它一定没有悲剧的成分。斯坦纳曾经写了一本书《悲剧之死》(*The Death of Tragedy*),其论点的主旨是:西方的悲剧是与上帝分不开的,换言之,人生有许多未知数才会产生一种"天地不仁"的神秘感,才会有悲剧。如今,上帝已经死亡,人生和宇宙的神秘,越来越少,因而也导致悲剧的死亡。因为一出没有上帝的悲剧是自相矛盾的,剧中的冲突不是真正的冲突,只不过是一种变相的柏拉图式的论辩。所以,在将来的集体社会中,也只有意见不同的论争,而没有最终解决不了的悲剧。

斯坦纳的这些观点,似乎颇受卢卡奇(特别是他对现实主义的看法)和麦克卢汉(Marshall McLuhan)的影响,有的他自认为仅属臆测而已,然而他这种由人文的危机而发的臆想,显然与他的犹太血液有关,他的思想形态也是一种中欧式的人道主义,所以他在本书中广征博引,除了讨论上述的几个大问题之外,也分别分析了不少西洋名家的作品,他从荷马、《圣经》、莎士比亚,一直论到现代的卡夫卡、托马斯·曼、君特·格拉斯(Günther Grass)、劳伦斯·达雷尔(Lawrence Durrell)、威廉·戈尔丁(William Golding)和最近自杀的才女丝西尔维娅·普拉斯(Sylvia plath)。他对每一位作家的评价,当然不能完全令人同意,譬如他认为达雷尔是一位大师,《亚历山大四重奏》是一本语言上的杰作,然而一般批评家对于达雷尔的评价并不太好,斯坦纳后来也修正了他自己的意见。斯坦纳的这种纵横四海的批评方法,显然是属于"比较文学"的方法,他曾断然地宣称:作为一个有知识的文学批评家,势必非用比较文学的方法不可;不读西方的经典著作,与文盲相差无几,而局限于一国的文学,也是井底观天。所以他大胆地批评他的老师——牛津大学的名批评家利维斯(F. R. Leavis),说他只论英国文学,专捧劳伦斯(D. H. Lawrence),但是如果把劳伦斯的作品与托尔斯泰或陀思妥耶夫斯基相比,则显然是小巫见大巫,所以他最恨文学上的褊狭。然而,斯坦纳毕竟是浸染于西方传统中,对于东方文学漠然无知,这也可能是颇感遗憾的事。

我不是学纯文学的,所以不敢对斯坦纳的整个学说有所褒贬,读了他的几篇文章以后,觉得他的看法似乎有值得我们借鉴之处。中国也有一贯的人文精神,而且自古为学,文、史、哲一向是一家的,三者之间的关系一直极为密切,而且,中国的文学更不曾与社会、文化脱节,所以,用西方"新批评"的方法来研究中国传统文学有很大的限制,值得参考借鉴的反而是西方非"新批评"的方法。当然,西方的文学和文学批评可以使我们有所启发、有所猛省,我们最终势必还要从中国文化的本体中去推衍出一些现代的分析方法,这些方法也必须以中国的哲学、历史和社会为基础。也许,我们可以从斯坦纳的犹太人文精神中得到一点启示。

世界文学的两个见证

——南美和东欧文学对中国现代文学的启示

一

> 多年以后,奥雷连诺·布恩迪亚上校站在行刑队前,准会想起父亲带他去参观冰块的那个遥远的下午。

这是加西亚·马尔克斯的小说《百年孤独》的第一句。记得我初读此书的时候,这一句就把我震慑住了。西班牙原文我没有查,英文用的是"过去将来完成时",在文法和语气上,非但可以"顾后",也可以"瞻前",甚至有点超越时空的永恒意味,这真是大手笔。一位美国作家曾经说过,第一句写好了,小说就成功了一半。

为什么《百年孤独》这样开始?我觉得作者与小说世界之间有一种特殊的关系:他早已知道布恩迪亚上校的下场,但却不马上把他枪毙,而由此上溯到布恩迪亚的大家族,他的父亲和祖父。当然,作者也可以用一个传统的写法,譬如:"天地玄黄,宇宙洪荒,话说在这块史前时期的土地上,马贡多只不过是一个小村子……"看完全书后,我逐渐领悟到作者对于时间的顺序并不重视,所以在叙述上驰骋自如,叙事者用的是一个"全知视点",但他较十九世纪欧洲写实主义小说中的全知视点更进了一步:他不仅对这一个延续几百年的大家族了如指掌,而且可以"通神",可以把小说中的传统时间观念借鬼神之力打破,甚至左右小说人物的个人命运,也使人觉得在冥冥之中受到某种命运的主宰,这就进入神话和史诗的境界了。没有神话和史诗的原型结构,普通写实小说是无法驾驭这种时空观念的。

我在一篇专论这本小说的短文中曾经提过加西亚·马尔克斯和他的南美读者同享一个现实与神话交织的世界,许多局外人认为荒谬无稽的事,他们觉得理所当然。他自己也曾说过:"我这本小说,有很多夸张、荒诞和幻想的成分,不过拉丁美洲本身也就是这个样子——所有的事物都带着奇幻的色彩,甚至日常经验也都是这样。我的小说人物只不过是这个虚幻的现实的具体反映。"①所以,他仍可称自己的小说是"现实"的。

这一南美文学的传统,一般被叫做"魔幻现实主义",马尔克斯自己也接受这个名词。然而,这个名称的背后却孕育了几千年的历史和文化:南美有远古的多神宗教,后来又从欧洲传来天主教和科学,几种因素加在一起便形成了一个理智和非理智交织的世界。我一向认为:文学作品中除了理智的成分——可以理解的现实——之外,必须包含一点为常人和常理所不可解的"神秘",甚至任何文学理论都无法分析它,这才算是"文学",否则只不过是"文章"而已。一个伟大的文化中总是包括许多神秘的成分,只是十九世纪以来,欧洲现实主义的浪潮泛滥于世界,而现实主义(和自然主义)的理论基础是理智的、科学的,于是,神秘的成分逐渐减少了,直到二十世纪,在"落后"的前欧洲殖民地的南美洲,文学家才又发现神秘和神话。

《百年孤独》这本小说在技巧上受美国名作家福克纳的影响极大。福克纳是马尔克斯最心仪的作家,福氏的作品中有个很有名的

---

① 马尔克斯:《我的文学观》,译文见中国台湾地区《联合报》(1982年10月22日)第四版"副刊"。

小城叫做约克纳帕塔法(Yoknapatawpha),马氏笔下的"马贡多"可能从福克纳的作品衍变而来,而且,在福氏的几本小说——如《喧哗与骚动》——中也有一个疯狂的大家族。我在爱荷华见到一位年轻的希腊作家,就认为马尔克斯只有抄袭之才,没有资格获得诺贝尔文学奖。我心慕马尔克斯的作品早在他得奖之前,所以没有附庸风雅之嫌,但我觉得马尔克斯还是深具独创性的:因为他可以把福克纳的旧瓶装上南美文化的新酒,他的小说仍然属于拉丁美洲,属于哥伦比亚。也许,用最粗浅的话说,马尔克斯在他的作品中融会了两种东西——西方现代主义的技巧和南美的民族风格。他从现代主义中学到如何打破时空的限制,但却用这种新方法来"证实"一个南美的神话世界。他的小说中隐含了"恋母情结",这当然是受弗洛伊德的心理分析的影响,但是他和福克纳不同:福克纳把弗洛伊德放在一种极主观的"意识流"技巧中,以此探讨人物的内心病态,以及"意识"和"下意识"在语言运用上的关系;马尔克斯的技巧仍然是"外向"的,他引用弗洛伊德的学说来解释一个南美文化的共通现象——"大男人心态"(machismo)。他在一次访问中提出一个观点:"南美洲的大男人心态事实上和历史上的母权结构有关,母亲是家庭的砥柱,而男人只好通过外出寻乐探险来表现大男人的精神。"[1]我们从《百年孤独》中可以看出,男人在外争战杀戮之后,仍然要回到家里来,回到母亲的怀抱。换言之,所谓的"恋母情结"变成了"大男人心态"的另一面,一种文化现象的象征。

我的分析仍嫌粗糙。不过,在马尔克斯的作品中,女人,特别是母亲或老祖母是特别坚强的,几乎到了长生不老的地步,成为一

---

[1] Tomas Stefanovics, *Interview With Gabriel Garcia Marquez*, Imagine: *International Chicano Poetry Journal*, Vol. I, No. 1, Summer, 1984, p. 29.

种神话性的存在,而男人——像布恩迪亚上校——却是生生死死,运转不息,似乎代表了南美历史上的战争和动乱,所以,在他的小说中神话和历史阴阳交错,人物的刻画有其真实面,也有原型(archetype)的影子。

马尔克斯和福克纳至少有一个共同点,即"一个作家的责任就是要写得好",其他都在其次,这是马尔克斯再三强调的座右铭。妙的是马尔克斯并不因此而不关心社会,他是一个同情革命的左翼人物、古巴领袖卡斯特罗的好友,但政治活动并不"干涉"他的写作。不论怎么繁忙,他每天写,一生中从未间断。他既是小说家,也是新闻记者,这两种身份对他是交相为用的:"新闻事业教我怎样写,创作使我的新闻工作有文学价值。"[1]他的社论和报道文字,语言精练之至,而他的小说并不像目前欧美的某些现代作品一样——艰涩难懂,做语言的游戏,而毫无生气,因为他是新闻从业者,知道如何和广大的读者群交流。他最伟大的作品,继《百年孤独》之后,可能是《一件事先张扬的凶杀案》(*Cronica de una muerte anuciada*,英译为 *Chronicle of a Death Foretold*),这是一本新闻报道和小说合在一起的作品,以后如有机会,将另文专论。

二

永远轮回是一个神秘的意念,尼采的这个观点曾使其他的哲学家困扰:想想看,我们经历的一切事情都可以再度发生,而且这个复发性本身也不停地复发,直到永远!这一个疯狂的神话代表了什么?

---

[1] Tomas Stefanovics, *Interview With Gabriel Garcia Marquez*, Imagine: *International Chicano Poetry Journal*, Vol. Ⅰ, No. 1, Summer, 1984, p. 29.

捷克流亡作家米兰·昆德拉用这段尼采的哲理作为他的小说的开端,这部小说就是名字很特别的《生命中不能承受之轻》(*Nesnesitena lehkost byti*,英译 *The Unbearable Lightness of Being*)。如果说:永远轮回是人生最重的担子——"如果我们一生的每一秒钟都不停地重复,那么,我们就像耶稣被钉在十字架上一样被钉在永恒之上,这是一个可怕的前景,在一个永久轮回的世界里,我们的每一个动作都承受了难以承受的重担"[①]——那么,我们目前的永不轮回的一生应该是最轻的,轻与重孰是孰非,哪一个该肯定,哪一个该否定,这是昆德拉所探讨的主题。他认为这个哲理上轻重的对比是一个最神秘、最暧昧的问题。

昆德拉的作品的哲理性很重,但他的笔触却是很轻的。许多人生的重大问题,他往往一笔带过,而对于几个轻微的细节,他却不厌其烦地重复叙述,所以轻与重也是他的作风与思想、内容和形式的对比象征,甚至这部小说的名字也是轻和重的对比。基本的故事是"轻"的:他写了四个主要人物托马斯、特丽莎(二人是夫妇)、萨宾娜(托马斯的情妇和好友)、弗兰茨(萨宾娜的情夫),他们相互的际遇往往是偶合的,然而偶合之后,事情并没有轮回重复,所以每一个人都必须为自己的偶然的决定负责,而没有回旋的余地。如此看来,这种轻微的人生,也沉重得可怕,令人难以忍受。特别是男主角托马斯,他本是情场老手,但是偏偏在一个偶然的场合中碰到从乡下来的特丽莎,这个村女追到托马斯工作的城里来找他,于是,他非要做一个决定不可了:"我看他站在公寓的窗前,

---

[①] Milan Kundera, *The Unbearable Lightness of Being*, translated from the Czech by Michael Henry Heim, New York: Harper & Row, 1984, p. 5.

眼光绕过庭院向对面的墙上望去,不知道怎么办。"①最后,他还是和她结了婚。他们在苏联进军捷克后本已逃到瑞士去,但是特丽莎想家,所以两人又迁回捷克,托马斯因此受到整肃,双双下放,最后因车祸而死。从某种程度上说,托马斯当时轻而易举地决定结婚,但也因此担起了重担,并引发了严重的后果。人生虽不能轮回,但"轻微"的命运还是难以承受的。

昆德拉笔下的人物犹如棋盘上的棋子,作者是一个全知全能的棋手,只是下棋的人不仅是作者,也是棋子,所谓"自由意志"和"命中注定"这两大原则,也就是他的下棋规则。中国有句下棋的俗话叫"起手无回大丈夫",而昆德拉却把它更合理化、"尼采化"了一点——非但自己的行为无法追悔,而且人生的每一个细小的决定都注定是无法挽回的,否则就是"永远轮回"了。而如果可以永远轮回的话,道德的担子更重,试想历史上每一件大事都可以重复的话,我们如何盖棺定论,作价值判断?事实上,昆德拉的长处就是以小窥大,从几个小人物的境遇来看历史、国家的大事,"作者"所扮演的是一个"棋王"角色,他超越一切之上,甚至有点愤世嫉俗,但也在下每一步棋的时候,对每一个棋子(人物角色)发出无比的同情(他甚至在拉丁语系国家和捷克、波兰、德国、瑞典各国语汇中的"同情"这个词上大做文章,诠释为"共同感受",有感情,也有受难),所以他可以任意进入自己小说的世界里,不必像普通的现实主义小说用一个"叙事者"来掩蔽作者自己。

昆德拉的父亲是一个有名的钢琴家,所以他由于家学渊源,对音乐修养甚深,所以对轻或重、偶然或必然的问题,也以音乐的方

---

① Milan Kundera, *The Unbearable Lightness of Being*, translated from the Czech by Michael Henry Heim, New York: Harper & Row, 1984, p. 6.

式来处理。譬如,当托马斯夫妇决定从瑞士搬回捷克的时候,他的一位瑞士朋友问他为什么回去,所用的典故是贝多芬最后一首弦乐四重奏的最后一个乐章中的两个小乐曲主题①。

> Grave
> *Muss es sein?*
> Must it be?
>
> Allegro
> *Es muss sein!*
> It must be!
>
> *Es muss sein!*
> It must be!

中文勉强可译成:"非如此不可?""非如此不可!"贝多芬自己在这个乐章的开始,曾有一个注解:"困难的决定。"昆德拉从这里引申到"重"的意义,所以,问题很严重,而回答更严重,在乐谱上是一个命运的声音:"非如此不可!"必然如此。妙的是贝多芬在作曲时往往数改其稿,直到每一个乐句和乐句之间连接得恰到好处——必然如此——为止。《生命中不能承受之轻》这部小说,在形式上受音乐的影响极大,我们甚至可以把它作为一首四重奏来看:四个主要人物,恰好代表四种乐器——托马斯(第一小提琴)、特丽莎(第二小提琴)、萨宾娜(中提琴)、弗兰茨(大提琴)——交相呼应,而小说的情节铺展,也像贝多芬晚年的四重奏一样,一个乐句接一个乐句,恰到好处。必然如此。我虽然看的是英译本,但已体会到许多动词和形容词的重复运用,而转接得天衣无缝,好像是贝多芬式的主题和变奏,表面上看似简单,但在形式上变幻无穷。听过贝多芬的四重奏或交响乐的读者,一定会深有同感。

如果用音乐的形式来分析这部小说,它的深层结构可能更丰

---

① Milan Kundera, *The Unbearable Lightness of Being*, translated from the Czech by Michael Henry Heim, New York: Harper & Row, 1984, p. 32.

富,至少,我们不应该用普通的小说读法来下定论:文字重复就表示内容枯燥或人物不生动。恰好相反,我认为昆德拉是故意重复的,由此演化出他语言上的节奏和结构,甚至在这个音乐的形式上模拟"永远轮回"的哲理。所以,昆德拉这部小说的内容是"轻"的,而所用的音乐的文学形式却是"重"的,他的钢琴家父亲黄泉有知,也该为这个儿子的造诣感到骄傲了。

昆德拉没有得到诺贝尔文学奖,但已被提名,我在推荐他的著作《笑忘录》的时候,就已经料到了他将来的声誉和得奖的"必然性"。他写的是小人物,但运用的却是大手笔,不愧为世界文学的一位大家,足可与马尔克斯比美。捷克和南美的文学传统不同,抒情诗和散文的地位,在捷克文学史上远较长篇小说重要,所以,昆德拉的作品读来如散文,语言上可以想见是相当精炼的,他的《笑忘录》和《生命中不能承受之轻》,虽属"小说",事实上都是短篇的散文组合而成,所以也不必受写实小说传统对时空次序的限制。譬如托马斯夫妇之死,早在前几个"乐章"就提到了,而最后的一个"乐章",只不过把前章的一个次要主题发挥为主要旋律而已,所以,四个人物的故事似乎在同时进行,而最后当弗兰茨在曼谷受伤而死的时候,我们似乎感到托马斯也在捷克的农场去世了。这种结构方式勉强可以称之为"共时的"(synchronic):把时间的顺序用一种"空间"的方法处理,这当然也是源自现代主义的技巧。然而,昆德拉也自有他的"民族风格",虽然他比马尔克斯国际化(他现在是法国公民),但在他的作品中充分流露出一种捷克知识分子的"自嘲心态"。捷克在地理上是东西的走廊,屡遭异国侵略,所以捷克人在流尽辛酸泪之后,只剩下了无可奈何的笑——嘲笑自己、嘲笑侵略者,也嘲笑历史和人生的荒谬。昆德拉聪慧异常,所以,在嘲笑中也开玩笑,他的第一本小说《玩笑》,故事从一张明信片中的政治玩笑开始,演变成一连串的"必然"后果。不论是嘲笑或玩笑,他对人生和艺术的态度还是严肃的,否则也不会写出这种哲理性的小说,只不过是在他历经政治沧桑之后,不愿意再哭哭啼啼地空喊爱国罢了。

三

我提出以上两位作家——一位来自南美,一位来自东欧——作为世界文学上的两个"见证",因为我一向主张世界文学,而世界文学并不全是西方或英美的。事实上我早在五六年前就呼吁中国作家和读者注意南美、东欧和非洲的文学,向世界各地区的文学求取借鉴,而不必唯英美文学马首是瞻。侥幸的是,这两年的诺贝尔文学奖恰好颁给南美(马尔克斯)和捷克(塞弗尔特)作家(我认为昆德拉的煽动性大,他也较年轻,而塞弗尔特是捷克国内众望所归的老作家),为我的看法做了免费宣传。诺贝尔奖获得与否并不重要,对我们中国人来说,重要的是这两位作家是否值得效法?当然,各国环境不同,所以我不赞成盲目的抄袭,也许,我可以用"启发"这两个字来代表与中国文学的相关意义。

且先从福克纳谈起。我这一代的台湾地区作家多少都读过一点他的作品,大学时代办的《现代文学》杂志就曾专期介绍过他和他的作品。王文兴的小说,有些片段也受到福克纳的影响。然而,为什么在中国近二十年来产生不出一本《百年孤独》?其实,用一个村镇或小城做原型或以一个大家族做主要骨干的文学作品,在中国现代小说中并非罕见。前者有萧红的《呼兰河传》、沈从文的《边城》、师陀的《果园城记》,后者有巴金的《家》和老舍的《四世同堂》(没有全部完成),但是中国现代文学中仍然找不到可以和《百年孤独》相媲美的作品。

我的初步看法是:中国不乏有才思的作家。可惜的是,在五四运动以后,对于自己丰富的文化传统,往往一味唾弃或作意识形态性的批判,即使像老舍那样对"旧社会"深有情感的人,也写不出一部大家庭历史的著作。马尔克斯的浩瀚之气,也许在端木蕻良的几部作品中可以找到一点类似之处,但这些中国作家所缺乏的是一种艺术和文化上的主观"视野":所谓"主观",是从作家个人的学识和艺术良心为出发点所提出的观点;所谓"视野"是指对整个历史、文化或社会的独特见解,这种见解的幅度和深度,只有从自己的文化中潜移默化得来,中国传统小说中有这种文化视野的当然首推《红楼梦》。

二十世纪初以来,中国文学也接受了一点中国式的"现代主义"的洗礼,这个问题,分析起来比较复杂,简单来说,可以以鲁迅做例子:鲁迅的小说,是在欧洲文学冲击之下从中国传统文学的范畴里挣脱出来的新形式,这就代表了一种"现代"的精神,也就是说,把传统文学中的常规或惯例加以嘲讽或变形,并由此创出一个新的文学"典范",鲁迅小说中的鲁镇或咸亨酒店,在构思上是颇具现代性的,他的"阿Q"也是一种新创的堂吉诃德式的典型(西方文学理论家往往以塞万提斯的《堂吉诃德》作为西方小说的始祖),其他如"叙述者"和"叙述观点"的特殊运用等,都可以说是鲁迅小说中的现代风格。

可惜鲁迅没有写长篇小说,因为他只有独特的构思和短篇小说的技巧,但没有达到长篇小说所必需的思想上的孕育和技术上的幅度。鲁迅有他的"视野",对于中国文化有他主观的看法,不过这些看法,散见于他的各种作品,而没有大篇幅地在一个长篇的文学形式中发挥出来。值得附带一提的是:他对中国传统文化的批判,在小说中主要是以艺术的形式表现出来的,但在他的杂文特别是晚期的杂文中,社会意识意味明显渐浓。现代主义的精神必须是从一个现代或当代人的眼光对于过去作一个艺术性的重新探讨,而中国现代作家在感时忧国的心情驱使下,并没有注意到艺术性,甚至把艺术打入"象牙塔",其实,文学之不同于宣传和新闻,正在于它的艺术性。再简而言之,文学不是生活的直接反映,而是经过艺术处理后的"折射反映"。中国作家有些太重视生活,然而紧抓生活之后,并不见得会写出伟大的作品;有些作家太注重技巧,而没有关心到技巧背后的文化和历史,我觉得马尔克斯对于我们的启示正在于此。

马尔克斯的作品,上面提过,与"新闻报道"的关系也很密切。目前中国文坛都提倡"报道文学",也出了不少撼人的作品。然而,总的来说,中国作家还是太重现实,而不重虚构。新闻是不能虚构的(所谓"新新闻主义"[New Journalism]当然是例外),但小说则是一种虚构的艺术(所谓 fiction 本来就是虚的意思),这个定义,不论从中国传统(唐宋以前)或西方文学上说都可以成立。马尔克斯的小说,绝非写实,而是虚虚实实,真真假假,甚至假作真时真亦假(这又使我想起《红楼梦》了),否则他创不出这么大的视野。换言之,这种视野,是艺术上的虚构和对历史的独特了解合并而成的;他把历史看做"小说",却又把小说编成历史。而中国作家在写历史小说的时候,似乎太过拘泥于史实,或者在演义传统的影响之下把历史人物或事件添油加醋地渲染一番。《三国演义》在变成一部作品以后,仍然自有它独特的历史感(此处无法评论),然而明清以降的许多演义小说以及当今的一些大部头的历史小说,却看不出作者自己的特别视野,也缺乏艺术上的虚构层次,当然更没有设想到"神秘感"了,所以,我们在中国的历史小说中绝不会看到一个虚构的人物临死前突然想到冰的这种开头场面。

《百年孤独》使我想到另一个大问题:中国文学中难道没有"魔幻现实主义"的传统吗?研究文学史的人立刻就会想到魏晋的志怪和唐朝的传奇,事实上,中国的古代文学中不乏神仙鬼怪的作品,但鬼怪和魔幻的不同之处就在于"神秘性",这种神秘性必须和现实交融,由此而从"现在"感受到古典的阴魂。换句话说,如果一味描述神仙鬼怪,可以把读者带入幻境,但不一定有"魔幻"或"神秘"的层次,而这种神秘感必须植根于一个国家的文化心理的"深层结构"里。这种功夫就需要具有独立思考与学养的作家才办得到了。

我还有一个不成熟的看法:中国现代文学受现实主义的禁锢太深,如果不这么"现实"的话,中国文化中的"阴暗面"足可以加强小说中的想象和象征层面,而使作品中的"现实"更丰富,更有多面性。《红楼梦》之伟大,原因之一正在于此。然而,"五四"以来,所揭示的是"清醒"的、社会性的、批判的现实主义,遂把这层文化上的神秘面以"迷信"之名去除了。其实,现实主义本身并没有特别值得非议之处,我虽在此文中处处提到十九世纪欧洲现实主义小说的局限性,我所指的是狭义模型,而非广义的现实主义。自从这个模型被各国吸收之后,其演变也随各国的文化和社会环境之不同而互异。在南美,就形成了"魔幻现实主义",在二十世纪的欧美,也很少有人用十九世纪的老办法写小说了。事实上,现代主义的冲击不但打散了狭义的现实主义传统,另一方面也使广义的现实主义更复杂,至少,人物心理的刻画和语言的错综组合,已成为所有现实主义作家通用的技巧。然而,中国现代文学,经过一个短期的(二十世纪三十年代初期)"现代主义"洗礼之后,由于政治环境的影响,作家把从国外传来的现实主义视为典范。当文学已经不能批判现实而只能歌颂理想的时候,现实主义本身也就破产了。

这几年来,海峡两岸的作家都对这个所谓的批判现实主义感兴趣,台湾地区的作家显然受到乡土文学论争的影响而反现代主义;大陆的作家,在一九七九年以后,终于自我解放了,于是又回到二十世纪五十年代甚至三十年代的现实主义传统,干预生活、批评社会。然而,我认为这种社会良心式的批判现实文学仍然有它的局限性,作家仍然把作品视做一种对社会做道德承载的思想工具,基本上,这仍然是俄国别林斯基传下来的东西。别林斯基是一个道德批判家,而对小说的艺术性并不精通,我个人虽然尊敬他,但并不崇拜他。这一个传统,在本质上并不重视文学语言的艺术功能,而文学语言正是二十世纪二十年代俄国"形式主义"的主要论点。自从形式主义经由捷克传到西欧以后,西方一般的"结构主义"派的理论家,往往只注重文学作品本身的语言结构(事实上,早期的"新批评"也是如此),而对作品之外的种种社会历史因素——包括作家身世——视若无睹。这种做法,当然也太过分,我们不可能全盘接受,但它至少提出了文学语言的重要性和文学形式本身的问题。中国的文学批评家,事实上对文学语言和形式问题不知道如何分析,这也是一大危机,为什么只学别林斯基而不向二十世纪三十年代的形式主义借鉴?至少,目前甚为流行的巴赫金(M. Bakhtin)的学说,就颇值得我们参考。

巴赫金对于小说的定义是极广的,他甚至认为小说的形式是"多音部的"(polyphonic),不停地随历史文化而演变的。如果我们可以再进一步解释,甚至可以认为"小说"不必非模仿或反映当前的现实不可,也不必只用叙述式的文体,更不必从头到尾叙述一个完整的故事。马尔克斯并没有从开天辟地讲起,而昆德拉更把小说的固定模式打得支离破碎。他不愿服膺一般英美作家和批评家公认的"真理":小说的故事中必有一个"叙述者",作家不能进入自己的小说世界(所以,小说中的"我"绝不是作家本人)。我在上面已经提到,昆德拉随时以作者身份出现在他的人物身旁,夹叙夹论,这种方式在《笑忘录》中尤其明显。而《笑忘录》和《生命中不能承受之轻》都是融小说和散文为一体,熔哲理和技巧为一炉,昆德拉所创造出来的已经不是传统式的小说了。

昆德拉对于音乐形式的爱好使我又想到一个问题:就广义言

之,艺术的各门各类是应该共通的,也可以互相滋养的。如果从文学作品出发,我认为作家应该对音乐有鉴赏力。然而中国的作家有多少人懂得欣赏音乐?更勿论借用音乐的结构了。有多少人懂绘画和雕刻?有多少人在建筑设计上找寻灵感?(《红楼梦》的结构与中国园林美学的关系至深,这是红学家公认的。)又有多少人在舞蹈的节奏和动力中得到启发?(我个人认为:舞蹈和诗是两种可以互相沟通的艺术。)当然,不少小说家喜欢电影,甚至在作品中用过"蒙太奇"手法。不过,容我举一个电影美学上最粗浅的例子:爱森斯坦(Eisenstein)对"蒙太奇"的最主要观点是形式和内容的互相冲击而造成的"紧张"(tension)。中国现代文学中,绝大部分是内容与形式合一或形式追随内容的,而很少有形式和内容对立后而制造出艺术上的"紧张"的。形式和内容如何对立?几乎每一部爱森斯坦的电影都是例子,譬如《伊凡大帝》(*Ivan the Terrible*)中屡次的人物面部大特写,其"蒙太奇"本身时间的故意拉长,都是电影美学中较为现代的手法,而爱森斯坦所创出的这种技巧,却和奉命制作的《伊凡大帝》的历史故事内容大相径庭,至少,从一个观众的立场而言,这部影片中史诗式的歌功颂德的内容与有心理深度的镜头运用(也就是电影本身的语言)恰好形成了强烈的对比,其"紧张性",几乎到了震人心弦的爆炸程度。

另一个文学上的例子,是昆德拉的《笑忘录》的第一段。它的故事本身的内容就极富嘲讽性:一个外交部长,在捷克建国大会上把自己的帽子借给主席戴,后来他被整肃了,所以在千千万万的官方照片中,他站在主席身后的形象被洗掉了,剩下的只是一顶他的帽子!昆德拉在叙述这个情况的时候,用的是官方式的新闻语言,直到最后,我们才感受到这种语言恰和他原来的意旨相反,使全文的讽刺性更强。

讽刺、反讽、嘲讽、玩笑、自嘲——这一连串的昆德拉手法,也散见于东欧其他作家的作品中,它的哲理基础是建立在一个对整个当代政治和社会环境不满但又无可奈何之后的超然态度上。然而,前面说过,昆德拉在嘲讽之余,仍具备广大的同情心,特别对于他本国的知识分子和小人物处境的同情。我以前在印地安那大学的一位同事(他原籍罗马尼亚)曾经说过一句发人深省的话:"抗议文学的作品不能只是哭哭啼啼地控诉当权者,而必须要有幽默,要有嘲讽,要有笑!"中国现代文学中,涕泗交零的作品多得无以计数,而真正嘲讽中国人的人性的,只有鲁迅的几篇小说和钱锺书的《围城》而已。当然,不少二十世纪三十年代的作家——最有名的是张天翼——也写嘲讽式的人物,但往往太过夸张,几乎成了插科打诨式的闹剧。鲁迅作品对后世的影响,我认为其讽刺(satire)太强,而真正的讽刺(irony)较弱,这是一般暴露旧社会的作家所不能了解的。我曾屡次提过:写作时作家应该"投入",但同时也必须保持艺术上的"距离",没有距离感,是无法做深入的嘲讽的。这是东欧文学,特别是昆德拉的作品对我们应有的启示。

以上所举的例子,都是小说,这是因为我小说看得较多而对诗仍然是门外汉的缘故。然而,我一向对诗是敬重的,而诗更是一种语言的艺术,我愿意多下点功力,将来有机会再讨论一下诗和小说中的语言问题。在此愿意先提出一个由昆德拉引发的初步臆想:诗的语言是意象的,而意象式的语言,可以进入散文而成为散文诗,鲁迅的《野草》即是一例,但至今已成绝响。那么,再进一步说,散文诗式的语言是否可以进入小说的结构?这是欧洲二十世纪初期最流行的问题(有一本学术专著[1],就是讨论这一现象的)。中国现代的短篇小说中,不乏有"诗意"的作品,但长篇的"抒情小说"

---

[1] Ralph Freedman, *The Lyrical Novel*, Princeton University Press, 1963.

(the lyrical novel,且借用这位美国学者的书名)还没有见到。文学上各种文体的混合——诗、散文、小说、戏剧——以及文学和其他艺术的交相影响,是当今美国比较文学学者讨论甚多的题目。在此我们先不必研究学术,只从创作的立场来说,也许"兼容并包"不失为值得我们探讨的问题。中国文化上有一个很好的传统:文史哲不分家,我觉得马尔克斯和昆德拉已经达到了这一个理想,然而,文学内容上的"兼容"势必牵涉到形式上的"并包"问题,各种文体如何融合?各种艺术如何互通?这应该是今后努力的方向之一。

然而,我不愿意只说大话,而应该再重复马尔克斯——这位充满了社会良心,又富于感时忧国之情的作家——的一句话,与所有的中国作家共勉:"一个作家的责任就是要写得好。"

重读卡夫卡札记

一

> 一天早晨,格里高尔·萨姆莎从不安的睡梦中醒来,发现自己在床上变成了一只巨大的甲虫。

这是卡夫卡的小说《变形记》开头的第一句。从此之后,西方小说再也不像以前一样:写实的传统——一切以临摹现实为依归——被打破,个人的理性传统被颠覆,生活的异化被视为常态,而这个变成大甲虫的格里高尔也成了现代小说"非英雄"的祖宗和原型,甚至在后来的科幻小说和电影中,人变虫(譬如影片 The Fly 中的大苍蝇)的惊骇意象也成了理所当然的类型。

卡夫卡——这位二十世纪最伟大的作家——其实是一个常人,和你我都差不多。而且,对于中国读者而言,他更显得亲切,可能孝顺得过头:对于他父亲百依百顺,甚至父亲要他跳河自杀,他也照做!当然这又是另一个卡夫卡的故事《判决》(The Judgment)的情节。他对父亲爱恨交织,甚至还写了一封长信,前半段把自己的怒气发泄得一干二净以后,后半段却用父亲的口气来反驳自己。中国儒家两千年的传统中,似乎还没有一个人敢用这种写法。当然,我的老同学——台湾的名作家王文兴——在《家变》中也把父亲这个角色奚落得一无是处,小说初出版时在台湾引起轩然大波,争论不断,原因之一就是小说中的主角不够孝顺!我知道王文兴的灵感是从哪里来的,因为就是他第一次介绍卡夫卡给我读,并在《现代文学》第一期作专题,视卡夫卡为现代文学的宗师。王文兴的远见我至今还念念不忘。

半个世纪以后,我又重新读卡夫卡,并在课堂上讲授《变形记》,感触良多。我问学生:如果你的哥哥或弟弟突然变成一只大甲虫的话怎么办?没有人回答,大家一片漠然,我一时不得其解,是学生太害羞,不敢发言?还是这个问题太离谱?事后不到两个星期,我偶尔看到学生最喜爱的日本动画《风之谷》,才发现地球几乎被大甲虫占领,幸亏那个小女孩与甲虫为友,才能在千钧一发的危急关头把大甲虫的占领军叫停!

于是我才又领悟到:原来格里高尔·萨姆莎的后代早已蔓延到全世界。然而在二十一世纪初的香港和广州又变形了一次,不是变大而是变小了,成了非典型肺炎的病菌!

二

卡夫卡的小说《变形记》——主角一夜睡醒变成一个大甲虫——的故事,在这个"非典型肺炎"的季节中似乎又有新的意义。

卡夫卡小说中的"现实"老早就被各国的文学评论家诠释成了寓言,有人说卡夫卡说的是上帝已死后的"人间条件";有的人说他在暗示现代犹太人的命运;也有人说卡夫卡描述的是一种语言的牢笼或一种少数语言(他在捷克的布拉格用德文写作)的解放;更有人说格里高尔所代表的是个人被社会异化后的普遍现象。

最近看到《亚洲周刊》潘洁的一篇精彩文章——《瘟疫中重新发现卡夫卡》,她说香港人生活在"非典型肺炎"的阴影中,是要得抑郁症的,为什么?潘洁说:"推销员格里高尔·萨姆沙在发现自己蜕变成甲虫以后,并没有首先对自己变形感到震惊,反而为不能上班而惶恐万分。同样地,港人的抑郁不完全来自"非典型肺炎"

的威胁,而更多因为一月来港人早已程式化的生活被严重搅乱了。"这种程式化的生活,格里高尔并不喜欢,但为了养家——他父亲已经退休,赋闲在家,母亲和妹妹又没有职业——他不得不每天清早六点半起床,赶七点半的火车去上班,其实他不是每天上班,而是到处旅行做推销员,生活更难受。他宁愿待在家里,什么事都不干,这一下终于如愿以偿了,变成了一个大甲虫,在自己房间里优哉游哉! 然而他又禁不住有满腔的罪恶感,所以他要为自己辩护,义正辞严地向公司的代表说了一通,但是那个人看到格里高尔这个怪相早已厌恶不堪,哪里还听得下去?《变形记》的"逻辑",就由此展开,没完没了,直到格里高尔废寝忘食,咽下最后一口气。

香港人被"非典型性肺炎"困在家里,即使闷得发慌,恐怕也不会看卡夫卡的《变形记》。香港人朝九晚五的上班生活——一切依照程序,"早已策划好的会议、报告、最后期限追赶着度日。"——恰是卡夫卡自己最不愿意过的生活,他一生唯一的嗜好,就是写作,把自己织造在文字的世界里,他把人生所有的烦恼——特别是对父亲的恐惧和厌恨——都摒除在文字之外,或者说:当形诸文字的时候,早已变了形:大甲虫不是一个电影中的意象,而是文字提炼出来的文化符号,所以后世才会在卡夫卡的作品中发现那么多"象征"的意义。

卡夫卡也是得肺病死的,但非"非典型性肺炎"。我猜如果他得知有这种新的瘟疫的话,说不定还会再写一篇新的小说。

三

> 我正躺在那里,一个甲虫在一步远掉了下来,背在地上,拼命想翻过来;我本想帮它一把——其实很容易,很简单,只须要用脚微微一推——可是我忘了,就因为在看你的信:我也起不了床。

偶尔在卡夫卡的《致米列娜书简》(*Letters to Milena*)发现这几句话。米列娜是卡夫卡的挚友,也许也有过一夜情,但不是他的未婚妻。卡夫卡一生有一种无形的自闭症,似乎怕结婚,所以订婚两次,最终还是不愿受到这种家庭责任的负担;他喜欢家庭,而且也有爱情,然而与其爱一个女人还不如爱文学(这一点他和葡萄牙作家佩索阿 Fernando Pessoa 很相似)。米列娜也是一个作家,曾把卡夫卡的小说从德文译成捷克文。两人神交的记录,足可与柴可夫斯基与梅克夫人媲美。

我和书的奇异约会
——美国购书漫笔

每年返美度假,必逛书店,而且几乎是每周三番四次光顾,每次都满载而归,买的当然是英文书。

这种购书狂的态度,是我近年来在香港定居后才养成的。香港的书店未必适合我这类人文主义的读者,除了英文小说和畅销书外,我想要看的或教学需要的书皆付之阙如,所以只好趁着每年寒暑假返美时抢购。

我买的是什么样的书?是否真的是曲高和寡?为什么不上网去订——既省事又方便?美国各大城市的书店在哪里?我到何处去寻?

这些问题,需要一个个来解答。

我虽身为学者,但买的书并不一定限于专业,虽然教学有些需要,但我上课时甚少用教科书,为自己买的反而是分门别类有参考价值或可以引人思考的书,所以我必须到书店里去浏览,希望碰上好书。上网订购并不过瘾,因为我一定要亲自从书架上拿下来,翻翻内容,再看看书前和书后的简介……种种"杂事",非网上五光十色的广告可以满足,它是一种"实质感",甚至在反复翻阅摸触纸面时还会产生一种心灵上的快感,有时候一本陌生的书会令我一见钟情:非但在包装和编排上引起我的购买欲望(其实这并不太重要),而且在内容上可以触动我求知的痒处——譬如说,我仰慕已久的某学者又出了一本新作,他(她)的思维就是高人一等,我非买不可;或者读到某小说家的文笔,赞叹不已,目前实在罕见,当然要买;或者一本书的题目太重要了,为什么我没有想到?应该买来看看,诸如此类的思潮,不时在我脑海中涌起。而且有时爱屋及乌,连其他领域如社会科学的书也买了不少。最令我惊喜的是向往已久但已绝版的文学经典和理论作品,竟然以廉价纸面本重印上市了,还不赶快买下来!

以上种种感觉,一般书迷和书虫皆有,只不过个人爱好不同,选购的书也各异。我喜爱文学和文化史,遍及中西古今,因此买的书也很杂,从来没有按部就班地去订购,先查书单、再看书评、做好预算后才去买。恰恰相反,我购书本来就是一种冲动,一种欲望,毫无条理或系统可言,因此,书店的选择至关紧要。

买英文书,当然在英美国家买最好,伦敦可能居世界之首,但我去英国的机会不多,只能谈谈美国。

美国的书店,在资本主义全球化冲击之下,小型书店逐渐式微,连锁书店相继而生,最大的两家是 Borders 和 Barnes & Noble 这两家连锁店,旧金山市湾区有数家分店,我是常客,原因无他,方便而已。伯克莱距我的住处太远,况且即使是这个大学重镇的专门书店也凋零了,我常去的一家 Cody's 竟然最近也关了门! 只有几家旧书店还强充门面。斯坦附近的大学城 Palo Alto,亦是如此。六月初我特别到此城最大的一家 Borders 做一次新书发表会的演讲,听众竟然不少,比香港的还多。此家书店原是一间老电影院,改装后仍然古色古香,令我流连忘返,此后一定要再去。但论起藏书量,反而是旧金山市南区的一家 Borders 最多,它设于一个大商场之中,非但面积奇大无比,而且还附设咖啡店,并有大量的影碟和音碟出售,我每次光临,都满载而归。

在这种大的连锁书店,不必买畅销书,因为在其他书店或机场都买得到——而是要看店中的摆设,不仅在分类的书架上,而且在特设的书柜或书桌上,譬如两家连锁店皆有"暑假读物"的专柜,其中不乏热门或冷门文学读物,古今皆有,我几乎在所有的"暑假读物"中都发现奥威尔(George Orwell)的小说《一九八四》,它似乎在提醒读者:越是到了二十一世纪,奥威尔的预言越不会过时。我当然买了一本,准备重读。另外又找到一本苏联作家扎米亚京(Yevgeny Zamyatin)的科幻小说《我们》(We),这是一本直接影响《一九八四》的冷门经典名著,我在香港就是买不到,终于在这家连锁店中买到了,纸面本仅八美元,实在很值。文学名著的纸面本,重印的甚多,另一家连锁店 Barnes & Noble 就印了一套,五花八门,但有的版本显然是旧版,如俄国小说的英译本,俄文译成英文时大有讲究,当年我看的 Constance Garnett 译的《战争与和平》等巨著,译文是维多利亚式的英文,早已过时,现有新译,由一对夫妇 Richard Pevear 和 Larissa Volokhonsky 合作,《纽约客》杂志曾大为称赞,甚至美国电视上的著名黑人女主持人奥普拉(Oprah Winfrey)也在她的《每月一书》节目中推荐,影响很大,真是一个善举。于是我也买了一本。

连锁书店的好处,不仅是它的藏书量和种类,也要看它的选择标准。以人文方面的书籍为例,我的嗜好除了冷门文学名著之外,还有相关的学术著作。

哈佛大学刚出版的那本本雅明(Walter Benjamin)的小书《柏林的童年》,我就是在一家连锁店中找到的(在学界这是热门),但哈佛刚出版的另一本本雅明关于媒体的著作,却在连锁店中遍寻不获。倒是阿多诺(T. Adorno)那本艰涩难懂的音乐论著,竟然在连锁店买到了,顺便还买了一本纽约著名乐评人 Alex Ross 的新著《聆听二十世纪》(原名是 *The Rest is Noise: Listening to the Twentieth Century*),值得向古典音乐的乐迷推荐。

至于我所谓的冷门文学名著,恐怕只能算是私好了。我最近读的大多是二十世纪初的欧洲小说,各国皆有,当然是英译本。此类的书在香港颇难买到,只好在美国买。譬如我以前在文章中提过的 Hermann Broch 的名著《古罗马诗人维吉尔之死》(*The Death of Virgil*),也是去年在伯克莱的 Cody's 书店买到的,但不是连锁店。还有同一时代奥地利作家 Robert Musil 的巨著《没有品质的人》(*The Man Without Qualities*),重印后的纸面本有上下两册,我此次竟然也买到了,但不是在连锁店,而是在昔日常去的哈佛书店。

此次为了自己为香港而写的英文书 *City between Worlds* 做宣传,抛头露面,做了三场演讲,从 Palo Alto 到华盛顿,又从华盛顿到母校哈佛。离别四年,旧地重游,备感亲切,发觉哈佛广场附近的书店依然欣欣向荣,令我"大快朵颐",四年来的知识饥饿,一次填饱,精神亢奋之至,买的书也太多了,带不回来,只好托朋友代寄。在哈佛书店的"文学批评"和"文化理论"专柜看到不少好书,但只买了十数本,就拿不动了。又到广场旁边的"哈佛合作社"(Harvard Coop——我的新书发表会场地,看到楼上楼下满坑满谷的书,各种书台书架的摆设更是琳琅满目,花样层出不穷。友人引我到特设的"东亚专柜",竟然发现不少冷门书,内中有一本小说立即引起我的兴趣,即 Victor Segalen 的 *René Leys*。这是一本"东方主义"色彩极浓的法文小说,描写的是一个法国外交官在北京紫禁城的奇遇。也许大意如此吧,我耳闻其名,从未读过,这次再版重印,由纽约书评出版社(NYRB Press)出版。这个出版社专门重印发行冷门文学名著,包括张爱玲的《倾城之恋》的英译本多年后终于经由这家出版社在美国问世。尚有不少其他各国小说,本本价廉物美,我来不及付款,就又要上楼粉墨登场演讲了。

我在合作社二楼发表演说之前,由该店老板亲自介绍,他准备好一篇五分钟长的演说稿,文辞并茂,令我大为倾倒,几乎忘了自己要讲什么。据闻他每次请各行各业的新书作者来做新书演讲,都亲自登台介绍,而且场场讲得精彩。这就是书的魔力:这位老板浏览过的书岂止车载斗量？但他阅后更能引出书中奥妙,说得头头是道,这就不得不令我佩服了。

两相比较之下,使我感到,大学城的书店毕竟比连锁书店高出一等。有了书籍的熏陶,莘莘学子们才能真的受到人文教育,不论上课下课,不论在图书馆苦读或在书店浏览,皆可耳濡目染,学识就是在这种环境下徐徐蕴育出来的。反观香港八家大学附近,没有一家好书店,更找不到我所需要的精神食粮,久而久之,连我的脑筋也迟钝了,为文毫无创意,只好趁返美度假时"充电",否则愧对江东父老。

总计此次"充电"之旅,花在买书的钱还不到美金一千元,换成港币,也是微乎其微,还不够买一只名表。据闻曾特首的唯一嗜好是每年买一只名表自娱,我则愚蠢多了,每年买一大堆书,一年也看不完,家中斗室早已堆得满塞。我等书虫不计时间,所以不大看表,只顾从书中自寻颜如玉和黄金屋,当然更买不起豪宅了。

走笔到此,也该为我这篇买书漫笔做点总结感想吧。有人说,二十一世纪已经进入电脑和数码时代,视觉媒体当道,印刷媒体,特别是书本,将会逐渐被淘汰。我也曾为此忧心忡忡,对前景颇为悲观,但此次在美国买书的经验却使我转悲为喜。不错,看书的人少了,小书店的生意也难以维持,然而,连锁大书店的生意似乎并不差,甚至纽约和旧金山市等大城市都遍布两家大连锁店的分店,我亲眼看到书店中顾客盈门,不少人一边在二楼的咖啡店饮咖啡,一边看刚在楼下买的新书。这类"看书族"可能是小众,而聚集在大城市之中,却也成了都市文化的要素。我至今尚未见到和这类书店等量齐观的网吧。

也许,中国的网吧比美国的多,正是因为在中国内地不能在印刷媒体中得到足够新知的缘故吧。对于人口日众的"双语族"而言,在内地书店找不到大量的英文杂志和英文书,未始不是一件憾事,遑论住在中国但不太通中文的外国人。

我的阅读经验

哪一位作家或哪一部作品影响了我,带我走上写作之路?人上了年纪以后,经验的累积,包括读书的经验渐多,就很难回答这个问题了。

三十年前,我写过一篇文章《心路历程上的三本书》,试图总结一种读书经验:从青年时期赴美留学到中年时期在美任教,每个时期似乎都可以用一本书来映照我的心境:初入研究院时读陀思妥耶夫斯基的小说《卡拉玛佐夫兄弟》,对于俄国知识分子伊凡十分向往;在漫长的留学岁月中感受到认同危机,而选修的一门课的读本——爱理生(Erik Homburger Erikson)的《童年与社会》;到后来任教时读《老残游记》而爱不释手,感到一种人到中年,花果飘零的心情。如今看来,都像是遥远的记忆了,难道这段心路历程已经到了尽头?

其实不然。那篇文章大约写于一九七五年,那时我才三十多岁,阅历并不深,在文章里故意显得少年老成。现在回顾起来,最多只能说是前半生读书经验的一部分。从上世纪七十年代到今天,我还是不断地在读书,而且愈读愈杂,如果再作一个总结,似乎不可能。

本世纪初返回香港,一住就是七年,真的从《西潮的彼岸》(我的第一本散文集名)回来了,回到一个华人社会和华文语境,而且不自觉地用中文书写大量文章,美其名曰文化评论,其实不过都是读书、聆乐、看表演和参加各种文化活动的心得而已,如果这也算是"作品"的话,我这个"作家"实在虚有其名,所以从来不承认自己是作家。"批评家"呢？也愧不敢当,但绝对是一个阅读杂书,有始无终的"杂家"。

"有始无终",因为我还在继续阅读,甚至多年前开始阅读的书没有读完,或看完了早已忘得一干二净,现在又重读,包括三十年前读过的《卡拉玛佐夫兄弟》,重新踏上新的心路历程。朋友们都知道,真正赐给我"第二春"的是我的妻子,她使我们的日常生活多姿多彩,更督促我读书。我在家里的外号早就是"书虫"。写文章缺乏灵感或精力时,就读书,书中没有黄金屋,却仍有用之不竭的"言"如玉。

但至今读书还是有始无终,因为香港"时空压缩",生活太忙了。在这段瞬忽已过的七年时光里,有哪些作家或书本直接影响了我的写作？真的很难说。第一个想到的是德国文化评论家本雅明,我自认是他在世界各地的"粉丝"之一。他研究十九世纪巴黎的那本巨著《拱廊计划》(*The Arcades Project*)其实是一本后人编成的他的笔记大全,并没有完工,令我读得走火入魔,甚至在中大课堂上也教了起来,还拿了这本书带一批港人"行街",仿照他所描绘的"都市漫游者"(Flâneur),并曾为《号外》写过一篇和本雅明的想像对话,作为拙著《又一城狂想曲》的序言,故意把本雅明的鬼魂请到香港,同游"又一城"。

然而他是否会购物？我猜大概只会买书,而且可能会大失所望而归,那是后语。

本雅明对于欧洲文化包括电影的学养十分深厚,我也受他感召,重读大学时代就开始读的卡夫卡小说。但我现在心目中的卡夫卡已经不是神话式的人物,而是一个活生生的书虫,甚至他的小说《变形记》中的主角一觉醒来发现自己已变成的一条虫,也是书虫！把卡夫卡重新介绍给我的当然是捷克作家昆德拉,八十年代我初读他的小说《笑忘书》，惊为天才，但现在反而不想看他的书了，自从他移民法国之后，似乎失去了一股捷克式的原创力，我只看他的评论集，如《小说的艺术》、《被背叛的遗嘱》、《帷幕》(The Curtain)等，饶有兴味，因为在他的论述中，现代小说在欧洲自成一个光荣的传统，从《堂吉诃德》直到当代波兰小说，没有语言和国家的疆界。这个传统和英美不同，和中国的现代文学也不一样，因为它没有"断层"。

我在思索之后，开始对文学"经典"的现代意义产生浓厚兴趣，在SARS病毒袭港时重读经典，当然包括加谬的经典《鼠疫》和马尔克斯的《爱在瘟疫蔓延时》。"经典"在我心目中永远是活生生的，每次和它们"对话"，获益良多，当然也直接或间接地将之改头换面，引进我的文化评论之中。我在这方面的导引者是意大利的两位大师：卡尔维诺和艾柯，前者还写过一本名叫《为什么读经典》的书；后者更是遨游于学院内外的"两栖动物"，在他的辉煌先例的光环下，我也不自量力，依样画葫芦。

我是一个彻头彻尾的人文主义者，也是一个多元文化的信奉者，所以读起书来中外一视同仁。然而以列出来的这个"系谱"似乎全是外国作家和西文书。原因何在？一方面的确是因为关于"文化评论"的现代传统在近代西方发展得比较成熟，和创作并进。相形之下，近代中国的文化评论反而比不上文学创作，唯一的例外是鲁迅。

我也曾花过不少功夫研究鲁迅，至今仍在他的影响之下，但令我焦虑的反而是他当下的声誉似逐渐式微，甚至还比不上张爱玲。这是不是中国大陆多年来把他神化，侍奉在革命殿堂宝座的结果？张爱玲多年来受到埋没，至今才被发现，被视为奇女子和奇迹。但将来是否也会像鲁迅一样，失去"灵光"，走向末路？

我既爱张爱玲的作品，也尊崇鲁迅，因此把两人同时反复阅读、辩证,得到不少乐趣。现在想重新开始阅读的是鲁迅的翻译(占其全集的一半以上)和张爱玲的英文作品,又是从外文汲取养分。我这个反其道而行的另一个原因可能是在下意识之间对于华文世界过度"中国化"的反抗吧。

香港号称是"两文三语"的国际大都市,然而又有多少华人读者愿意涉猎外文书?目前市面上所充斥的英文书大多是财经之类的"致富指南",文学经典反而无人问津,学校和学院成了唯一的"避难所"。因此我才不揣冒昧,甘冒"洋奴"或"政治不正确"之嫌,公开提倡阅读西洋经典。当然不会舍此就彼,就此忘记了中国文化,有人说血浓于水,我觉得文化更浓于血。

以上的个人阅读经验,仅供有心读者参考。各人口味不同,中餐西餐花样多端,任君选择,香港毕竟还是一个自由民主的社会。

有情的顽石

保罗·安格尔的诗①

我的手拾起一块石头。
我听见一个声音在里面吼:
"不要惹我,
我到这里来躲一躲。"

在温柔的、女性的山谷里,柔柔细雨
我感觉到它,在我下车后依然温热的额头,
像一只手说,凉,我把你凉一凉。
我脚一滑跌倒在雨润湿过的石头上。
我拿着的书从手中飞出,
落在一个走过的纤瘦女郎的身前。
……
在那儿,台湾,连雨也是女人。

上面抄录的两首诗(第二首只引了两段),是保罗·安格尔的

---

① 本文所引的诗,原载于《中国印象》诗集,荒芜译,香港三联书店1981年出版。

诗作中我特别喜欢的两首。

安格尔是我的岳父(我们叫他老爹,一个中国风味的称呼)。他在三月二十二日下午突然在芝加哥(1991年)逝世的消息,让我惊呆了,一个活生生的人就这样远去,我不能相信,我们飞回爱荷华参加他的葬礼,出殡的那一天——三月二十六日,星期二——阳光普照,气温高达八十华氏度,好像是大地回春——保罗回来了,我心里说,他毕竟和我们在一起。我陪着华苓去瞻仰他最后的遗容,他面孔略带微笑,手中拿着两张华苓的照片——一张是最近的,一张是三十年前她刚认识保罗时在台湾照的——和几份英文报纸,我终于忍不住,眼泪涌了出来,而华苓早已哭倒在他的灵前。

我的笔是笨拙的,无法表达自己对老爹的感情,这几年来,除了华苓外,他和我们全家最亲近——他的二女儿蓝蓝,他的孙女安霞,还有成了他女婿只有三年的我。亲情是温暖的,然而我觉得和他还有另一种默契,因为我们常常谈文学,谈他早年在欧陆的求学经历,有时候也谈诗。

我不懂诗,他教我读艾略特的《荒原》;他常常引名诗人的句子:艾略特、叶芝、波德莱尔、佛罗斯特;他有时也把刚作好的自己的诗拿给我看,不等我看完就说:"这一首还是未定稿,还没有完全恰到好处,我还要琢磨一下。"我从他这种"非正式"的教育中,逐渐感受到诗的魅力,以及西方现代诗的传统。

我虽不懂诗,却不自量力地阅读他的诗作:他生前给了我好几本诗集,有的我读过,有的却没有读完。现在灯下重温他的诗句,对我来说,是一种补偿作用,让内心得到一点满足,不再感到失落,也想从他的诗中,体会他的存在,甚至想用他的诗来表达我对他的感情。一遍又一遍地读着我喜欢的几首诗,似乎接触到他的心灵。受惯了学院训练的我,禁不住又开始分析他的"文本",但即刻更感到歉疚,事实上,我不能——也不该——分析老爹的诗,抽象的文学理论框架,无论如何不足以再现他的诗情,反而束缚了我,在我和他之间强加了一段距离。

所以我还是回归"本能",从个人情感的网络中去捕捉他的诗,并和自己的自由联想交织在一起,互相震荡,以此表述我对他的诗的感受,如果有点不伦不类,也由它去罢。

石头——在这两首诗中,诗人碰到了两个石头:一个在大陆,一个在台湾。石头的意象是坚硬的,然而在保罗的诗中,它却有情:顽石的硬壳内庇护的是人性和真情。我突然想到《石头记》——《红楼梦》,说不定那块石头上还依然铭刻着那句名言:"一把辛酸泪,满纸荒唐言。"只是时过境迁以后,革命的狂热已经取代了个人的情操,在集体主义的笼罩下,石头变成了避难所,而石中的那个声音说:我需要孤独,你不要惹我——Leave me alone,英语中这句常说的话是语意双关的。于是我又记起另一位诗人的名句:

躲进小楼成一统
管他冬夏与春秋

鲁迅也有诗人的孤独的一面,在"革命、革革命"的喧嚣中,有时候也需要躲一躲。然而他仍然躲不了政治上的风风雨雨,和石头里那个声音一样。

然而台中的石头还保存了一份自然,它经过春雨的润湿后,更显得温柔,因为它来自温柔的、女性的峡谷,它更是情的符号和象征。诗人在台中火车站前摔了一跤,滑倒在一块石头上,这不恰是为情所绊的前兆么?

一九六三年保罗第一次只身遨游亚洲,在台北的一个宴会上见到了华苓。多年以后,他们俩常常谈到他们第一次的约会,互相开玩笑,听起来像是一篇小说的情节,从男女主角两个人不同的观点叙述,互相揣测对方的诚意。然而这首诗却是一个极富寓言意味的见证,诗中的雨更是有情的,似乎保罗终于碰到了他的意中人,诗中的女人虽不是指华苓,但诗中的他在跌倒的时候,手中的书——这应该是他的诗集吧——飞跃而出,好像也找到了它真正的知音。二十年后,保罗把他的《中国印象》献给华苓,题诗的最后一段这样写着:

> 我把这本诗送给你……
> 因为你就是中国

在保罗的心目中,中国大陆是一个女人,因为他有了"华"苓。台中、台湾更像是一个绮丽的异域女郎,不过她不像戴望舒名诗《雨巷》中的丁香女郎,因为她是纯东方的、纯乡土的,脚下踏着湿润润的台湾土壤,背上还背了她的孩子,从孩子"宁静的黑眼"中,诗人找到了真实,也爱上了这块土地。爱荷华——保罗——台湾——大陆,终于结下了不解之缘。这首诗的后段有这样的句子:

> 我惊讶地站着,很高兴摔倒在那里
> 在一条中国的街道上,膝头的泥像是祝福

保罗对中国的感情是深厚的——如同中国人一样。作为一个华人,我觉得中国是福气。保罗曾写了一首以一个日本女郎为主角的长诗——《问心无愧的女人》,他除了自哀自怜之外,还要添加几分庸俗,特别在招待外国游客的时候,媚俗(Kitsch)的符号更是比比皆是:"友谊商店"橱柜中的仿制品,名胜古迹旁的"外宾休息室",旅馆墙上如出一辙的山水画。然而在保罗的《中国印象》中,

却看不到这些,诗的语言升华了情操,使他超越了浮面的现象,看到了历史的灿烂(《杨贵妃》)、知识分子的坚忍和不屈(《引起恐怖的人》)、山河的绮丽(《想到我会死在中国》——另一首使我感动的诗),和人民的形象和灵魂。

关于中国人民,保罗的感情是复杂的,他一针见血地抓住了中国人的"双重性格":"人粗中有细,/柔的克服刚的。/仁慈旁边有残忍,/粪土旁边有珍珠。"然而,我宁愿和保罗同看中国的女人,几乎每一首以女人为题的诗都有韵味:《女孩子》《妇女》《挑粪姑娘》《开封街头手捧花圈的女人》……我喜欢的一首诗却是描写香港街头等待情人的(《香港皇后大道中的中国女郎》)。华苓说保罗是一个"女人心目中的男人";蓝蓝说"他既坚强又敏感。他像一块有情的顽石";他的诗像"一颗定时炸弹"。思念华苓的时候,"不见你,就爆炸。""它简直炸腻了,你莫走开。"这是保罗的诗《献给聂华苓》中开端的句子。

保罗,中国也炸腻了,正是需要诗的救赎的时候。诗人,你莫走开。

重访"荒原"

"四月是最残忍的月份"——这句诗是谁写的?

早已是"老生常谈"了。

每年四月,不知道为什么,我总是最忙碌,所以也屡屡忆起艾略特的名诗《荒原》中的这第一句话。(其实这本不是第一句,前面的一大段——似乎在叙述一个青年学生和朋友到戏院看戏,又进妓院的事,都被庞德[Ezra Pound]删掉了。原诗的题词引的是康拉德小说《黑暗的心》中的名言:恐怖!恐怖!The horror! The horror! 经过半个世纪人类的杀戮和浩劫,这句话读来早已显得有气无力,幸亏庞德建议删去了。)

对我来说,四月的"残忍"又使我往往忘不了那个残酷的三月底,保罗·安格尔在芝加哥机场突然昏倒而逝世,就是那一年(1991年),三月我不在芝加哥!我想到我的岳父保罗,因为我初读《荒原》(大学时代生吞活剥式的乱读不算)是在他指导下一字一句读的,但没有读完。他把自己珍藏的《荒原》原抄本(内有庞德及艾氏第一任夫人的笔迹和第二任夫人写的传记体的序言)拿出来,还附有他自己写的一篇演讲稿(题为《沃原》,当年在爱荷华授课用的),加上分行重抄的片断解说,于是他一字一句,和我谈起诗来。

这可能是我们第一次谈话。因为我对诗一向是门外汉,自惭形秽,在保罗面前从来不敢乱谈。那一次不知道哪里来的勇气,斗胆不耻向他请教。

念到《荒原》的第八行,一个德文字就出来了:stambergersee

(是一个湖吧),还是第十行的 Hofgarden(好像在哪个城旅游时去过,慕尼黑?),到了第十二行,我就全然不能招架了:

> Bin gar keine Russin, stamm aus Litauen,
> echt deutsch.

保罗是精通德文的,当年他在牛津念书,把一本德国哲学家的书全部"啃"过,并译成英文。"我不是俄国人,从立陶宛,是地道的德国人。"保罗逐字译了出来,"不过,这不是一句像样的德文,是艾略特巧意摹仿一个不大会说德语的外国人说的德语!"

怎么这首举世闻名的现代经典还有不太成文法的德文?还有俚语、淫歌、民谣,当然还有在注解中详列引自整个西方古典传统的诗文:《圣经》、但丁、莎士比亚、圣·奥古斯丁、斯宾塞、波德莱尔……甚至还有瓦格纳的歌剧《尼伯龙根的指环》(此次重读《荒原》,是在课堂上授课时读的,同事 Haun Saussy 精通四五国语言,和我同教此诗,不费吹灰之力,并且特别播放艾略特引过的那一段瓦格纳歌剧——三个莱茵河女神的合唱——助兴)。

于是我想起艾略特的那篇名文:《传统和个人才能》。在他的世(诗)界中,传统是活生生的存在于每一个诗人的血液中,而每一个诗人也成了这个渊源流长的传统的一部分。传统和个人本不应该对立,有一段时期有人强行把个人和传统对立起来,其实,传统并没有被扬弃,而扬弃传统的个人却失掉了许多珍贵的东西。

有段时期有人提倡不用典,却不知"典"在诗中的创造和转化的作用。艾略特用典之轻而易举,正像中国唐宋诗人生活在浩瀚的典范中一样,这都是他们文化的资源。只有当我们脱离那个传统的世界以后,才会产生用典的焦虑。其实,白话诗照样可以用典。

既然需提倡白话诗,为什么除了不用典外,中国白话诗中所用的方言俚语也极少?我所谓的诗的方言俚语,绝不是为了(像小说一样)写实,而是作为全诗中的几个架构上的突破点,使之与文绉绉的"典"并置以后而产生语言上的"张力",遂由之而导致环境上的转化和升华,这也许是艾略特式的"崇高"吧。

艾略特给一个友人的信中说:《荒原》中只有二十九句是令他满意的好诗——保罗也曾特别在他的注解中点出过(此处我用的是赵萝蕤在半个世纪前的译文):

> 这里没有水只有岩石
> 岩石而没有水而有一条沙路
> 那路在上面山里绕行
> 是岩石堆成的山没有水
> 若还有水我们就会停下来喝了
> 在岩石中间人不能停止或思想
> 汗是干的脚埋在沙土里
> 只要岩石中间有水
> 死了的山满口都是龋齿吐不出一滴水
> 这里的人既不能站也不能躺也不能坐
> 山上甚至连静默也不存在
> 只有枯干的雷没有雨
> 山上甚至连寂寞也不存在
> 只有绛红阴沉的脸在冷笑咆哮
> 在泥干缝裂的房屋的门里出现
> 只要有水
> 而没有岩石
> 若是有岩石

也有水

有水

有泉

岩石间有小水潭

若是只有水的响声

不是知了

和枯草同唱

而是水的声音在岩石上

那里有蜂雀类的画眉石松树里歌唱

点滴点滴滴滴滴

可是没有水

都是山和水,草和石,山路和泉源,点点滴滴,然而又没有水,只有石和沙路。"水畔的死亡"前一段是"火诫",再前面是"对弈",最后这一段是"雷如是说"——这一连串的大自然意象,难道不是出自道家?还有一点佛经的影子?而全诗最后的两句又变成了印度的梵文:

Datta, Dayadhran, Damyata.
Shantih Shantih Shantih

像是在念经,或许是在诅咒?(其实,艾略特引自印度史诗 *Upanishad* 的这个重复三次的字"Shantih",指涉的是平安和理解 Shantih the Peace which passeth understanding,这是他最后的一个附注)。我们知道,这首诗探讨的主题是死亡,它的第一个小标题就是"死者葬仪"。艾略特没有亲身参加欧战,没有目睹一日间数千英国知识精英在德国机关枪下化为游魂。《荒原》的历史寓言当然是第一次欧战,他怎么这么敏感?一个三十多岁的银行职员,又有家室之累,写《荒原》的时候精疲力竭,一部分是在瑞士的一个疗养院完成的。他怎么又能如此感时忧国,他是从他服务的银行的各国支部提款账单中感悟出来的,我的同事半带调侃地说:"因为他懂得数国语言,银行便派他在国际部工作。"

又曾几何时,不是有人说艾略特很"封建"保守吗?这个久居英伦的美国人(原生在中西部的圣路易),似乎沾染了太多英国贵族气,虽然他只是银行里的一个小职员。

"千万不要藐视银行职员!"记得有一次保罗对我说,说话的场合是爱荷华一家银行为"国际写作计划"而召开的酒会,是一个礼拜六下午。就在银行的柜台前,保罗拿着酒杯,声若洪钟地在念一首打油诗。而他那个深交几十年的老友,银行的经理,在保罗的葬礼中满眼泪水,还打趣着说:"我这个老朋友,人家说他是诗人,怎么他的诗念起来没有韵?"

其实,安格尔的诗,艾略特的诗,内中都有韵的,外行人看不懂也无所谓,笑笑罢了。

保罗有一次对我说,他带华苓重游牛津大学,最得意的一个发现是——在他当年就读的学院的图书馆收藏室资料卡中只列出两个美国诗人的名字(以英文姓氏字母为序)——艾略特和安格尔。

——纪念保罗·安格尔逝世一周年

人文空间

香港上海的文化双城记
在香港寻找人文空间
田园大都会：人文建筑的愿景

香港上海的文化双城记

去年六月在上海召开的一次学术会议上,因为我的发言不慎,引起一场别开生面的辩论。会议的主题是上海、香港"双城记"(也是我早在十几年前就提出来的题目),内容谈的是都市文化。

我在会议开始所作的主题发言中提到这两个都市的咖啡馆文化,我所说的背景是三十年代的上海,当时不少文人雅士喜欢到英租界或法租界的几家咖啡馆——如"文艺复兴(Cafe Renaissance)"、DD's——去闲谈,一位作家张若谷还特别以此为题为写了一本小书,蔚为文化风气。

回顾当今的香港,我认为咖啡馆文化早已式微,为酒店和商场文化所取代,饮咖啡须要到酒店或商场里面去,气氛全失,而目前上海的咖啡文化却方兴未艾,甚至以怀旧为名,打着三十年代的牌子,制造出不少新旧交织的情调。我发言的涵意是上海毕竟有一个都市文化的背景,所以发展起来较容易,而香港引进的却是资本主义影响下的商品文化,历史的资源似乎不足。

与会的香港学者先发难,名诗人也斯提到香港的茶餐厅文化较上海的咖啡店更普及,更具公众性;也有学者说,香港不是没有好的咖啡馆,而且煮的咖啡远较上海的精致,上海的咖啡馆贩卖的不过是情调而已。上海的学者许纪霖却由此而引证他的学说(曾在香港《明报》发表),大意是上海有文化(指的是品位和情调),但缺乏文明(指的是物质文明),而香港恰好相反,物质文明的发展有目共睹,所缺乏的反而是文化品位。这个说法当然又引起另一场争论。

由此看来，即使在学术场合，上海与香港双城记的意义，也随着市场经济的评论在改变。所谓"物竞生存，优胜劣败"之说大行其道，晚清的思想家用来作强国强种之辩（甚至还发展到优生学上去），影响之下，到了二十世纪，却转变成了一种对于"现代性"的进步和发展观念的盲目崇拜，所以竞争变成了取代：强者取代弱者，新的取代旧的，将来必会取代过去和现在。

这种单线式的发展论调，我反而不敢苟同。试问美国的两大都市——纽约和洛杉矶——是谁取代了谁？历史上互为消长的情况是有的，但这两个都市的发展各有特色，甚至在种族多元的层次上也各有千秋（洛城的墨西哥人多，而纽约的波多黎各人多）。当然在文化和文明的表现上更是互相辉映，最明显的例子是纽约的百老汇和洛杉矶的好莱坞。两地都有不少酒吧和咖啡店，不在话下。这两大都市，可以说是美国都市文化的两种典型，也代表了两种相辅相成的历史。

主观上我个人较认同纽约，但也有不少美国人——特别是年轻人——认同洛杉矶，孰是孰非却很难作客观评估。其实我心目中更心慕的例子是十九世纪俄国史上的莫斯科和圣彼得堡，各代表一种思想主潮，前者是斯拉夫派的麦加，后者是西欧派的大本营。这种现象，有点像二十世纪初的北京和上海，然而中国文坛上所流传的"京派"和"海派"之说，却多少对前者略带敬意而对后者颇加揶揄。这个"双城记"模式，一方面仍然持续，另一方面也在瓦解。

我认为更有国际意义的是上海和香港，因为，从我的立场看来，北京早已成了政治文化的中心，所以唯我独尊式的中心主义太强，对我这个一向坚持国际视野的人反而不见得是一件值得庆幸的事。或者有人辩说：伦敦和巴黎也都是政治和文化的中心，在英国和法国都是唯我独尊。此言不差,问题是背后的视野太狭,从欧洲文化史上来看,伦敦和巴黎早已变成了西欧文化的双城,和中欧的维也纳和布拉格互相辉映;而二十世纪初的柏林和巴黎也形成了另一种双城文化——否则怎么会产生像本雅明(Walter Benjamin)这样的理论家?——可惜第二次世界大战后柏林本身一分为二,两败俱伤。现在,这两半个柏林又随东西德的统一而复合了,其文化上的复兴指日可期。

所以,我还是认为:上海和香港这两个城市,是可以相辅相成而且相得益彰的,两者共有殖民历史,两者皆具国际都市的背景和规模,在文化上也可以各显千秋。问题是,如果只从经济利益或发展着想,文化上的双城记就显然没有意义了。忘了提到我认为咖啡馆又多又好的华人都市是台北,而新加坡说不定也有后来居上的"趋势"。

在香港寻找人文空间

香港是一个商业挂帅的国际大都市,这是人所皆知的事实,而世界上也没有任何一个比香港更商业化的国际大都市,这个事实却很少引人注目。作为半个香港人(我每年来香港至少两次,每次住一两个月)和一个从事文学的人文主义者,我对于香港铺天盖地的商业文化,所采取的态度不是认同也不是对抗,而是旁敲侧击找寻商业文化以内或以外的"人文空间"。

我找的是属于小众的"另类文化",在美国,这种另类文化往往以性别和种族的区分作为标志——譬如同性恋文化——但在香港我找的不是这一类人,时髦的"另类"多的是,而真正稀有的"另类"反而是较为保守而仍然关心人文环境的教育家和文化工作者。

也许会有人说,香港有八间大学,人文教育(liberal education)多的是,从事人文科学研究的学者车载斗量,不必找寻"另类"。问题正出于此。香港的大学教育太过制度化,一切以美国大学马首是瞻(包括美国大学日渐公司制度化的操作模式),反而无法顾及本土的人文环境和精神,我曾公开为文,提倡设立一个或几个独立于学院以外的人文研究中心,至今毫无反应,甚至有人认为我是堂吉诃德,天真得可笑。然而我仍觉吾道不孤,必有知音在。于是我在香港到处漫游,寻找各式各样的小"人文空间"。

我对"人文空间"的定义很广,也很随意,举凡咖啡馆、书店、演艺场所、唱片行,甚至专供行人用的过道如金钟廊都不放过,数年以来,收获不大,尤其是有人文气息的地方实在不多。就以咖啡馆和书店为例,与台北、上海甚至新加坡比,香港实在瞠乎其后,更不必谈没有商业气息的人文空间。然而我仍没有放弃这个理想。

皇天不负苦心人。一位朋友最近带我到港岛最拥挤的商业区铜锣湾,从大街走到小巷,最后登上一座貌不惊人的大厦七楼,走进一间像是公司办公室的地方。空间不大,但是布置得颇为典雅,刚刚坐下,就看到隔壁房有一个初中或小学生模样的小孩在上课,老师和他对坐在一张圆桌旁边,颇像大学的所谓 tutorial,我不禁好奇起来。看见这间"公司"门口挂了一个牌子,中文是"禧文",英文是 Mea,a 字后面还有小尾巴,颇为别致,原来是 Millennium Education Associates 的简写,直译是"千禧年教育学舍",看来是千禧年才设立的。

带我进来的正是学舍的两位主持人之一邓文正先生,他是芝加哥大学西洋政治思想的博士,曾在中文大学任教;另一位主持人李劭平先生留学新西兰,得教育心理学博士。两人合作建立了这个小小学舍,为弥补香港中学教育的不足(但不是像台湾的补习学校,为中学生升大学考试作恶补)设计了人文教育计划,学生每天下午放学后,可来此"补习",每周两次,但学习的全是与中学原有教材无关但更有助独立思考的"文本"。

每篇"文本"都出自中西名家,学生先阅读讨论,然后写报告,最后再由教师和学生讨论作业,每堂课皆采一对一式并以英语进行,所以真的是名副其实的 tutorial,这完全是牛津和剑桥训练大学生的方式,在美国大学也只有研究院或少数学校(如芝加哥大学)才能实行,正是为了补救填鸭式的大班课的不足。

我要了一份教材目录,一睹之下大为佩服,马上答应做该舍荣誉社员,并答应将来如有机会一定来客串一次,因为就我三十年的大学授课经验,师生双方得益最多的就是这种小班。大班课之成为必需品,主要是因为学生太多,师资不够,不得不如此,但从教学立场而言,学生显然是被动的,无法专心。最近,据闻香港的大学生更变本加厉起来,非但在课堂上打瞌睡,而且竟然不顾老师讲课的尊严,在课堂上打起电话来!长此以往,还会培养出什么人文精神?

我虽不是儒家,但仍然认为每一个人的人文精神(humanism)须要善加培养。想在商业挂帅的社会要求"人性本善"已难上加难,如果想保持一点人性,也只好靠些许的人文环境和少数有心人的努力,就好像大都市中的小公园一样,人们为生活奔波累了,可以在此稍事休息,看书谈天,闲暇之余,也恢复一点人性。香港有六百多万人口,到处人满为患,但仍然有不少小公园供市民游玩憩息,然而为什么没有更多的为人文教育而设的小公园?"禧文"社的存在,倒使我对香港的前途稍增信心,对我而言,它的意义不亚于要大兴土木建立的数码港。

田园大都会：人文建筑的愿景

　　文学是我的专业，电影和音乐是我的嗜好，建筑呢？如果我说这是我的"新欢"，则未免轻薄，所以要说重一点。

　　也许我可以如此概括：小说是十九世纪最重要的文学形式，古典音乐也在十九世纪达到巅峰；二十世纪最重要也流传最广的艺术形式是电影（也许绘画称霸的时间更早，时间更长——从中古一直到近代，但我对此没有足够的素养），那么二十一世纪的文化表征是什么呢？我认为是建筑。原因很简单，二十一世纪的全球化必会走向都市化，而都市生活的"硬件"就是建筑。特别是在亚洲的大都市，楼房盖得愈来愈多，也愈来愈高，整个的都市景观为之彻底改变，在中国大陆尤甚。二○○八年奥运会的举办，中国政府不惜投下数百亿的资金，在北京筑了"鸟巢"运动场和"水立方"游泳馆，再加上完成不久的国家大剧院和正在兴建的中央电视台新址，已经把中国的首都全部改观，北京的古城风味逐渐淡出，代之而起是又一个全球化的大都会。不知道老一代的北京人对此有何感想？

　　建筑改变了我们的日常生活———这个道理以前鲜为人知，或认为是"身外之物"，与我无关，现在不同了，在上海住的一位年轻朋友对我说：他每天驾车奔波于高楼大厦笼罩下的高速公路上，一年之间顿觉老了十年！建筑会影响时间？会催人老化？一点不错！我们生活的外在环境变了，空间愈来愈大，速度愈来愈快，这种时空的压迫，使得人感到老了。上海尤其如此，因为它的都市景观变化太快，在过去十几年之间，浦东的摩天大楼如金茂大厦和高级住宅,一幢幢的仰天而起,连我这个研究二十世纪三十年代摩登上海的人也顿觉"异化"了。上海从一个我熟悉的城市,变成了一个我不熟悉的大都会。

香港呢?看到维多利亚港两岸的变化了吗?两幢新起的近一百层高的 IFC 和 ICC,一在港岛,一在九龙,对港相望,像是两大巨兽,守望着这个"东方明珠",成了这个国际金融中心的两座图腾地标。除此之外,整个九龙和新界已经变成世界上最密集的"垂直"住屋区,幢幢数十层高楼,模式大同小异,从地面仰望上去,楼中的公寓个个像蜂窝,事实上它的面积也小得可怜,但价格昂贵。这些新楼,不见得全是为住家,部分是为"炒家"而盖的。生活在这个人口最密集的弹丸之地,怎能不关心建筑?因为建筑和建筑物已经全然控制了我们日常生活的空间。目前只有台北,我的感觉还是一个乡村式的城市,它的里巷文化依然是这个城市的基础,然而这一两年来连台北的房地产也飙起来了,像一个小台风,再过两三年,是否会变成另一个香港?

以上仅就华人较熟悉的几个城市作个浏览,已经令人咋舌了,然而建筑似乎与音乐和电影不同:一般人生活在其中,却对建筑不敏感,它似乎是一种客观的存在,不像商品有足够的吸引力,其实建筑早已变成了商品,你生活在其中,不知不觉间已被这些建筑物改变了。

我以前也是一个不知不觉的租屋而住的人,只要有自家的空间就满足了,还管他什么外在的环境?直到三四年前我开始搜集资料,写一本关于香港的英文书(*City between Worlds: My Hong Kong*, Harvard University Press, 2008),才发现香港的一切都和空间的"逼迫"有关,也逼得我开始关心建筑,这一两年来也在《亚洲周刊》发表了十数篇有关建筑的评论文章,都收录我在牛津出版的《人文文本》一书中。这一讲的内容,也是最近的研究心得报告。

一

全球化都市的建筑景观是什么？

这是我最关心的话题。我曾在发表的文章中屡次提到荷兰建筑大师库哈斯(Rem Koolhaas)的观念——"通属城市"(generic city)，这个名词的涵义是现在的全球各大都会(特别在亚洲)已经没有各自的特色，而是新旧杂陈的大杂烩，都市规划(cityplanning)已经全盘破产。现在都市的发展全靠经济市场和消费力的推动，而非历史和文化传统造成，所以也无所谓历史和集体回忆，人类的经济生活流动最需要的就是机场、酒店和商场——这三样东西变成所有"通属城市"的坐标，所以从库哈斯的这个观点看来，香港应该是世界上数一数二的"通属城市"。

库哈斯是一个极端聪明而有创意的建筑师和建筑理论家。他这个"实事求是"的描述，还带点反讽和批判的意味。他批判的是上个世纪的理性都市计划——以为合理的规划可以为都市居民带来生活的幸福，这是二十世纪现代主义建筑理论的一种乌托邦想法，源自法国大师柯比意(Le Corbusier)，在他那篇名文《光辉城市》(*La cite radieuse*)中提出一个理想：如果都市建筑都照他的设计——功能至上，工作、生活、娱乐分区，统一规划，并配以其他交通设施——可以彻底改变城市人的生活，使之变得更美好；他又说：钢骨水泥足以改变建筑原料，科技工程早已进步神速，就看建筑师是否有胆发动一场革命，把十九世纪以来的残余生活价值观全盘撤换，构筑新的、理想的、光辉灿烂的城市。

柯比意自己设计的房子并不多(而且有的还不能住，生活诸多不便)，但他的这个理想却影响了不少建筑师和都市规划者。直到二十世纪七十年代文丘里(Robert Venturi)写了一本名叫《建筑的复杂性和矛盾性》(*Complexity and Contradiction in Architecture*)

的书——被公认为"后现代"建筑理论的开山之作,才推翻了这个理想。但柯比意的功能形式主义依然在建筑美学上甚有权威性,对日本建筑师如安藤忠雄影响甚大。库哈斯更进一步,认为建筑师的使命和任务已经与柯比意的时代(二十世纪中期)不同了,不再为改变城市而服务,也不能凭设计蓝图创造新的世界,因为这个世界的现实变化太快了,建筑师反而要接受变化的挑战。所谓接受挑战,并不是被动地适应原来的环境,而是就当地业主情况的需要,作崭新的设计,使得新建筑和旧环境之间产生一种吊诡式的组合。这类"通属城市"的新建筑,虽不能把一个都市全盘改观,但其造成的冲击力还是对都市生活有影响的——至少可以充满动感和活力。它所反讽的反而是毫无特色、既庸俗又统一的建筑,香港的大部分公寓大楼偏偏属于这一种,是纯从市场利益考虑设计出来的,所以通通是一个模子。说它"通属"不如说它"通俗"。后现代主义所标榜的也是通俗,但却重多元和戏谑(parody)的风格。我认为库哈斯代表了二十世纪建筑的一股新潮流,用一句俗话来说,就是不按理出牌,但往往出人意表。

另一本我认为颇具代表性的书,是伊贝林斯(Hans Ibelings)的《超现代主义》(*Super-Modernism*),此书的副标题就是"全球化时代的建筑"。所谓"超现代主义",伊贝林斯指的就是上面说到的几位国际级的建筑大师——库哈斯、Herzog & de Meuron(鸟巢运动场的设计者)、Jean Nouvel、伊藤丰雄(Toyo Ito)等人——的风格。他们设计出来的建筑是"中性"的,但无论如何"通属",设计都非常突出,大多是摩天大楼,材料十分优秀;它们不受任何在地文化环境的限制,但又君临天下,无可避免地为当地加上新的象征意义:用一句理论的话语来说,就是他们彻底颠覆了"地方"(places)原有的传统意义,而将之变成"非地"(non-places)。但吊诡的是这些超级"非地"又成了景观和景点,吸引游客,把自己变成符号,因此可以超越在地时空,成了"全球化"的文化表征。弗兰克·盖里(Frank Gehry)为西班牙东北部的毕尔巴鄂(Bilbao)设计的古根海姆馆(Guggenheim Museum Bilbao)是一个最有名的例子,也是最有地标式的建筑,连带使得这个城市也国际知名。

这一切带来的是一种新的流行时尚,这些新的"超现代主义"的建筑物把"全球化"的观念具体化了,空间变成了一种新的符号,它的意义是新加的——往往也是建筑师自己加上去的抽象诠释,早已取代了旧有的文化传统。建筑师也成了"太上皇",在世界各大都市游走,竞相投标,被选中以后,更成了媒体宠儿,至于造价是否超值,则是业主的问题。最近出版的一本谈论这批超级建筑师的书,就叫做 *The Edifice Complex*——盖高楼大厦的情结,与弗洛伊德的 Oedipus Complex(弑父情结)语意双关,其背后的权力欲望更是呼之欲出。

二

面临这一系列的全球化挑战,我们不禁要问:本土的反应是什么?目前中国大陆是最大的业主,全世界的建筑师都在受雇之列,据称世界上60%以上的起重机都集中在中国!那么中国本土的建筑师又如何面对这一波新的"列强侵略"呢?

答案很简单:在中国,建筑是一门新兴的行业,建筑师的人数不多,忙都忙不过来,哪有时间著书立说,和洋人大师抗衡?直到最近几年,建筑界的本土声音才逐渐茁壮起来,也逐渐产生建筑的文化批判。二〇〇九年夏季号的《今天》杂志,就在讨论"中国当代建筑专辑",内容丰富,由现在香港大学建筑系任教的朱涛主编。书中各篇文章对这个"建筑全球化"的批判很厉害。这些中国评论家认为:在中国,各级政府的权力太大,大兴土木的目的不完全是为了改进人民的日常生活,而是所谓的"面子工程"——把盖房子作为权力的象征,作为业绩,向上级邀功,所以效率至上,然后才考虑到成本和质量,直到最近才把这个次序倒转过来。二〇〇一年,建设部提出:城市规划要加大公众参与,但到底如何参与,则似乎没有明言。

其实大多数的公众是盲目的,在香港也是如此,前几年"西九龙文化区"的设计竞赛,三大投资集团在政府支持下,和香港公众"玩"了整整一年,还有问卷调查,题目莫名奇妙,所以我拒绝回答,最后政府知难而退,重新来过。我想大陆的情况也差不多。然而真正有资格做批评的"文化研究"学者,似乎又对建筑毫无兴趣,这也正是我近年不揣冒昧,在此大声疾呼,以外行人的角度介入的原因。

我认为任何重大的建筑规划,都应该有三方面的人士参与:第一当然是建筑界,第二是政府和财团(在内地是前者,香港则是后者居多),第三则是公民社会及其代表。目前在中国大陆,几乎没有公民社会的参与,只有少数的建筑师,或以自己的设计,或经由文字论说,提出一些本土性的见解。在此我要特别举出两位。

一位是目前备受尊重的张永和。我觉得他虽然行事低调,但从他的数次演讲和展览中我得到的印象是——他是少数对于中国文化传统潜移默化,而对西方现代建筑也了如指掌的建筑师,他自己的设计风格和库哈斯等人恰恰相反,不重体积的超大特大,也不重形式上的标新立异,而更关注建筑本身的人文意义。在二〇〇八威尼斯的建筑双年展,我有幸代表香港参加,也特别参观了中国馆,由他和名作家钟阿城联合设计,展出的竟然是平民居屋的各种照片和用于四川地震重建的木材材料,表面上平庸无奇,但骨子里却充满了中国老百姓的草根意识。张永和甚至故意用库哈斯的"generic"这个字来描写中国的平民住宅——它们平淡无奇,有时更是乱七八糟,但这就是一般人的生活模式。这一个展览,我觉得是一种"表态",它所反对的就是西方这些建筑大师的傲气(hubris),每个人以建高楼大厦、争奇斗胜为目标,根本不顾一般平民日常生活上的要求,也不顾市容肌理(urban texture)的改变。……二〇〇九年暑假,张永和在上海举行的一个讲习班的演讲题目,就叫作"可大可小",我猜还有"以小窥大"的涵义。

张永和虽然从来不叫口号,但我可以为他杜撰一个——"为人民而设计"。听来颇为反讽,因为在建筑界的关键词中已无"人民"这种字眼,国际大师竞相投标的大多是政府的公共建筑。就以中央电视台(CCTV)所摄制的九集纪录片"为中国而设计"为例,内中选出的九幢新建筑全是官方的公共建筑,计有国家大剧院、"鸟巢"体育场、首都机场T3航站楼、苏州新博物馆、上海金茂大厦、喜马拉雅中心、广州歌剧院和CCTV新台址,没有一幢是平民居屋。公共建筑在中国当然由政府出钱,人民只有被动地参与(譬如到"鸟巢"去看奥运比赛),从自己的"生活世界"进入这些大建筑,犹如刘姥姥走进大观园,壮大的景观令人意乱神迷,完全受其主宰。这九幢新建筑只有一幢苏州博物馆直接和中国文化传统连上线,这是贝聿铭的"收山"之作,也费尽功夫。我曾去现场参观过,觉得整个设计倒真的符合"可大可小"的美学要求,它不是"复古"(因为材料都是新的),而是一种从传统作"创造性的转化",特别从小处(如吸取阳光的窗户)可以见其创意,但整体上维持了传统苏州庭园的格局,并不故意出奇。后院的一道长墙设计,更有山水画的意味,从纪录片中得知:为了这道墙,煞费周章,怕一不小心会影响到隔壁的拙政园。功能和艺术巧思在这道墙上微妙地结合在一起。我认为可圈可点。

比起贝聿铭在世界其他地方的建筑设计,苏州博物馆显得很淳利,毫不夸张,我猜有的评论家可能认为它不够"实验性"。中国建筑界最近流行的一个名词就是"实验建筑",其代表人物包括张永和、刘家琨、王澍、马清运、张雷等人,他们"有别于长期在中国占主流地位的国营设计体制和市场经济所催生的商业主义设计模式",而自成"独立的创作组群,注重研究的工作方法",并在作品中"分别引入了叙事建筑、概念建筑、建构/建造、地域主义、都市主义等当代建筑学的话语"(《今天》总85期,255页)。我觉得这种"实验建筑"一部分是纸上谈兵,不见得有实际的影响,其"话语"的成功多于实践,但作为中国本土的声音,绝对是珍贵的,值得重视。

上面所列的几位实验建筑师中,有一位特别引起我的兴趣——王澍。他既能言善道,也真正有实践,设计出不少有个人风格的建筑,尤以杭州的中国美术学院象山校区的设计,令人侧目,但我至今还没有去亲身体验过,在这里也只能"纸上谈兵",从网上照片和《今天》刊载的访问稿中一窥端倪。

王澍作品的最大特色就是用中国的土材料和旧材料,包括老房子拆掉后的旧砖瓦,他甚至故意用古时的"拉毛"方法,"在普通的水泥砂浆上用一块布在那里拉,拉出毛来,它特别适合植物的攀起,而且它有一种中国人喜欢的质感,它有一种活泼的感觉。"(《今天》总85期,119页)王澍设计的建筑物的墙,可以随自然的水气和阳光的变化而变色,他称之为"呼吸的感觉",所以必须亲身体验。这是一种生活的建筑美学,源自中国传统的园林。他说象山校园是"一个十七世纪的中国人整出来的现代建筑":"它没有英雄气概,没有宏大的主题,没有标记性,低低的一排房子,和山水交融在一起。"(《今天》总85期,118页)我从照片中一眼就看到几个主要特色:泥土、植物和山水;它的"质感"一半出自材料,一般出自颜色(暗红、浅灰和暗黄),像是一幢幢古老的废墟重新复生。这种另类建筑绝对是反主流的,能够得到杭州美院和宁波市政府的支持(宁波美术馆和博物馆),已经很不容易。但这些依然是公共建筑,它既然是一种生活的建筑美学,当然应该属于人民生活,譬如平民住的屋村和私人住宅。它是否能够存在于大都市?我不得而知,它的园林风格需要足够的大自然空间,我觉得似乎和乡村更合配。

如果在香港这样"逼"人太甚的大都会,是否有其意义?也许最多只能用之于新界的屋村重建?

这就引起了我的一连串遐思臆想,也是这个演讲的主要论题。

三

我的"理论"出发点是:全球化和急骤都市化以后,我们的生活空间所剩无几,要如何在"超现代主义"的高楼大厦笼罩下开创自己的生活空间?对于都市规划和公共建筑,我感到无能为力,只能尽一点批评者的责任。我们的生活空间不能完全被"规划"到无地自容,那么怎么办?

王澍的建筑美学带给我的灵感正是我们的生活空间应该有"呼吸的感觉",也应该和大自然连成一气。然而全球化下的都市建筑恰好相反,它构建了一个超越日常生活的"人工"(artificial)世界,以其雄伟和壮观的"坐标性"把生活带进另一个以经济消费为主的"美丽的新世界",它标示的"假像"(simulacrum)恰是"明天会更好",或者像葡萄牙诗人佩索亚所说的:"我只生活在现在,没有过去,也不知明天是什么。"然而佩索亚有他自己的空间:他说就在他居住的那条路上,他住屋的楼下是生活,楼上就是艺术,和现代人并不一样,事实上佩索亚的过去和回忆早已融入他的"现在感"之中,滋蕴着他的文学创作。而生活在二十一世纪大都会的我们呢?昨日的旧世界早已荡然无存,剩下的迟早也会被拆毁,所以我认为必须主动地开创自己的空间,用新的方法和形式把旧的文化回忆"重建"(re-invent)。就居住的环境而言,我认为需要重建的不是高楼大厦,反而是真实的而非虚构的田园景观;这又是一个悖论:过去二百年来,大家从乡村涌入城市,现在反而需要把乡村的大自然带回都市生活之中。我的这一个臆想,看似不切实际,但在近年来空气污染愈烈的情况下,反而显得更急迫了,也和日渐提升的环保意识可以挂钩。

我的"都市田园"的另一个灵感,得自参加威尼斯双年展香港团队的一组参展者 Eric Schuldenfrei 和 Marysa Yau,这对夫妇设计的主题就叫作"urban pastoral",也就是都市田园,设计很简单:在一个人工搭建的墙上挂了各种植物和花朵,而且都是土生土长的,它的象征意义也很明显:都市中的建筑物需要大自然的滋育,才能生生不息。现在大家都谈"持续发展"(sustainability),但又语焉不详,其真正的意义是建筑物利用大自然,如阳光、水份、空气,来维持它的耐久性,并且节省能源;"都市田园"的设计更进一步,要教育我们在居住和工作的环境中主动地去"耕耘"和维护大自然,美化环境,滋育人生。

这种做法看来容易,但在香港这个"逼"人的大都会并不简单,试问中环的汇丰和中国银行外壁何时挂过绿叶红花?银行区中有一个人工造出来的小天地,小桥流水,甚为清幽,但我很少看到有上班族在此憩息,况且它并非建筑物群的一部分。最近在香港举行的一年一度的"设计营造周"请来一位法国的帕特里克·布朗(Patrick Blanc)先生,以创造城市垂直式绿化空间而闻名。据《亚洲周刊》记载,他是法国"空中花园"大师,以生态为重,在世界不少城市的高楼大厦的墙上"结集逾一百多种植物,营造生物多样性","令人置身城市恍如住在山中。"(2009 年 12 月 13 日号,第 48 页)这种做法也是出自同样的考虑,网上有不少他设计的"绿化"图片。为什么如此作"人工绿化"呢?本来就应该让红花绿草自然地长在都市里,而非现在的钢筋水泥清一色的"石屎森林"(这一个香港俗语真是恰中要害,垂直的摩天大楼取代了大自然的森林),有的营造商为了盖屋,宁愿缴罚款,也要把树砍掉,使得城市"石屎"擎天而起。这已是香港建筑的既成现实,完全由市场因素造成,无法改变。既然大自然无法自然进驻,只好从人工的方法着手了。

妙的是这种想法也并非布朗先生的专利,据称不少"超级现代"建筑大师们最近都在打屋顶花园的主意,如不能蓬荜生"花",则想以绿化盖顶。这种作法又使我想起,二十世纪二十年代德国的经典名片《大都会》开头的一景:地底下出现一队队工人乘升降机换班苦苦工作,像是生活在监狱里,而楼顶上则有一个花园,种满奇花异草,资本家的儿子正和一群美女在此嬉戏。这一个场景暗示的是阶级的区隔和不平等,屋顶花园似乎只有资本家和有关阶级可以享受。

我认为不然。

最近读了一本书,名叫《花园:论人间条件》(Gardens: An Essay on the Human Condition),作者 Robert Pogue Harrison 是斯坦福大学的教授,他的论点别开生面,引经据典,一直追溯到《圣经》中的伊甸园——夏娃就生在这个天国花园中,也是人类的第一个园丁,人类从此对于花园就有一种憧憬:它是人类在离开伊甸园后,经历多灾多难所向往的避难所,他认为从文学和神话中的想象乐园到日常生活的现实世界中的后花园,无论从寓言或现实层次,都有这个耕耘花园的需要,花园成了一种"人间的条件",书中连中国名著《红楼梦》中的大观园也提到了,但却没有讨论苏州的园林。我个人的看法是,西方的花园偏向两极,不是神话式的乐园就是非常实际的屋前或屋后的花园,而中国的"花园"观念则和大自然分不开,所以更有"田园"的意味。中国传统的文化美学是以乡村田园为主轴的,宋明时期都市兴起,其都市生活并没有和乡村分开,所以才有"园林",文人雅士和商贾大官在此作"市隐",在喧嚣的市井中营造一个清净空间,在此修身养性,甚至园林设计皆与修身的道德规律有关;换言之,在中国文化传统,特别是士大夫的传统中,花园/庭园早已成了生活的一部分,而非天国乐土,也无所谓"失乐园",所以寓言的一面较为薄弱。然而曾几何时,这个传统的田园观已经在急骤的都市化中消失了,我认为是现代中国"人间条件"的一个缺失。目前中国大陆的城乡距离(及其贫富不均的分隔)要较西方先进国家为甚,在城里哪有"后花园"?在香港也只剩下九龙塘的少数花园洋房的旧屋,早已被四周的"石屎森林"所包围。

这个现象似乎只有建筑界的部分专业人士在关注,Marysa 和 Eric 是其中的佼佼者,他们此次自愿出马主持二〇〇九的"深圳—香港建筑双年展",把展览会场设在西九龙的一片大自然荒地上(将来是"西九文化区"),前面是维多利亚海港,背后是"君临天下"高耸入云的豪宅,就在这片空地上,他们邀请大家"携带你自己的双年展",鼓励自动自发的活动,顿时把这片空地营造成一个人文小小区,内中只有一个开放型的场馆,是以纸制的管道建成的,展完即拆,其他的设计大多与日常生活有关,有时候故意作发人思考的联想,例如草地上有一个废物构成的装置设计,标题却是——"你认为这个装置怎样令你联想起一棵树?"又有一个装置设计,几块黑色木架上仿佛漂浮着一小片草地,它提的问题是——"香港有哪些地方可以透过农业和建筑(agri-tecture)改造?"很明显的,这个双年展的目的是让我们把建筑与实际生活和大自然联在一起。他们发明了一个新名词"agri-tecture",意指建筑和田园的结合,庶几为我们的城市添加生活意义。二〇〇七年的双年展由我的朋友王维仁主持,主题就叫做"再织城市",他的解说更可圈可点:

再织城市强调的不只是单栋建筑的造型和风格,而是建筑与建筑的互相关系,交织所形成的城市空间。这不仅是市民日常生活的场所,也是一个城市的文化反映。

我双手赞成。只想加上一句:交织所形成的城市空间应该有点田园的风味。这当然是我的臆想。

"深圳—香港建筑双年展"两年举行一次,在此也顺便向历届参展的各位建筑师和设计师致敬。

音乐往事

音乐与文化:聆听二十世纪
四种记忆,四种音乐生活
你一定要听马勒
"人文巴赫"

音乐与文化:聆听二十世纪

我是一个大乐迷,从来没有受过音乐的专业训练,但可能比有些专业音乐家更嗜乐如命,每天从早到晚都必须听音乐,否则身心都不舒畅,音乐又像空气,我时时都要呼吸空气。意大利作曲家兼钢琴家布梭尼(Busoni)对音乐下的定义——音乐就是声音的空气(sonorous air)。名指挥家巴伦博伊姆(Daniel Barenboim)在最近的一本音乐文集《音乐使时间加快》(*Music Quickens Time*)中将这句定义衍伸,并引经据典,认为人的听觉比视觉更灵敏,而且对声音的回忆是与生俱来的。他又说:音乐的声音有一个特色:是连贯的,每一个音符所发出的声音,都和其他音符发生关系,形成旋律、对位和和声;音乐又是声音和沉默的过程:声音一定从静默开始,又归于沉静,犹如人生由无到有,由生到死,然而音乐可以用各种方法控制这个生死过程,所以可以超越生死。在他和萨义德的音乐对话集《并行与吊诡》(*Parallels and Paradoxes*)中又说:"音乐提供了既可以逃避人生,又可以更了解人生的可能性。"

这一切皆言之成理,但可能抽象了一点。巴伦博伊姆是位演奏家,可以把乐谱上的音符变成声音;他也是一个音乐的诠释者,对乐曲有一套自己的"读法",藉指挥和演奏把它表现出来,是很主动的。我不过是一个音乐的聆听者,比较被动,和萨义德比较接近(但他会弹钢琴)。作一个聆听者,我可以不受乐谱的限制,而可以在聆听时让自己的思绪任意翱翔于幻想和联想之中,其乐也无穷,所以我一向认为聆听音乐是一种既感性又主观的行为。

我喜欢的音乐是西洋古典音乐(Classical Music),顾名思义似乎和现代脱节,都是过往的产品,何必听呢？我觉得这是一般人对于古典音乐的误解。古典音乐既是"死"的(它的作曲家大多都已作古)也是活的,它藉演奏家不断的诠释和表演,得以再现于我们眼前和耳中,现代媒体的复制科技更使得它变成现代生活的一部分。然而我们面临的困境是：每天听到的声音(特别在香港)太多了,充斥于各种空间,但并非所有的声音都是音乐,更遑论古典音乐。一个噪音震天的世界是不适宜居住的,怎么办？

这就是我这一讲内容的主要目的。

一

不妨先来听一段音乐,勃拉姆斯的《B小调单簧管五重奏》第一乐章。

听来旋律优美,犹如行云流水,乐曲一开始,单簧管的主旋律就从弦乐四重奏的和声中脱颖而出,达到极强烈的感情高峰,然后逐渐消失了,不知不觉间又进入另一个旋律和变奏,到了乐章快结束时,原来的主旋律又重复出现了。根据一位音乐学者Lawrence Kramer的解释,勃拉姆斯的这段音乐表现了一种"对于失去了的美好世界的怀旧挽歌",它迟早都要消失的,但又藉主旋律的重复而起死回生,像回忆一样。古典音乐有一个固定的模式：主题——变奏和发展——重复主题,内容当然千变万化,在某段时间的进行中作轮回式的重复,但每次重复时,其意味都不同。听古典音乐令人回味无穷,就是这个道理,人生的回忆何尝也不是如此？

在巴伦博伊姆和萨义德的对话集中,他们甚至把西方音乐最主要的作曲模式——所谓"奏鸣曲"的基本形式(sonata form),即ABA式的主调——变奏——主调解释为人生的寓言：主调"A"先奠定一个"家"的主调,所谓"home key",然后转向其他音调,最后再转回家的主调;从寓言层次而言,这不正像每一个人在"家"长大后,要离家出走到他方,闯荡世界,冒险患难,找到他的"认同"后,又回到家园的历程？这个寓言,萨义德在西方文学经典《奥德赛》中得到鉴证:奥德修斯(尤利西斯)离开家园,到特洛伊去征战十数年,后又到处流浪,经过重重历险磨难后,又回到自己的家园,还把追求他妻子珀涅罗珀(Penelope)的求婚者一并都杀了。

也许有人会问,这岂不是和小说和电影的叙事相仿吗？不错,只不过所用的语言不同——小说用文字,电影用影像,而音乐用的却是音符和"调性"(tonality)——譬如从大调转小调,又转回大调;有时转变调性之前突然停顿,而下一个新的调子完全出人意料(如贝多芬第九交响曲最后乐章合唱部分,歌词唱到"上帝"的时候,突然停顿,转成完全不同的调性和速度),也是"神来之笔",完全无法用文字来描述。巴伦波因将之比喻人生,人生也有意想不到的转折。

音乐也可以不作寓言而直接说故事,如李察·施特劳斯的几首交响乐诗,他连堂吉诃德斗风车的场面也用管弦乐表现出来,在这首音诗中,堂吉诃德的角色由大提琴奏出,而他的仆人桑丘的声音则是中提琴,至于风车呢？他用了敲击乐器中极少用的"刮风机"(wind machine)。在另一首名叫《阿尔卑斯山交响曲》中,全曲由日出登山,到攀登顶峰,碰到落大雨,然后下山,等等细节,一丝不苟的用音乐表现了出来。听这两首音诗,我们脑海中会不觉涌出画面或电影式的形象。法国作曲家德彪西(Claude Debussy)的《大海》(Le Mer),更是如此,连波涛起伏都听得出来。

这种例子不胜枚举。如果把古典音乐的领域推展到电影配音,则例子更多了:希区柯克导演的《惊魂记》(Psycho)中那段著名的浴室凶杀,本来是没有配音的,但经过 Bernard Hermann 的音乐渲染之后,惊险刺激性顿增数倍！在另一部希区柯克名片《迷魂记》(*Vertigo*)中,如果没有 Hermann 气氛十足的配音,片中旧金山的景观必失色不少。有声影片如此,无声电影更需要音乐,往往在戏院放映时,特别请人用钢琴伴奏。最近弗里兹·朗的名片《大都会》放映时,更请了交响乐团伴奏专为此片而写的配乐。俄国的作曲家普罗科菲耶夫(Sergei Prokofiev)受了名导演爱森斯坦之邀,为其影片《亚历山大涅夫斯基》(Alexander Nevsky)配乐,完成后将之另编成曲在音乐会演奏,相得益彰。他的同行肖斯塔科维奇(Dimitri Shostakovich)更作了不下数十部的电影配音。还有好莱坞当年的那位神童科恩戈尔德(Wolfgang Korngold),他在维也纳时被称为"小莫扎特",名声震耳,二战期间逃到美国好莱坞,为华纳公司配音,至今这些老电影——如《罗宾汉》和《海鹰》(The Sea Hawk)——同样以配音扬名后世。

所以,在我心目中,音乐、电影和文学永远是连在一起的,三者都是我的挚爱,缺一不可。

我曾受邀在香港电台作了四集节目,名叫"Music Plus"("音乐还加上什么"),我特别加上文学,探讨两者的交互影响,把文学的范围从小说拉到诗和戏剧,可以谈得更多。

整个十九世纪都可视为文学和音乐互动的世纪。十九世纪浪漫主义的诗词被谱成"艺术歌曲"(lieder)的至少有数千种;而把莎翁戏剧改编成歌剧的也不少。这两种"文类",诗当然较戏剧的文字抽象一点,但它的节奏和意象足可化为音符,甚至产生天衣无缝的效果。我读西洋诗词,英文的先从文字,而德文的却全从音乐出发,特别是舒伯特(Franz Schubert)的数百首艺术歌曲。我最钟爱的是《冬日旅人》(Winterreise),它把一个旅人对一个少女的情感经历,以二十四首歌曲串在一起,内容像散文诗,但却是以声音为主,来表现文字勾画出来的情绪和意象。我每听这些歌曲,都会回忆我的童年,我的父亲也是一位音乐家,他最崇拜的作曲家就是舒伯特。

反过来说,不少文学家也从音乐中得到灵感。有的作家,如法国的罗曼·罗兰(Romain Rolland),崇拜贝多芬并为他作传,并且还写了一本小说:《约翰·克利斯朵夫》,主人翁就是一个音乐家,是我少年时代最喜欢的一本文学名著(我看的当然是中译本)。还有一位较冷门的维也纳作家施尼茨勒(Arthur Schnitzler),在其中篇小说《爱尔赛小姐》(*Fraulein Else*,施蛰存在二十世纪三十年代曾译成中文)中把最后的高潮——女主角发狂,裸体走下楼梯一段——用舒曼的钢琴曲 Carnaval 表现出来,还特别把乐曲的数小节曲谱照搬在小说中(这种写法,至今已经罕见),也可见在那个时代(十九世纪末的维也纳)音乐和文学的密切关系。绘画亦然,德彪西和法国印象派的画家关系密切,有人认为他的音乐就是印象派。维也纳的画家克林姆特(Gustav Klimt)还特别在"贝多芬厅"开画展。同一时代的俄国作曲家斯克里亚宾(Scriabin)更走火入魔,要把他的交响曲在演奏时用影像同时展现出来!

最值得一提的是作曲家马勒(Gustav Mahler),他所作的九首交响曲中,一半以上有唱歌的部分,歌词的来源是从古代拉丁文圣诗到尼采,应有尽有。最特别的是他的《大地之歌》(Das Lied von der erde; The Song of the Earth),用了六七首唐诗——李白、王维、孟浩然,最后还加上两句他自己作的。马勒从唐诗的德文译文中找到了他对于生和死的冥想主题,在最后的一首长达三十分钟的"惜别"中他以诗句和音乐来表达对人生美感的眷恋,最后在一句"永远"中向人生告别,真是动人之至。

此类例子,真是举不胜举。它至少可以证明:音乐和艺术是紧密相连的,甚至凌驾于文学与艺术之上。在西方近二百年来,特别在德国和奥地利,音乐变成文化最主要的精华。

二

这个十九世纪的音乐文化传统,在二十世纪经历了数场剧变,才导致今日的困境。最近《纽约客》(*New Yorker*)杂志的乐评家罗斯(Alex Ross)写了一本大书《其他都是噪音:聆听二十世纪》(*The Rest Is Noise: Listening to the 20th Century*),把这场有起伏的变化,用横切面的方式描述出来,十分精彩。我用他的资料,在横切面之上加一层纵向的历史坐标,讲几个故事。这个坐标的基础观念就是我以前提过的历史性的"时刻"(Moments);音乐、文化和历史是分不开的。

马勒死于一九一一年(刚过去的二〇一一年是他逝世的一百周年纪念),可谓代表了一个时代的结束。马勒一生作了九首交响曲,和贝多芬一样,他终生不敢僭越贝多芬的"九"字咒,果然到了第十首,还没有完工就去世了。为什么他代表了一个时代的结束?因为从交响曲本身而言,他已经将其结构扩展到了极限,非但往往长到七八十分钟,而且在乐章本身的内容和形式上他也不按理出牌,把各种雅俗因素——从圣诗到乡里小曲——都放了进去,所以他说:交响曲表达了他的整个世界。发展到了尽头,还能怎么走呢?

马勒可以学勃拉姆斯,仍然按部就班地重塑一个美好的时光,但他不这样做,他既要顾后也要瞻前。他创作欲最旺盛的时期,也是维也纳文化在那个世纪之交最蓬勃的时期(Carl Schorske 的名著《世纪末的维也纳》中有深入的研究),在音乐、艺术、文学、建筑、心理学(弗洛伊德)和语言学(维根斯坦)各领域,人才辈出,各领风骚,执龙头地位的就是担任歌剧院总监的马勒。

十九世纪末的维也纳也是欧洲文化的缩影,它代表了一种吊诡:一方面,中产阶级的文化已发展到了尽头,显得越来越保守,另一方面,就在这个保守的传统中蕴育出几位反传统的年轻艺术家,作曲家勋伯格(Arnold Schonberg)是其中之一,他和他的两个徒弟 Alban Berg 和 Anton Webern(三人被称之"第二维也纳乐派")就在马勒写《大地之歌》(1908 年)时期前后开始反叛,勋伯格的几首小曲在维也纳演出时,听众闹成一团,有人斥之为离经叛道,也有人大声叫好。而马勒呢? 他虽自认听不出勋伯格作品的好处,还是请他和他的两个徒弟来家吃饭,予以支持。也许他有个预感:他的时代快要过去了。虽然他也曾说:他的时代将会来临,因为当时他的交响曲还未能被接受。而新的音乐形式是什么? 从音乐史回望,就是勋伯格所发明的"十二音律"和非调(atonal)音乐,它彻底打破了两三百年的调性传统,因此也把旋律一笔勾销。

西方古典音乐包括三大元素:旋律(melody)、节奏(rhythm)、和声(harmony);美国作曲家 Copland 还加了一个——音色(tone color)。勋伯格所反抗的只不过是传统的和声学,但他自有一番解释,传统的和声基于调性,所以只有打破调性才能创造新的和声;旋律并不重要。他的"非调性"音乐也打开了我们聆听的领域,很多不协和的声音出现了,而且节奏也不明显,如果看勋伯格的乐谱,更犹如天书。我觉得勋伯格的发明既是偶然也是必然,他自己认为是后者,否则音乐再发展下去了,但他在反叛之余依然尊重传统,后来流亡到洛杉矶教书时,仍然用勃拉姆斯作教材。传统和现代,并非旧的被新的取代,而是新的形式被旧传统逼迫而生,也使这个传统脱胎换骨。

我所谓"偶然"(serendipity)的因素则和文化背景有关。世纪末的维也纳在政治上早已动荡不安,奥匈帝国摇摇欲坠,马勒死后不到三年,第一次大战就爆发了,导火线就是奥匈帝国的王子被民族主义者所暗杀。二十世纪所带来的并非和平盛世,而是分裂和战争,试问音乐还能像莫扎特的钢琴协奏曲那样明朗轻快、风和日丽吗？如果我们从横切面转望绘画，则可发现维也纳年轻一代的艺术家也开始在作品中变了形，像 Kokoschka 的画，完全在挖掘人的内心黑暗面，展现一种现代人的神经质(neurosis)。妙的是勋伯格此时的私生活也甚不安：他的妻子和一位画家有染，事情闹大了，画家竟然自杀，勋伯格的自画像也是神经兮兮的。这种违反中产阶级常理的心理意识，席卷了各种艺术和文学，有人认为这全是弗洛伊德学说的影响，然而"潜意识"、"力比多"(libido)、"压抑"(repression)、歇斯底里(hysteria)等等名词并非无中生有，否则心理分析学说也没有"个案"可证了。弗洛伊德晚年所著的一本书的题目《文明及其不安》恰是代表这个时期的文化气候。

我所说的"偶然"是"共时性"的：两种不同的开始，互不相关，却同时在不同的地方发生。马勒死后的第二年——一九一三年，斯特拉文斯基(Igor Stravinsky)的芭蕾舞曲《春之祭》在巴黎首演，观众暴动，和前几年勋伯格作品发表的情况相仿，这又是一个重要"时辰"。斯氏是俄国移民，他的文化传统和勋伯格大相径庭，他这首《春之祭》是为驻在法国的俄国芭蕾舞团(Ballet Russe)而作的，内容源自俄国神话，有原始宗教的祭拜成分。为什么在巴黎引起骚动？不是内容太荒诞，而是乐曲的节奏太离奇了，令大多数当时的听众急躁不安，无法接受。这是又一场音乐的革命——节奏的革命(读者有时间可以听听此曲第二部分的片段)，它带来与莫扎特、贝多芬和马勒全然不同的感受，后来很自然的和美国爵士乐接轨。然而文化理论家阿多诺对之大加挞伐，认为是粗暴又庸俗的音乐。比不上勋伯格的"纯音乐"。现在事实证明，阿多诺的评价错了，斯特拉文斯基同样是现代音乐的正宗，他和勋伯格同样被公认为二十世纪的两个作曲巨擘，然而从听众的接受程度而言，史氏显然超过勋伯格许多，《春之祭》如今已成了乐队经常演奏的节目，而勋伯格的所有作品(除了早期的《变形之夜》)都是"票房毒药"。

妙的是这两位大师在上世纪三四十年代都同时住在洛杉矶,住处相距不远,却没有什么来往。

而阿多诺也住在洛杉矶,和流亡在美的德国小说家托马斯·曼时有来往。曼正在写一部反省德国文化的寓言式小说《浮士德的博士》(*Dr. Faustus*),主角就是一个作曲家,于是近水楼台向阿多诺请教,小说主人公的音乐思想和作曲形式酷似勋伯格,后来勋伯格听了大为震怒。这本小说的深意到底是什么?当然论者甚多,但所有论者都承认:托马斯·曼用一个作曲家出卖自己灵魂来象征纳粹时代德国文化的病态,并不是无的放矢。在纳粹时代,希特勒独尊反犹太的瓦格纳,故意把他的音乐作为德国民族主义的宝藏和结晶,甚至歌剧《纽伦堡的名歌手》最后一幕老歌手 Hans Sachs 的一场独白也被视为日耳曼民族优秀的寓言。把音乐曲解到这个集权主义意识形态的地步,难怪在大西洋彼岸的托马斯·曼要感叹万分了。在纳粹统治下,音乐为魔鬼所用,犹太人集中营的刽子手军官,竟然可以把犹太囚犯集体送进瓦斯炉(有时还配以瓦格纳的音乐)的前夕,还会弹一首舒伯特!这恰印证了本雅明的一句铭言:文明的另一面就是野蛮!经过这番浩劫之后,文明的语言——音乐和文学——是否已经无能为力?抒情诗已死,只剩下静默。

以上提到的这几则故事,都发生在关键性的时刻,和历史是分不开的。二十世纪初勋伯格和史特拉汶斯基的音乐革命,是未几就爆发的第一次大战和俄国革命的"先声"。十几年后又爆发二战,导致更大幅的灾害,数百万犹太人消失了,内中还有不少"新潮派"的音乐家,他们的作品被视为颓废而遭禁。

我要举的另外一个例子,是苏联的作曲家肖斯塔科维奇。时当一九四〇年,正是他的同胞斯特拉文斯基在洛杉矶安居乐业,丰衣足食的时候,而勋伯格在洛杉矶运气差一点,连申请美国基金会的作曲辅助金也落空了。但真正受罪的还是在德军包围下的列宁格勒生活的肖斯塔科维奇。当肖斯塔科维奇作完他的第七交响曲——又名"列宁格勒"时,德军围城已有一年,城内居民在饥饿的边缘求生存,早已奄奄一息了,然而列宁格勒爱乐交响乐团的乐师们仍然坚持参加此曲的首演,连指挥本人的双手都因饥寒太久而发抖,但还是领导乐团一鼓作气奏了出来,全场观众受到鼓舞而流泪……

我们聆听二十世纪的音乐,其历史的反响之大,远超过十九世纪。也许我们可以把二十世纪的音乐史分成三段:第一段是头二十年音乐本身的革命,以勋伯格与斯特拉文斯基为代表;第二段是音乐被卷入战争的洪流,肖斯塔科维奇在苏联的经验,使得"形式主义"变成一个坏名词,甚至罪状。萧氏和普罗科菲耶夫是少数硕果仅存的作曲家。俄罗斯十九世纪的光荣传统——柴可夫斯基、"国民乐派"、世纪末的斯克里亚宾——则须移乡背井,放逐到美国,拉哈曼尼诺夫(Sergei Rachmaninov)的所有作品,都带有怀乡的幽思,追悼失去的美好时光,其旋律的优美(如第二号钢琴协奏曲),令一般听众着迷。

第二次世界大战后,西方音乐进入第三个阶段——分歧多元,也乱成一团。在此后满目疮痍的废墟中,如何重建音乐文化?如何重拾二十世纪初开创的新形式?抑或回归十九世纪的调性传统?或另辟快捷方式?这一个混乱的背景,为英国指挥家、现任柏林爱乐总监的西蒙·拉特尔(Simon Rattle)提供一个好题材,他主持拍摄了一套七集的音乐纪录片《离开家园》(Leaving Home),我看过数次,获益良多,值得向各位推荐。内中一集就以二战刚结束开始叙述,只见被炮火夷为断垣残瓦的欧洲城市的真实镜头。拉特尔和他指挥下的伯明翰乐团奏起李察·斯特劳斯的《最后四首歌曲》,哀艳动人,把这种文化的苍凉感带出来了。作曲家的另一首弦乐曲《蜕变》(Metamorphosen)更是一首挽歌,沉痛的旋律与和声,像一个历尽沧桑的老人,在追悼过去,面对死亡——老人就是影射欧洲两百年的音乐传统,也是施特劳斯自己。

在这个纪录片的其他六集中,拉特尔介绍了各种二十世纪交响乐的潮流和动向,并指挥演奏不少作品片段作为例证,内容五花八门,但总体上围绕着一个主题——离家。这个"家"是什么?在二十世纪初的音乐革命家眼中,可能是调性——新音乐必须离开传统的"Home Key",必须出走,寻求其他的新地,这恰是二战期间大批艺术家流亡他国他乡的写照。从拉特尔的影片中,我们可以发现几乎所有的二十世纪新音乐都是流亡作曲家写的,他们站在战火的"火山口跳舞",却不断创出新的节奏、色彩和流亡的甜酸苦辣感情,但却大多远离调性。是否在二十世纪末,在"离家"百年以后西方音乐应该"回家"——回到调性?拉特尔却没有明言。也许这已无关紧要,因为二十世纪的音乐本身已经变成一个新传统,在二十一世纪是否可以继承?有待时间的考验。

三

讲到这里,我们也许应该回顾一下二十世纪的中国新音乐。这段音乐史研究的人不算多,我也所知有限。刘靖之教授的新书《中国新音乐史论》,还有一本附集《论中国新音乐》,提供不少珍贵的史料和洞见,我读后获益匪浅,我的说法也以这两本书为根据,并略抒己见。

中国的新音乐,可以说是"五四"新文化运动的附产品,它的"基调"来自西方,但也掺杂了中国传统五声音阶的余绪,所以刘靖之说有点"不中不西"。在该书的第三章——"五四"运动中,刘靖之特别提到萧友梅(1884—1940),他刚好在一九二〇年自欧洲留学归国,创办了"音乐研究会"和附属于北大的"音乐传习所",把西洋音乐的整套制度和学问介绍进来。一九二七年上海音乐学院成立,西方式的科班训练也从此开始。萧友梅在德国留学时见过理查德·施特劳斯和大指挥家 Nikish,他带回来的应是十九世纪的正统德奥调性音乐,但他是否也熟悉勋伯格的无调性试验?有待求证。他的同辈和同行黄自在美国耶鲁大学拿了音乐博士,所受的教育更保守。他们的作品以声乐为主,现在听来,其调性与和声都中规中矩,缺乏非调性的试验,歌曲中简单的旋律显然是为了一般学生和知识分子而写的,大部分是独唱、二重唱与合唱,而伴奏的乐器只有风琴和钢琴。所以,从西方现代音乐的立场看来,中国的作曲家还在学步阶段,遑论写出像马勒交响曲这样的庞大作品,连李察·施特劳斯的交响音诗也在能力范围之外。

刘靖之在书中提到:二十世纪上半叶的新音乐作品,全以声乐为主,器乐作品极少,交响乐更是凤毛麟角,因为中国的音乐传统中没有和声,而注重"音腔",中国在二十世纪以前也没有作曲家,元明戏曲都是先有曲牌后填词,但新音乐恰好相反,先有歌词再谱曲。二十世纪中期以后,器乐和乐队作品数量才逐渐增加,但依然以歌唱为主。我们甚至可以说,整个抗战八年和中共革命,都是"唱"出来的,这反而成了中国新音乐的精华,二十世纪三四十年代,抗战歌曲和革命歌曲之多,流传之广,对中国人民士气的鼓舞之大几乎是无法估计的,连后来中华人民共和国的国歌《义勇军进行曲》也属于此类,不足为奇。

歌唱较器乐更接近人性,它本来就是人唱的,在形式上尽管西化,但也和中国民歌和歌谣距离不大,甚至二十世纪三十年代上海流行的"靡靡之音",在曲调上也和新音乐的"艺术歌曲"相差不远,只不过歌词"软绵绵"一点,甚至当新音乐的作曲家为影片写主题歌时,照样用民间小调(如贺绿汀为《马路天使》写的《四季歌》)。总而言之,中国当时虽有城乡之隔,但从音乐本身而言,"阳春白雪"和"下里巴人"之间的界限却不那么泾渭分明;换言之,中国现代音乐的社会性也远较西方现代音乐强得多。如果勋伯格生在中国,恐怕也绝对创不出"十二音律"来。

二十世纪下半叶西方音乐的"两极化"现象——学院象牙塔里的"前卫音乐 VS 社会大众的流行音乐"——在中国很难发生,直到现今"全球化"时代,情况当然不同了。

……中国也很难产生像肖斯塔科维奇这样的作曲家。有的学者认为:肖氏的第十交响乐的第二乐章,就是把他自己姓名的德文缩写 DSCH 化为音符,来对抗斯大林的音乐画像,这个说法或者过分,但至少肖氏在作品中充分表现了自己的受难哲学,他的交响乐和四重奏作品颇多阴沉的调子,即使是他挨整后而写的第五交响曲也是如此,只在最后一个乐章才故作空洞的锣鼓齐鸣式的光明结尾。肖氏的先例,在中国"文革"之后,才得到正式的反响,作曲家王西麟的交响曲一听就知道是肖氏的传人,然而是否为时已晚?

上世纪八十年代后的中国大陆,音乐界的变化太大太快了,非但演奏家和歌唱家人才辈出,而且扬名国际的作曲家也不少,如谭盾、瞿小松、陈其钢和郭文景,他们早已掌握了西方最"先进"的作曲技巧,但问题是如何表现中国人自己的风格。"寻根文学"似乎对作曲家也有影响,那么中国当代音乐的文化之根是什么?西方音乐的调性或无调性是否可以和中国的"民族性"结合?匈牙利的作曲家巴托克(Bela Bartok)结合了民谣和现代音乐的和声语言,有例在先,但是否可以仿效?中国的国乐"现代化"以后,可否可以提供新的作曲灵感?这一系列的问题,都有待讨论,但已经超过我这个乐迷的能力范围以外。

四

以上谈到的欧洲音乐传统——从十九世纪到二十世纪——至

今早已烟消云散,连古典音乐本身(包括现代中外作曲家的作品)也成了我们日常生活中的稀有产品或消费品(而不是像十九世纪欧洲的中产阶级一样,音乐是日常生活的习惯和仪式),这种消费方式,还要靠少数的明星演奏家和演唱家来做中介,他们活跃在世界各大都会的舞台,以其非凡的技巧取悦于(较有钱的)捧客和听众,然而这还是表演,而不是重建音乐传统。当代的演奏表演和音乐本身的文化背景愈来愈脱节了。

交响乐团的演奏风格更是如此,不论是在欧美或是亚洲,都差不多,光芒外露,但没有什么深度和音色特征,有人认为只剩下维也纳爱乐的音色还有它本身的特色。老一辈的指挥家逐渐去世以后,新一代的指挥家的诠释,没有一个人比得上富尔特文格勒(Wilhelm Furtwangler)或切利比达克(Sergiu Celibidache)。古典音乐变成商业消费之后,不断产生听众减少的危机,甚至有位评论家Norman Lebrecht还写了一本《古典音乐的生与死》(*The Life and Death of Classical Music*),判定古典音乐迟早寿终正寝,主要原因是唱片业自己造成的——不断翻版旧唱片,造成市场饱和。我觉得他未免太过悲观,但古典音乐变成了小众的嗜好,却是不争的事实。

我个人最关心的问题是,如何重拾和重估这个古典音乐传统,使它重新进入我们的日常生活,至少调剂一下急促的"现代性"压力? 我在这个演讲开头提到音乐和人生的关系,现在可以更进一步的说:至少我自己,是从聆听古典音乐和阅读有关文字数据中重新去学习其背后的欧洲文化和历史。我深悔以前没有读过德文,但至少在英文译文中得以从舒伯特的艺术歌曲进入德国浪漫诗的殿堂;我又从肖斯塔科维奇的交响乐重"睹"俄国革命和战争;我甚至从马勒的《大地之歌》中重温唐诗——明知德文翻译有误,但我可以重读中文原文,把这两个不同的文化传统作想象的对话。总之,我从音乐中学到太多的人文文化。对我而言,古典音乐绝对是不可或缺的人文经典。

也许古典音乐变成"经典"之后,问津的人会更少,但我还是要引用卡尔维诺对于"经典"的几句话和各位共勉:"我们继续在屋中聆听音色清晰的经典……能够把经典作为一种远处的回音,已经很不容易了。"接着卡尔维诺又加了一句:无论用任何方式,"聆听经典总比不聆听经典好。"

四种记忆,四种音乐生活

不是温文尔雅人住的地方

半个世纪前的洛杉矶是很有意思的——我心目中的洛杉矶,也是二十世纪三十年代到五十年代的"历史塑像"的产物。就以文学和音乐来说,德国的托马斯·曼不就流亡在此吗?而且在加州阳光普照之下还写出像《浮士德博士》这种阴沉沉的巨著。而音乐上的人物就更多了,拉赫玛尼诺夫死在比华利山,勋伯格和斯特拉文斯基——这两位二十世纪音乐史上的巨人——都是洛杉矶的长期居民。据说两人住得并不太远,却老死不相往来。当然还有大名鼎鼎的小提琴家海菲兹,常年在南加州大学开课,可惜我生不逢时,未能听到他主持的室内音乐会。

信不信由你,当年我决定到洛杉矶任教也和音乐有关。受聘加州大学洛杉矶分校的原因之一是东亚系就在该校的演奏厅二楼,我异想天开,以为自己可以近水楼台先得月,在音乐会中场休息时可以从自己的办公室混进去,听下半场的重头戏,可惜这个愿望四年来一直没有实现,而目前这座演奏厅(全校最差的建筑)也受地震影响而关门整修了。

洛杉矶——今天的洛杉矶令我怅然若失。

我非但失去了聆听海菲兹的机会,即使我尊敬的指挥家朱里尼,也在我抵达前几年辞去了洛杉矶爱乐交响乐团的常任指挥职位,回到欧洲乐坛去云游四海,安享其余年。我听到的是有气无力的新任指挥普列文,我边听边纳闷:为什么这位好莱坞培养出来的奇才会在自己的老家垂头丧气?几年来不得其解。不久洛城乐团就又换了一个年轻小伙子,长相极帅,出生于芬兰,把这个乐团"指"得服服帖帖,奏起西贝柳斯的交响曲,严谨而冷峻,冷得令人发抖!可能洛杉矶这种热地就需要一点寒流才能提提神。

不料普列文自离开洛杉矶回到东部以后却又变得生龙活虎。去年他在波士顿指挥拉赫玛尼诺夫《第二交响曲》,我匆匆赶去,竟然买不到票,于是我终于从这位米亚·法罗(伍迪·艾伦的前妻)的前夫身上悟出一点浅显的道理:洛杉矶不是温文尔雅的人住的地方,而他偏偏是一个温君子,我虽不太喜欢他的指挥,却暗中认同他的经历。洛杉矶的英雄人物不是无赖的,就是怪癖的,像我这种随俗而孤独的中年人,别人根本就不把我当做男子汉!我肩膀上既无大块性感肌肉(而且最近肩上瘦骨常隐隐作痛),而耳朵偏偏又喜欢听非热门的古典音乐,和洛杉矶的摇滚乐节奏格格不入。

开车到城中心的"钱得乐"(Dorothy Chandler)音乐厅去听场音乐会,对我这个爱音乐如命的人来说,是一件不大不小的苦事。我的习惯一向是在听音乐会前沐浴更衣,先听唱片进入状态,把一天烦躁的心情洗净之后,才驱车上路。在芝加哥住的时候,到交响乐厅必经湖边大道,春秋两季,湖光水色也颇使我心旷神怡,十六分钟就到了目的地,看萧提舞动指挥棒,芝加哥交响乐团的铜管乐器的声音排山倒海而来,也真过瘾!听后驱车回"府",又经过湖边大道,于是顺着湖超速而行,风驰电掣而归,好不威风。在洛杉矶就不可同日而语了,驱车出门不久,就挤进了令人心惊胆战的自由道,好不容易换了几条车道才匆匆到达终点,费时半小时,还好。进了"钱得乐"音乐厅,犹如被一个庞然巨物吞了进去,又是坐在三楼或四楼后排(没有钱买贵票),舞台上的乐队都看不大清楚,演奏的声音也无形之中小多了,不足过瘾!所以我对洛杉矶爱乐交响乐团的评价一向不高。

有一次听完一场差强人意的音乐会后,我和一位朋友(舞蹈家)开车回来,在自由道上车辆突然拥挤,所以减速而行,排成一字长蛇阵,我的车刚好排在最后,我们在车中间谈音乐和舞蹈的关系,记得当时我正在大讲勋伯格,因为这位舞蹈家曾以勋伯格的一个曲子编舞,我观后极为感动。突然,我们听到背后有紧急刹车的声音,转瞬间车后轰然一声巨响,我们两人谈的音乐被震得烟消云散,于是匆匆停车,却发现后面的一辆破车已经四分五裂,我们两人正想问问究竟——毕竟是他从后面撞我——却不料这后面开车的年轻人(大概未成年)却开足马力落荒而逃!我惊魂甫定,看看自己的车子,似乎尚无大碍,也就匆匆把朋友送回家,乐兴尽失。第二天至修车处再去检查,却发现车后的两支排气管已经参差不齐了,我的车受了内伤,修补一次就花了我一千多美元。

这是我有生以来所听过的最昂贵的一场音乐会。

感恩节的臆想

在美国过感恩节是件最无聊的事。

我一向讨厌美国的节日,圣诞节和感恩节尤甚,这两个节日早已失去了原来的意义,都成了商品消费的纪念日,每年为商人多赚一些钱而已。二者相较之下,感恩节较圣诞节更无意义,后者至少以耶稣的生日作借口,当中古欧洲还充满着宗教神秘感的时候,圣诞节可以令虔诚的教徒感谢天主之恩,也可以为艺术家提供灵感,好像巴赫还作过《圣诞清唱剧》之类的合唱曲,以音乐来通神。然而,历史从中古进入现代后,正如韦伯所说,现代人的生活逐渐合理化和世俗化,那份宗教神秘的魅力也荡然无存,没有这种魅力,许多宗教仪式也都"失灵"了。

然而感恩节其实与宗教无关,而是美国传奇。据说"五月花"号满载美国白人的祖先抵达新大陆以后,天寒地冻,找不到东西吃,所以美国的原住民——印第安人基于同情,把玉米和火鸡送给他们,却不料这些白人忘恩负义,不但把原住民赶尽杀绝,顺便也把火鸡杀得片羽不留,合家而食之,竟成风俗。如果我是印第安人的后裔,一定出来抗议,这非但是种族歧视,而且应该是美国的国耻!然而,至今为止,似乎还没有人发起反对感恩节的运动。

且不谈政治和生态问题,我在感恩节最难忍受的是,除非你自己开火鸡party,或者到别人家去凑热闹,否则几乎无地方可去,没东西可吃,因为家家都关门团圆吃火鸡去了,所以每年到了感恩节,我特别怀念香港,因为在香港除了农历新年假期(另一个难受的节日)之外,一年到头处处餐馆开门,有东西可吃,当然不必只吃火鸡。

有一年的感恩节,我谢绝一切应酬,借故在家睡懒觉,反正放假,不必去上班,这是感恩节唯一的好处。我一觉醒来,已近中午,百无聊赖之余,遂打开唱机,想找点应景的音乐来调剂一番。但想来想去,却找不到为感恩节而作的音乐,《弥赛亚》为时太早,《春之祭》又太晚,不知不觉间竟然把斯特拉文斯基的《火鸟》放了出来,而且在脑海中和火鸡混为一体,反正都是鸟。我听得入迷,好像看到火鸡也现了原形,变成了成群的公主,穿着俄罗斯古装,闻歌起舞,婀娜多姿,不料舞还没有跳完,突然从"五月花"号上跳下几个大汉,把她们杀了。于是我心中又淡起来,意犹未尽,又把穆索尔斯基的《展览会之画》拿出来听,而且特别选了最近刚出笼的切利比达克指挥的版本,好像里面也听到有小鸡成群,跳来跳去,不久小鸡变成了火鸡,在这位名指挥的引导下,也闻乐起舞,妙哉妙哉,我听得有点"乐不思港"了。不料这群火鸡最后舞到"基也夫大门",终于也难逃厄运,被门外的美国白人杀了,在锣鼓齐鸣之中,我依稀还看到她们颈头涌出来的鲜血……

丁零零……电话铃响了,还是有人按门铃?又好像是张爱玲笔下的上海电车铃声,每一个"铃"字是冷冷的一小点,一点一点连成一条虚线,切断了时间与空间。我如梦初醒,睁开眼来,窗外正是凄风苦雨,《展览会之画》早已无影无踪,连同成堆火鸡的尸体。我顿感肚饿,但却不想食肉味,遂煮了一碗青菜豆腐汤,炒了一碟绿豆芽,吃进肚里,一冲内心的火气①。

慢板生活

音乐名词中关于速度的有下列几种:Presto(极快板)、Allegro(小快板)、Andante(行板)、Adagio(慢板)。近来古典唱片中较畅销的一张也叫做 Adagio,是把卡拉扬指挥的几首抒情的调子集在一起,都是些旧唱片重新翻版制作,真正的收藏家或乐迷是不会买的(因为不喜欢零碎的曲子,或原版唱片早已买了)。它推销的对象大概是一般听众,他们偶尔听听古典音乐,或用来做背景音乐,制造气氛。所以这张 Adagio 的作用就是调剂紧张疲劳,工作一天回家,一身疲劳,需要一点慢板音乐放松一下。

我认为这种做法非但无可厚非,而且应该大力提倡,但我的做法,和一般"罐头音乐"(即在电梯或写字楼播放的背景音乐)不同,我较为主动一点。且以一个真正生活的片段为例。

我有一位好友在保险公司工作,压力甚大,我送她一张 Ada-

---

① 此后听当地的朋友说,每年感恩节都有少数人示威抗议,所以吾道不孤,甚喜。

gio，并且教她每天早上上班前必先听此唱片中一段音乐，然后心中默念 Adagio，故意要把这个词拖得很长，以此作为当天工作的速度。出门搭车时，走路的速度应该是 Andante，仅较慢板快一点，坐在车上，车行速度当然是 Allegro 或 Presto，此时宜闭目养神，心中仍然以慢板节拍默念 Adagio 十数次。到了办公室，当然身不由己，但如果可能的话，至少每小时默念 Adagio 一次，并做深呼吸，然后再继续工作。

该公司别出心裁，在办公室当眼处贴出几张标语："职业特工队"（Mission Impossible）。原典当然出自同名的电视剧和电影，甚至请到某明星现场说法，鼓励员工努力冲刺，创出佳绩，达到不可能达到的目标。我去该公司参观后颇为激赏，但不禁想到一个音乐上的问题——此片主题曲是否都是极快板 Presto？ 竟然无人可以回答。我遂闭目养神，脑海中涌出该片的主题曲，节奏并不快，最多不过是 Allegro，小快板而已。所以我道出一句心底话，欲速则不达，要达到不可能达到的目标，必须放慢速度，或节制速度。这位朋友听了我的忠告，该日竟然以 Adagio 的功夫达到预期的目标，备受赞赏。

由此实例我进而推想，香港人的生活速度特别快，每天都是 Presto，如果每天的生活节奏都是如此极快板，它奏出来的"音乐"必定难听。大家都知道：一般交响乐有四个乐章，每章速度各异，而尤以慢板乐章——往往是第二乐章——最为动人，所以唱片公司才可以收集各慢板乐章而制成畅销唱片。在此我向香港各大公司提出如下建议——

上午的工作速度应作 Allegro modetato——较和缓的小快板。中午午餐后，应改作 Adagio。下午快收工时，可以为赶工而作 Presto，但不能超过两小时，下班后最好以行板的速度回家，回家后，连"爱做"的事，也要慢板，甚至不妨以卡拉扬的那张唱片作背景音乐(不必用拉威尔的那首 *Bolero*,太过单调)。

如此下去,即使工作达不到不可能达到的目标,至少自己不会每天紧张得头昏脑涨,或腰酸背痛,最后倒地不起,做了现代人生活节奏的牺牲者。

《九月》,夏日的遐思

那天下午,我们驱车抵达农庄时,已近五点。阳光仍然灿烂,七月底的盛夏天气,并不感到炎热。从加拿大蒙特利尔开车到友人的这个避暑农庄,要两个多小时,我在车后座昏睡,一觉醒来,闻到一股清新的山气,还夹杂着一点晒干了的牛粪味,顿时精神抖擞。下了车,也不向同伴们说一声,就径直走了出去,举目四望,群山环绕,漫山遍野都是绿色,脚下更是绿油油的草地,屋旁的木栏杆倒在地上,好像是被牛踏过的。我一脚跨了过去,信步走下山坡,朝着地平线上的树丛茫然而行,直到我看到树旁的一只母牛和一只小牛悠然自在地站着。

母牛突然转过身来,直瞪着我,小牛还在若无其事地吃草。"对不起,我打扰你了,我是过客,波士顿来的,朋友约来这里度个周末。"我发现自己向母牛默言默语,想得到她的谅解。

——陌生人,你看来很疲倦,近来太过劳累了吧,还是这里好,山明水秀。

——谢谢你,打扰了,我的倦态是因为时差,从香港回来两个多礼拜了,一直都睡不好,每天昏昏沉沉的,不知道自己在做什么,也分不清楚梦幻和现实……

——先生,你说的我听不懂,我只知道这就是我的现实世界,我的老公马上就来了,它午睡刚醒,小牛生出来才四个月,你看它还很壮硕吧,但你不能伤害它,我们人兽之间以这棵树为界,你不得越雷池一步。

母牛叫了几声,好像对我没有兴趣了,兀自退下山去,那只小牛也跟着走了。我略感失望,但又觉得很自在,全身感到罕有的舒畅和清爽,甚至灵魂好像出了窍,在山中遨游,瞬间飞出尘世,将那千丝万缕的杂乱心思抛到九霄云外,但在千山万水之间环绕几圈之后,又飞回来了。我毕竟还是个凡人,身在大自然的山中,却仍然不能超越红尘,心中仍然燃着炽热之情,但身外的宇宙早已万籁俱寂了。曾几何时,天色显得更灿烂,原来是到了日落西山的时辰,那股即将消失的阳光显得特别珍贵,温柔透顶,直射入胸中。我的脑海突然涌出一首歌来,不是中国民谣,也不是西洋歌剧的咏叹调,我在心中哼来哼去,竟然记不清此曲出自何处。

那天晚上,在主人殷勤款待下,和几个朋友大吃大喝,几杯啤酒下肚后,似乎有点醉意,耳边却仍然隐隐听到那首不知从何而来的曲子,只怪是心中幻象,而且调子也愈来愈凄凉。于是就向主人告罪,提早上床休息,走到二楼的小卧室,打开窗户,清风徐来,我不久就进入了梦乡。

一觉醒来,已是次日清晨八点,我竟然睡了九个多钟头,这是我七月初自港返美以来,第一次睡足了觉,人好像从一种虚脱亢奋状态回到了安宁。只是那支莫名其妙的歌曲仍然萦绕在心头,使我不知其所以然。

吃完早点,主人带我们去爬山,几个读书人平日不运动,好不容易走到山顶,就气喘如牛了(牛呢?恐怕还在昨天那树下吃草吧,它们那么安闲自在,怎么会气喘?反正加拿大的牛不会懂得中国的古老成语)。我们坐在山顶,远眺山下的小河,景色宜人,大家都静了下来,似乎都觉得这种大自然美景是不会长久的,应该把它深嵌在心里。

我突然记起那首绕梁三日的歌曲了,是理查·施特劳斯的《最后四首歌》之中的第二首《九月》①。这是他在生命已到日薄崦嵫之年(八十四岁)所作的,作完这四首告别人世之歌,第二年就去世了。为什么在此良辰美景的夏日,我脑海中萦绕的调子却如此"迟暮"!莫不是自己也有点异样的预感?自己的一生也快走到头了?

从加拿大回到波士顿家中,赶紧把自己心爱的几种《最后四首歌》的唱片拿出来边反复聆听,边看歌词,才发现《九月》这首歌的歌词出自我年轻时颇为心慕的德国作家黑塞(Hermann Hesse)之手。于是根据两种英译本转译成中文如下——

九 月

花园在哀伤

冷雨沁入花丛

夏日在战栗

悄然面对终结

落叶片片金黄

从高大的橡树飘下

夏日微笑着,惊讶于

即将逝去的花园之梦

她眷恋在玫瑰花中

企望着安息

缓缓地她闭上了

那双疲倦的眼睛

---

① 乐迷如想聆听,我推荐施瓦茨科普夫和诺曼(Jesse Norman)主唱的版本,前者韵味无穷,后者戏剧性浓。而最回肠荡气的可能是最近弗莱明(Renee Fleming)主唱的版本。本文所译的歌词,则是参照弗莱明和卡娜娃(Kiri Te Kanawa)与萧提合作的版本。

你一定要听马勒

听《大地之歌》

他站在台上,身高不到四尺,然而当他开始唱马勒的《大地之歌》第二首第一句的时候,我几乎热泪盈眶,不能自持……太美了,美得仿佛"此曲只应天上有"。

他是德国人,名叫夸斯托夫(Thomas Quasthoff)。

《大地之歌》一向是我最钟爱的马勒作品,原因有二:一是内页的歌词源自唐诗,二是曲子作得回肠荡气,令人不能自持,真可谓酒不醉人人自醉。

乐迷都知道,《大地之歌》中的六首歌曲,一向是由一位男高音和一位女中音唱的,二人轮流各唱三首,男人高歌饮酒欢乐,女人却娓娓道出人生之哀愁,而最后的一场《告别曲》,足足有三十分钟之久,既向送行的朋友,也向人生告别。就唐诗的成规而言,送行的必是男性朋友,不可能由一个女子吟唱,否则只能是闺怨,而非送君千里。马勒的原作中也特别注明:女中音唱的三首歌曲也可以由男中音唱,其实这样才更合歌词中的意境,然而,男中音演唱此曲的人极少,除了大名鼎鼎的菲舍尔·迪斯考(Dietrich Fischer Dieskau)之外,几乎无(男)人可继其后。

直到我听到这位侏儒的歌声。

夸斯托夫的声音与菲舍尔·迪斯考大相径庭,后者技术精湛,但音域并不广,靠对乐曲的诠释取胜,而前者的声音千变万化,像是生有异禀,身体虽然残废,但声音似乎来自上帝,或者可以说上帝为了弥补这个造物的缺陷,特别赋予他天使般的声音。

《大地之歌》我最钟爱的是第二和第六首——分别根据德文译出的孟浩然和王维的诗,多年来我一直想找到原诗对照德文和英译唐诗,但一直没有这个心情,另一个原因是我怕马勒的音乐和唐诗的意境不合,因此影响我对音乐的直接感受。所以我多年来养成了一个不良习惯,每次听《大地之歌》都自造歌词,意境朦胧,然后自我陶醉一番,倒真是印证了李白《悲歌行》中的四句诗(也是《大地之歌》的第一首的部分歌词):"富贵百年能几何,死生一度人皆有。孤猿坐啼坟上月,且须一尽杯中酒。"我只需把第三句改得稍为"现代化"一点,改成"孤碟坐吟马勒曲"(注:碟者,唱碟也,即LD)就可以道出自己的心境了。

那晚,波士顿交响乐团的演奏特别出色,指挥小泽征尔(Seiji Ozawa)也若有神助,把听众带入另一个神秘的世界,且不论它是否是唐朝,至少使我感受到一点"弦外之音"和一种莫名的激动。当那位侏儒唱到最后一首歌的时候,我闭上眼睛,不让眼泪流出来,一方面也让自己的心灵可以神游四海,于是,不自觉地又在自造歌词了,甚至把第二首和第六首混在一起,以下是当时涌现在脑海中的几行不成诗的句子:

> 朝华已逝,冷风习习
> 我以疲惫之心走向你
> 祈求平静和安息
> 我孤独地哭泣
> 秋日在心中消失
> 明月高照
> 松林阴影下

小溪在歌唱,小鸟已倦息
人生早已进入梦境
(音乐在此涌起)
朋友
你下马送行
还带来一瓶葡萄美酒
问我今宵落足何处
我早已了无牵挂
只愿云游四方
寻我的故乡,我的安息之地
明日又春暖花开,大地回生
永别了,我的朋友
永别了!

听马勒的《第九交响曲》

马勒的《第九交响曲》是他告别人世的绝响之作。不知为什么,近年欧美各乐团频频演奏此曲,我就听过柏林交响乐团的两次演奏;克利夫兰乐团最近在纽约和伦敦也演奏过此曲。

我买过一张此曲的新唱片,指挥本杰明·桑德尔(Benjamin Zander)是波士顿的名人,但在世界乐坛尚不太知名。这张唱片中的演奏乐团是英国的爱乐乐团(Philharmonia Orchestra),技术较伦敦的两大乐团(伦敦乐团和伦敦爱乐团)稍嫌逊色,而桑德尔对这个乐曲的解释,也颇引人争议。

他认为第一乐章开始时马勒的配器法颇为特别,各种乐器应该各奏各的,不必整齐,因为这一个乐章显示的是马勒自己对死亡的恐惧和困惑,甚至在节奏上也有点像他自己的心跳,颇为不规则。在此后的两个乐章中,马勒更是一面缅怀过去,一面作死亡的挣扎。最后的乐章则可作两种解释:他逐渐接受死亡的事实后心情较为平静,或谓他愈来愈衰弱而终于在挣扎后宁静地死去。总而言之,马勒的《第九交响曲》和死亡是分不开的。他在《大地之歌》中已经引了唐诗告别人生,最后一曲《惜别》足足有半个钟头,此次再以七十多分钟的长度,再告别一次,终于把自己置于死地,这种对死亡的幻想,堪称一绝(马勒作完《第九交响曲》后,并没有死,但《第十交响曲》只完成一个乐章就逝世了,终于难逃劫运)。

我重听此曲的时候,是在深夜,万籁俱寂,但我却觉得无比的兴奋。这张唱片还附带了一张第一乐章第一页的乐谱,桑德尔并加以详细解说,谆谆善诱,我不知不觉间拿起父亲的指挥棒,随着乐谱比画起来……父亲是学作曲的,四年前去世,我回家奔丧,带回来他的指挥棒,有时兴起就随唱片乐曲而指挥,并以这种方式来纪念他。这晚,当我拿起指挥棒的时候,脑海中突然涌现出父亲的笑容,也听到他的声音:

> 孩子,怎么你也学爸爸指挥起来了!你真幸运,可以听到这么好的交响乐,而我在冥间只能听到无音之声。孩子,你该好好珍惜你的生命,不要时而想到死亡,其实死亡是件很普通的事情,时候到了你反抗也没有用,马勒早就心有所悟。所以他的《第九交响曲》并不悲伤,不能把它和柴可夫斯基的《第六交响曲》相提并论,马勒深刻多了……

不知不觉间第一乐章早已奏完,我抬起头来,父亲的照片依然在台上,还是那股淡泊而乐天的表情,我感到有股温暖缓缓上升,心情也逐渐平静下来。其实,我还没有资格告别人生,只是对世纪末的恐惧感愈来愈强,总觉得时间已尽,岁月已老,二十世纪的喧嚷终将随风而逝,而二十一世纪呢？我实在没有勇气去面对它。

遂又想到为《世纪末的反思》所写的文章,我所反思的其实不是这个世纪,而是自己。在马勒这种伟人阴影之下,自己又何其渺小！好在父亲在天之灵没有笑我,还鼓励我好好地活下去,我的确很幸运,已经默默地活过马勒的年纪。

今天我也听马勒

我是马勒迷,早过不惑之年还是迷他,甚至比迷莫扎特更厉害。也许,我认同萨义德在其生前发表的最后一篇文章《晚期风格》中的观点：有的艺术家在晚年可以超越凡俗,达到静心寡欲的"出尘"境界,有的却一生挣扎到死,甚至在晚年更厉害,而且风格更奇特,贝多芬即是如此,马勒亦然。

马勒只活了五十一岁,除了敬仰莫扎特之外,就是拜贝多芬为师祖了。所以他迷信,写完《大地之歌》不敢称为"第九交响曲",但写完《第九交响曲》又怕冒犯了贝多芬这位"天神",最后终于逃不了这个"九"字咒。这段故事,马勒迷个个皆知,但也未必可信。

不错,马勒的音乐每一首都有血有泪,诉尽悲欢离合,生离死别。《大地之歌》最后那一场三十分钟的《死别》(*Der Abschied*),我每次听完都泪眼汪汪,太美了！早前我应约到一位友人家里和一般专业人士讲马勒,就是谈他的《大地之歌》。以前常听他的《第九交响曲》,那股断了气又挣扎回生的感觉,可能更适合我这一代"日薄崦嵫"的人吧。后来不太敢多听了,聆听莫扎特,以求养生,多活几年。

记得有一次又逢马勒逝世的周年忌辰,我在斯坦福大学图书馆作研究,竟然在一个周末听尽全套马勒九首交响曲,外加他的《大地之歌》和其他歌曲,以此仪式向这位伟大的作曲家致敬。如今年事已长,竟然把他的忌辰也忘了,而且近日却有逐渐爱听布鲁克纳(Anton Bruckner)的趋势,原因是我最敬仰的两位指挥——切利比达克(Seigiu Celibidache)和君特·旺德(Gunter Wand)——皆尊布而贬马,从来不演奏马勒的作品。我想听出一个所以然来,但听来听去却令我想起马勒,或者可以说,我是用听惯马勒的耳朵去接受布鲁克纳的——处处是感情澎湃,乐句如排山倒海而来,我也管不了乐曲的内在结构了。也许听布鲁克纳更是一个"完全"的旅程(他也只作了九首交响曲)。

也许我人老心仍不老,这何尝不是多年来听莫扎特和马勒之功?人生必须先要"自找烦恼",自我磨炼,不能得来太容易,所以年轻人也该奉马勒为神圣。现在的年轻人多生于安乐,忧虑意识不足,听马勒"自寻烦恼"的人恐怕是凤毛麟角。但愿大家可以组织一个"马勒迷协会",互相磨炼,本地任何乐团奏马勒,也必去捧场。

费城交响乐团来香港献艺,第二场演奏的就是马勒第一,此曲恰是迪华特接掌香港管弦乐团时的第一个见面礼,港乐乐季最后一场将奏马勒第五。而新加坡交响乐团却捷足先登,也演奏并灌录《大地之歌》的"广东话"版,新填词者也是一个马勒迷——香港的伍日照先生,演唱的男高音是香港的莫华伦。谁说香港没有人才和文化?但愿香港的古典乐迷再多一点,也再年轻一点,有朝一日香港也可以刮起一阵全城马勒风!

"人文巴赫"

今年九月初,港大音乐系主任陈庆恩教授请我参加一个"人文巴赫"的座谈会,我自觉不能胜任,因为我对于巴赫的音乐了解有限,更谈不上有什么独到的心得。但听他说也请到邵颂雄教授参加后,我就一口答应了。我读过邵教授专门研究巴赫的《哥德堡变奏曲》的专著《乐乐之乐》,并曾为它写了一篇小序。这本书令我佩服得五体投地,所以答应到港大为他"站台"。

陈教授作主持人,事先准备了五个问题,要我们答复:一、巴赫的作品如何展示人文思想?二、演奏巴赫,是否需要顾及"人文精神"?三、如何欣赏巴赫的作品,并谈谈个人对巴赫音乐的想法和聆听经验。四、传统与创新的意义究竟是什么?五、巴赫有无"晚期风格"?这五个问题,都是经过深思熟虑的,不是那么容易回答。我当场语无伦次,只好事后写这篇文章略作补救。

那晚讨论"人文巴赫"的另外一个原因,是为钢琴家列夫席兹(Konstantin Lifschitz)在九月底的一场演奏会造势,奏的曲目就是巴赫的《赋格的艺术》(*The Art of the Fugue*, *Die Kunst der Fugue*),是作曲家逝世前不久的作品,没有做完,所以有"晚期风格"之说,这个名词来自文化理论家阿多诺(Theodor Adorno)研究贝多芬的晚期作品,后被萨义德(Edward Said)引申发挥,变成一本小书。陈教授显然有备而来,而且是针对这场演出而设。列夫席兹的演奏会,我当然不会错过。这次经验,却使我一头栽进了巴赫的音乐世界之中。

这才使我体会到自己聆听巴赫的经验,实在微不足道。我钟爱的多是巴赫较著名的作品,如"无伴奏大提琴组曲"、小提琴独奏的 Toccatas 和 Partitas,此外就是他的四首小提琴协奏曲,四首交响组曲,还有《圣马太受难曲》和《B小调弥撒曲》。记得儿时常听到母亲教学生钢琴,弹了不少巴赫的练习曲,但出自何处,至今全忘了。这些学生实在弹得很糟,因此也影响到我对巴赫音乐的接受。不过有一次我偶然听到一首歌曲——"圣母颂"——非常感动,就问作曲家是谁?母亲对我说:曲子是法国作曲家古诺作的,但钢琴伴奏来自巴赫,真是妙哉!多年后才晓得原来出自巴赫的《平均律键盘曲》(The Well-Tempered Clavier)的第一首,于是我逐渐迷上了,并收集了几位钢琴名家录制的唱碟。大约在发现这两组《键盘曲》的同时,我听了顾德(Glen Gould)的《哥德堡变奏曲》,先听到一九八一年他录制的新版,后来才听到一九五五年他初露头角时录制的初版,大为震惊,好像有两个人、四只手在演奏,弹的"复调"清清楚楚,从此走上不归路。

我不会弹钢琴,但我不自觉地悟到:巴赫的音乐其实都是"复调"的,现代钢琴较以前的大键琴的功能更好,双手弹出来的和声更清楚,更到位。然而,它背后又含蕴了什么"人文精神"呢?陈教授的第二个问题"演奏巴赫,需否顾及人文精神"的预设答案应该是肯定的。至少列夫席兹也如是说,他在一张巴赫唱碟的解说词中说:演奏巴赫时,他那个时代的其他艺术——如建筑、修辞学、诗歌、绘画等——统统要顾及得到,因为音乐也是文化的产物。列夫席兹又说:巴赫一生在教堂供职,因此在演奏时教堂的建筑形式和里面的风琴音色更必须考虑在内。此话印证了我的另一个聆听巴赫的经验:在教堂听到风琴的音响,不论曲目是什么,我必定想到巴赫。这可能也是一般乐迷的感受。风琴是一种"复调"的乐器,演奏家的双手和双脚都派上用场,脚下踩出来的声音特别低,所以不少发烧友专门收集风琴奏出来的巴赫音乐的发烧碟。

巴赫的"复调"写作,最常用的形式就是"对位"(Counterpoint),与此相关的是Canon(中文译作"卡农"),而"赋格"则是较"卡农"更自由的形式。这些都是规律,巴赫的所有作品都是依照严谨的音乐规律而创作的。这就连接到陈教授的第四个问题:传统与创新,内中又分三个子题:a. 于音乐的学习和创作上,"传统"对位法的价值在哪里? b. 艺术(音乐)创作要如何忠于传统? 何时得力求创新? c. 只强调忠于传统是否就没有创新的可能,是否就不可能有好的艺术品?

第一个子题是专业问题,我不够资格回答。然而萨义德(他既是文化理论的知名学者,又懂音乐,而且弹得一首好钢琴)却从一个人文主义的立场代我回答了。在他的晚期著作《人文主义与民主批评》(*Humanism and Democratic Criticism*)一书中特别指出:巴赫的作品,"是经典的德国复调艺术之最高境界(summum),也是接受最新的法国和意大利舞蹈风格的影响之开端……它彻底击退了那种反动论调,就是说,对传统或经典的崇拜必然会反对当代艺术和思想的变革。"(中译本第27页)其实萨义德的这几句话也暗含对于当今美国学界的"文化论战"(culture wars)的批评:不少激进派的学者反对经典和传统,认为都是多年来白种男人制造的霸权,必须打倒。萨义德在政治上属于激进派,然而在文化上却尊重传统,而且把传统和经典作了一个崭新的诠释。他用的方法,就是来自音乐。他把文学上的"经典"(英文也叫Canon)和音乐上的"卡农"看做同义字:"指的是一种对位形式,采用多种声音,通常是彼此之间形成严格的模仿,换言之,这种形式用于表达曲调和旋律的变移、戏谑、发现以及修辞意义上来说的创意。"(页29)萨义德借用了这个音乐上的典故来说明:阅读文学上的经典也是如此,不但它本身含有多元的意义,而且"每一次阅读和解释都在当下把它重新激活,提供一个再次阅读它的契机"。萨义德在此书中也再三强调:人文主义也是一个开放而多元的传统,所以是"民主"的,可以容纳"批评"。总而言之,巴赫音乐的创意本质,是得自形式上的多重变化演绎而来。我从中得到的领悟是:传统和创新不是互相对立或取代,而是互动和辩证(dialectical)的,没有传统,也就没有创新可言,而创新的契机,往往产生于对传统形式规范有意或无意间的"变移、戏谑和发现"。巴赫的音乐就是最著称的例子。

除了《赋格的艺术》以外,巴赫还有一首《音乐的奉献》(*Musical Offering, Musikalisches Opfer*),二者的形式结构相仿,都用了大量的对位、卡农和赋格。这首乐曲,至少在外行人眼里是冷门。我对这两首"冷门巴赫"的兴趣,也是来自一本至今还没有读完和读通的"天书"的启发:美国学者 Douglas Hofstadter 所著的《*Gödel, Escher, Bach: An Eternal Golden Braid*》(《哥德尔,埃舍,巴赫:一个永远的金带》,有中文摘译本),他在这部长达七百多页的大书的第一章,就举巴赫的《音乐的奉献》为例,然后逐步推论到数学家哥德尔的一个未完成的数学定理,和画家埃舍的几张画。画中的几个和尚在一个寺院楼里(像是一个迷津)的阶梯上走,上上下下,不停地兜圈子,最后必复归原位。他认为巴赫的"卡农"和"赋格"的音乐结构也是如此,先有一个简单的主题,然后转来转去,作各种旋律、节奏、和调性的变换,由此又带出第二和第三个主题,愈来愈复杂,甚至有所谓"镜像"(单镜和双镜)的"赋格",可以前后颠倒,互相映照,时间的顺序因之也变成空间的展现。如果把音符变成数字(如C是1,D是2……),就更好玩了,可以看作数学方程式。

这本书的作者并不是音乐专业人士,他的这一套论述的目的是什么? 我猜倒不是为了宣扬巴赫的音乐,而是试图展示一个以数目为基础的宇宙秩序,这个极抽象的秩序可以用在电脑设计,更可以从像埃舍这种画家的艺术作品表现出来。三者殊途同归。且不论这本书(至今也成了经典)是否令人信服,倒是使我对巴赫的音乐另眼相看——或者应该说"另耳相听",得到一层新的乐趣。不能说懂,而只能说是从另一个切入点来欣赏,那就是巴赫乐曲形式上的复杂秩序。它甚至可以和数学的方程式媲美,怪不得很多科学家都喜欢巴赫的音乐。

最后,我还要回到座谈会上的第二个问题——演奏巴赫,需否顾及"人文精神"?对我而言,以抽象的方程式来演奏巴赫绝不可取。他还是一个有血有肉的人,他生活在一个世俗的世界,往往为"五斗米"而折腰。然而他一生以音乐来祀奉上帝,毫无疑虑。我心目中的巴赫"人文"世界,必定包括他的宗教音乐,特别是《马太受难曲》,当我听到那段咏叹调《请垂怜我》和随后的小提琴旋律的时候,也会禁不住眼眶红红的,和英国歌剧导演 Jonathan Miller 的感受一样。此次列夫席兹的演奏,也让我悟到什么才是"人文精神"的演奏,因为这不是一场根据乐谱照本宣科的演奏。我从中听到了不少"弦外之音",这些弦外之音,邵颂雄在他的书中与庄子《齐物论》的"天籁"之音相提并论,是一种"忘我"的境界,不被"外骛名利的世俗心所牵绊,回归自然的真我,从而达到与万物齐一的逍遥境界"。(《乐乐之乐》,第13页。)

也许这就是中外人文思想和精神的最高境界。

让内心充满丰富的感觉

季　进

说起来,认识李欧梵老师已经十五年了。十五年的时间转瞬即逝,而与李老师在一起的点点滴滴却萦绕于心,无法忘怀。我从一开始就是喊李老师、师母的,其实十五年来,我们的关系早已不是单纯的师生关系,更多的是怡然美好的朋友和家人的感觉。二〇〇四年,李老师邀请我以合作研究教授的身份访学哈佛大学,在剑桥(cambridge)度过了一段十分美好的时光。那段时间,我们常常到哈佛广场附近的咖啡馆,聊天喝咖啡,偶尔也喝点啤酒。那里的咖啡馆不少,我们一家家轮流去,有时一坐就是半天,看小鸟在室外的光影中飞来跑去地觅食,有时还会有小松鼠来凑热闹。我们的聊天最初只是纯粹的闲聊,随兴而谈,没有什么中心,主要是听李老师评点海内外学界的动态和热点,后来我觉得这样的谈话随风而逝很可惜,就建议李老师每次大致围绕一个中心话题来谈,比如美国汉学、比较文学的发展、文化研究的动态、文本细读与理论批评等等。这些看似琐碎的闲话,其实都渗透着李老师深厚的学养,透露着无限的话语机锋,让我如沐春风,受益匪浅。我后来的学术发展跟那一年的访学,跟李老师的"闲聊",实在关系深远。现在想来,真是好怀念那样的场景,那样的时光!

我回国以后策划主持了两套译丛,一是"海外中国现代文学研究译丛",一是"西方现代批评经典译丛",影响不错,其实都是和李老师聊天聊出来的计划。两套译丛中的不少书目,都是李老师当时推荐圈定的,可惜有些书目由于种种原因,最终未能出版,我至今引以为憾。有一天,我们在波士顿一家大型 Mall 喝咖啡时,聊起了李老师藏书的处理问题。那时李老师去意已决,正式提出从哈佛大学提前退休,准备五月荣休活动结束后,就和师母到欧洲云游。在我的鼓动下,李老师欣然答应将藏书全部捐给苏州大学。他的想法是,这些藏书捐给哈佛燕京图书馆或者国内名校,可能也就淹没无闻了,捐给苏州大学这样的学校,也许能派上大用场。我花了一个多星期的时间,每天从早到晚,在他的办公室挑选整理,打包装箱,后来严锋看我一个人忙不过来,也来帮忙。我们找了一家货运公司,租了一个小集装箱,把这些书漂洋过海运到了苏州,建立了"李欧梵书库"。在此基础上,成立了"苏州大学海外汉学研究中心",设立了"海外汉学系列讲座"。经过十多年的努力,我们的中心已成为海外汉学研究方面颇有影响的机构。这一切,饮水思源,不能不拜李老师之赐。

这些年来,几乎每年都会跟李老师和师母见面相聚,或者他们来苏州,或者陪他们出游,或者一起参加学术活动,还有机会延续我们的神聊,聊的内容还是不外乎与学术相关的种种话题,谈得比较多的是他关于人文主义、全球化、晚清文化、音乐、建筑等方面的思考。年近七旬的李老师迸发出来的思想灵感,依然是如此的先锋与尖锐。当然,李老师也经常会笑谈他各种各样的梦想,比如演员梦、指挥梦、建筑梦、创作梦等等。他说他当了一辈子好人,不要做好人了,要在电影里演三分钟的坏蛋,可惜一直没有机会。不过,前两年他在几部香港电影中跑了龙套,还主演了以他为原型的电影短片,大呼过瘾;台大交响乐团的校庆,也特邀他客串指挥,总算圆了他的两个梦。这些年,李老师对建筑产生了浓厚的兴趣,甚至远赴意大利参观威尼斯建筑双年展。今年四月份,我还特地陪他到杭州的中国美院象山校区参观。这个校区是著名建筑师王澍的得意之作,它摒弃了通常的建筑设计的概念,重新发现自然,回归自然,把建筑、空间、园林、自然融于一炉,依据原来的地理条件和环境特点整山理水,再造了一个自然场景,生动体现了"天人合一"的人文思想。我想李老师显然不是真的想去做个建筑师,设计某座建筑,可能他感兴趣的只是建筑背后的哲学理念。从这个角度来说,他的建筑梦其实早已实现。至于创作梦,早在一九九八年,他就出版了长篇小说《范柳原忏情录》,后来又出版了一部长篇《东方猎手》。可能是哈佛教授的光环太过耀眼,完全掩盖了他在创作方面的大胆尝试,两部小说一直没有大红大紫。在我看来,这两部小说倒真是很有意思的,有不少值得深入讨论的话题。《范柳原忏情录》续写半个世纪之后范柳原、白流苏的故事,是当代长篇小说中极为罕见的典型的后现代文本,充满了"元小说"、"戏仿"的叙事特征;而《东方猎手》融间谍、解码、历史、战争于一炉,匠心独运,扣人心弦,还不时可以见到与纳博科夫、博尔赫斯(《东方猎手》的一些构思似乎有着《小径分叉的花园》的影子)等西方大家的互文。我一直觉得这两部长篇的价值被低估了,李老师自己也时常解嘲自己是个失败的作家,所以不再写长篇,更多致力于专栏写作。今年(二〇一五)的香港书展将最重要的"年度作家"的荣誉颁发给李老师,实在是对其创作的最大肯定。真是可喜可贺!

李老师自称有三重身份:学者、文化人和业余爱好者。其实,李老师是典型的狐狸型学者,对人文学科的各个领域都有着很大的兴趣,从一个领域跳到另一个领域,从一个话题跳到另一个话题,总是但开风气不为师,不断变化,不断探求,是很难用什么身份标签来加以界定的。李老师最初到美国学的是历史,后来转到文学,以《中国现代作家的浪漫一代》一举成名。他弃写实而究浪漫,以断代问题为主,梳理现代中国文学"浪漫"的另一面向,让我们看到苏曼殊、林纾、郁达夫、徐志摩、郭沫若、萧军、蒋光慈几位,或飞扬或沉郁,或传统或先锋,且笑且涕,人言人殊,但都与西方文学传统息息相通,这大大丰富了我们对中国现代文学史复杂面向的认知。此后,李老师为《剑桥中国史》撰写《追寻现代性(1895—1927)》和《走上革命之路(1927—1949)》两部分,以"现代"和"革命"为名,将"现代性"作为现代文学演进的主轴,探究了晚清迄于新中国成立这五十余年中的中国文学历程,几乎就是一部简明版的"中国现代文学史"。从此以后,中国现代文学的"现代性"问题成为海内外学界议论不绝的热点话题。一九八〇年代中期,李老师连续推出了两本有关鲁迅研究的具有里程碑意义的著作,一本是其主编的《鲁迅及其遗泽》,一本则是他自己的《铁屋中的呐喊》,他凭借深厚的史学素养与文学训练,解构了其时鲁迅研究中的"历史当下主义"和"线性时间观念",重塑了一个复杂而深刻的、在绝望中抗争的鲁迅形象。这不仅为我们唤醒了一个全新的鲁迅,更深刻影响了后来大陆的鲁迅研究。到了一九九九年出版的《上海摩登》,李老师又独辟蹊径,从日常生活和印刷文化的角度,发掘二三十年代上海两种都市文本样式——"城市空间的具体文本"和"关于城市的话语写作",开创了现代都市文化研究之风。就在都市文化研究越演越烈之际,李老师又飘然抽身而去,回到香港,专事文化批评,华丽转身成为著名的文化评论家。比较起来,国内的学者囿于学科或课题,往往只是局限于某一领域,而李老师的这种治学方法、人生态度实在值得我们借鉴。在李老师不断变化的身份,不断转换的领域背后,也有始终不变的方面,那就是他一直是一个"人文主义者"和"世界主义者"。

  先说人文主义。李老师前年出版的演讲集《人文今朝》,比较集中地阐述了他关于人文、人文精神、人文主义的思考。随着科技的不断发展,我们越来越深刻地感受到全球化对日常生活的影响。大家都被全球化的洪流所裹挟,满足于快餐化的文化消费,根本无法坐下来静静地阅读经典了。人文学科的地位也越来越边缘,空间越来越狭小,"文学已死"、"艺术无用"之类的声音不绝于耳。作为人文学科的研究者或者人文学者,李老师对此有着深刻的思考。他认为,全球化给人文主义者带来的挑战,已经远远超过了后现代主义的挑战,我们对全球化无能为力无可奈何,仿佛我们的学科(文学、哲学、艺术)和现代的社会完全不相干,但是另一方面,面对挑战,恰恰只有人文主义者可以做出自我调节,自我反思,用自己的方式来应对全球化,回归我们做人的意义。李老师特别鼓励我们每个人都要做好"个人",要自我繁荣(Self-Flourishing),让内心充满丰富的感觉。如何做好个人,丰富内心呢?李老师开出的良方就是放慢节奏,用文学、电影和音乐来重塑已经被日益边缘化的人文传统和人文精神。也许,这些东西对于很多人来说,依然毫无感觉,但至少为我们在全球化的浮躁时代,如何安适自我的心灵,张扬人的价值,提供了一种可能性。李老师不知疲倦地写了那么多专栏文字,某种意义上,也是以一个人文知识分子的方式在参与公共空间的建设。真正成为一个公共领域的文化人,是他对自己角色的明确定位。

再说世界主义。李老师对"世界主义"的话题情有独钟,不仅有比较深入的理论思考,而且也一直自觉践行。他是从文学进入世界主义的思考的,早在《上海摩登》中,就以此讨论上海作为国际大都会的独特性。李老师发现,当年上海的那些人都是从里面往外面看,接受世界各地的思潮,可是他们都没有失去中国文化的本体性,他们是真正能进入西方文学、西方文化的人,可说到底还是中国的现代作家。他们为了一种民族国家的想象,比较好地把民族主义和世界主义结合在了一起。可是,李老师不无忧虑地发现,现在世界主义和全球主义越来越像了,有全球主义压倒一切的感觉,每个人都在讲全球主义,很少有人讲世界主义。每个人提出理论的出发点都是从他自己关照的一些事物,一些理论开始,却缺少真正的世界主义的视野。对他来说,世界主义更多的是一种跨文化研究,这是一种最好的模式。所谓跨文化,就是我们讲的多元文化,一种国际性的多元文化,就是一个人真的能够面向国际,对于不同的文化有一种对话的关系,有一种深入的了解,对话和了解之后再彼此参照。如果你心里能够拥有好几个参照系统,那你的视野自然就开阔了,这就是一种世界主义。李老师特别指出,在当下全球化或全球主义日益泛滥的情况下,至少从一个人文的立场上来看,世界主义正是一个很好对抗方案。全球化会走向均质性的大一统的资本主义的东西,它的文化是媒体、电脑一体化的机械的文化,而世界主义则是要开辟对话的可能,拓展共同的空间。李老师的这些敏锐卓识,对于这个浮躁的全球化席卷一切的时代而言,不啻是醍醐灌顶。

我想,人文主义者与世界主义者,也许不仅仅是李老师的身份定位,丰沛内心,抵抗浮躁,面向世界,多元对话,也应该是当下每个人文学者的自觉追求。